TUAREG

ROMANCE & AVENTURA

A dramática história de um homem que levou até o fim o seu milenar código de honra

ALBERTO VÁZQUEZ-FIGUEROA

TUAREG

ROMANCE & AVENTURA

A dramática história de um homem que levou até o fim o seu milenar código de honra

Tradução de Remy Gorga Filho

www.lpm.com.br

L&PM POCKET

Coleção **L&PM** POCKET, vol. 196

Texto de acordo com a nova ortografia.

Título original: *Tuareg*

Este livro foi publicado pela L&PM Editores, em formato 14x21cm, em 1988.
Primeira edição na Coleção **L&PM** POCKET: 2002
Esta reimpressão: abril de 2023

Tradução: Remy Gorga Filho
Capa: L&PM Editores
Revisão: Flávio Dotti Cesa e Delza Menin

ISBN 978-85-254-0883-9

V335t Vázquez-Figueroa, 1936-
Tuareg /Alberto Vázquez-Figueroa: tradução Remy Gorga Filho. – Porto Alegre: L&PM, 2023.
288 p. ; 18 cm (Coleção L&PM POCKET)

1. Romances espanhóis. I. Título. II. Série

CDD 863
CDU 860-3

Catalogação elaborada por Izabel A. Merlo, CRB 10/329

Rua Comendador Coruja, 314, loja 9 – Floresta – 90.220-180
Porto Alegre – RS – Brasil / Fone: 51.3225.5777

Pedidos & Depto. comercial: vendas@lpm.com.br
Fale conosco: info@lpm.com.br
www.lpm.com.br

Impresso no Brasil
Outono de 2023

A meu pai

"Alá é Grande. Louvado seja.

Faz já muitos anos, quando eu era jovem e minhas pernas me levavam durante longas jornadas sobre a areia e a pedra sem sentir cansaço, e aconteceu quando me disseram que meu irmão mais moço adoecera. Embora três dias de caminhos separassem minha *jaima** da sua, pôde mais o amor que por ele sentia que a preguiça, e empreendi a marcha sem temor, pois, como disse, era jovem e forte e nada espantava meu ânimo.

Tinha chegado o anoitecer do segundo dia quando encontrei um campo de muito elevadas dunas, a meia jornada de marcha do túmulo do *Santón*** Omar lbrahím, e subi a uma delas tentando avistar um lugar habitado no qual pedir hospitalidade. Aconteceu, porém, que não distingui nenhum, e decidi, portanto, deter-me ali e passar a noite resguardado do vento.

Muito alta deveria ter estado a lua – se, para minha desgraça, não houvesse querido Alá fosse aquela noite sem ela –, quando me despertou um grito tão inumano que me deixou sem ânimo, e fez com que me agachasse presa do pânico.

Assim estava quando de novo chegou o tão espantoso berro, e a este seguiram-se queixas e lamentações em tal número que pensei que uma alma que sofria no inferno conseguia atravessar a terra com seus uivos.

---

* *Jaima*: Designa a tenda, a habitação por excelência dos beduínos. (N.T.: todas as notas tiveram a colaboração da jornalista Sukaima Al Haj.)

** *Santón:* O grande santo, embora não exista, entre os muçulmanos, o conceito de santo como no cristianismo. Costuma ser atribuído aos muçulmanos que se destacam por sua fé e religiosidade. (N.T.)

Mas eis aí que, de improviso, senti que escavavam na areia e em seguida aquele ruído cessou para aparecer mais adiante, e desta forma eu o percebi sucessivamente em cinco ou seis lugares diversos, enquanto os dilacerantes lamentos continuavam, e a mim o medo mantinha encolhido e trêmulo.

Não acabaram aí minhas atribulações, porque num instante escutei uma respiração fatigada, atiraram punhados de areia em minha cara, e que meus antepassados me perdoem se confesso que experimentei um medo tão atroz que dei um pulo e saí correndo como se o próprio *Saitan,* o demônio expulso, me perseguisse. E foi assim que minhas pernas não se detiveram até que o sol me iluminou, e não restava às minhas costas o menor sinal das grandes dunas.

Cheguei, então, à casa de meu irmão, e quis Alá que o encontrasse muito melhor, de tal forma que pôde escutar a história de minha noite de terror, e, ao contá-la ao amor do fogo, tal como agora a estou contando, um vizinho explicou-me o que me havia acontecido, e contou o que seu pai lhe havia contado.

E disse assim:

'Alá é grande. Louvado seja.

Aconteceu, e isto há muitos anos, que duas poderosas famílias, os Zayeds e os Atmans, odiavam-se de tal modo que o sangue de uns e de outros tinha sido vertido em tantas ocasiões que suas vestes e inclusive seu gado poderiam ter-se tingido de vermelho perpetuamente. E sucedeu que, havendo sido um jovem Atman o último caído, estavam estes ansiosos por vingança.

Ocorria também que entre as dunas onde você dormiu, não distante do túmulo do *Santón* Omar Ibrahím, acampava uma *jaima* dos Zayeds, mas nela tinham morrido já todos os homens e apenas se encontrava habitada por uma mãe e seu filho, que viviam tranquilos, uma vez que, inclusive para aquelas famílias que tanto se odiavam, atacar uma mulher continuava sendo algo indigno.

Mas ocorreu que uma noite apareceram seus inimigos, e, depois de manietarem a pobre mãe que gemia e chorava, levaram o pequeno com o propósito de enterrá-lo vivo em uma das dunas.

Fortes eram as amarras, mas sabido é que nada é mais forte que o amor de mãe, e a mulher logrou rompê-las; quando saiu ao exterior, já todos se haviam ido, e ela não distinguiu senão um infinito número de altas dunas, pelo que se lançou de uma a outra, escavando aqui e ali, gemendo e chamando, sabendo que o filho se asfixiava com o passar do tempo e só ela era a única que podia salvá-lo.

E assim a surpreendeu o amanhecer.

E assim continuou o dia, e outro, e outro, porque a misericórdia de Alá lhe havia concedido o bem da loucura, para que deste modo sofresse menos ao não compreender quanta maldade existe nos homens.

E nunca mais voltou a se saber daquela infortunada mulher, e contam que de noite seu espírito vaga pelas dunas não distante do túmulo do *Santón* Omar Ibrahím, e ainda continua com sua busca e suas lamentações, e certo deve ser, já que você, que ali dormiu sem sabê-lo, se encontrou com ela.

Louvado seja Alá, o Misericordioso, que permitiu a você sair com vida e continuar sua viagem, e agora esteja aqui, conosco, ao amor do fogo'.

Louvado seja."

Ao concluir seu relato, o ancião suspirou profundamente, e, se dirigindo aos mais jovens, àqueles que escutavam pela primeira vez a antiga história, disse:

– Vejam como o ódio e as lutas entre famílias a nada conduzem, senão ao medo, à loucura e à morte, e certo é que nos muitos anos que combati junto aos meus contra nossos eternos inimigos do norte, os Ibn-Azíz, jamais vi nada bom que o justificasse, porque os saques de uns com os saques de outros se pagam, e os mortos de cada lado não têm preço, e como uma corrente vão arrastando a novas mortes, e as *jaimas* ficam vazias de braços fortes, e os filhos crescem sem a voz do pai.

Durante uns minutos ninguém falou, pois se fazia necessário meditar sobre os ensinamentos da história que o ancião Suílem acabava de contar, e não teria sido correto esquecê-los num instante, pois para isso não valia a pena molestar um homem tão venerável, que perdia horas de sono e se cansava por eles.

Por fim, Gacel, que havia escutado já dezenas de vezes aquele velho relato, indicou com um gesto das mãos que era hora de todos se retirarem para dormir, e se afastou só, como todas as noites, para verificar se o gado havia sido recolhido, os escravos haviam cumprido suas obrigações, sua família descansava em paz e reinava a ordem em seu pequeno "império", constituído por quatro tendas de pele de camelo, meia dúzia de *sheribas** de junco entremeado, um poço, nove palmeiras e um punhado de cabras e camelos.

Logo, também, como todas as noites, subiu devagar até a alta e dura duna que protegia seu acampamento dos ventos do este, e contemplou, à luz da lua, o território desse império: uma infinita extensão de deserto, dias e dias de marcha através de areias, rochas, montanhas e pedregais, nos quais ele, Gacel Sayah, reinava com domínio absoluto, pois era o único *inmouchar*** ali estabelecido, e era também dono do único poço conhecido.

Agradava-lhe sentar-se sobre aquele cume, para dar graças a Alá pelas mil bênçãos que, frequentemente, jogava sobre sua cabeça: a bela família que lhe havia proporcionado, a saúde de seus escravos, o bom estado dos animais, os frutos de suas palmeiras, e o supremo bem de tê-lo feito nascer nobre

---

* *Sheribas:* Designa uma estaca de bambu grosso que sustenta as tendas. Aplica-se também a um tripé do mesmo bambu, que costuma ser instalado à borda dos poços, para facilitar a subida e a descida dos recipientes para pegar água. (N.T.)

** *Inmouchar:* Textualmente, designa um tipo de faca. No texto, uma categoria social mais elevada entre os tuareg. A analogia pode ser atribuída ao fato de que, entre os beduínos, as qualidades guerreiras, ou seja, o "afiamento" dos homens das tribos, sempre foram de relevância. (N.T.)

entre os nobres do poderoso povo do Kel-Talgimus, o "Povo do Véu", os indomáveis *imohag**, a quem o resto dos mortais conheciam pelo apelativo de tuareg.

Nada havia ao sul, ao este, ao norte, ou ao oeste: nada que pusesse limite à influência de Gacel, *o Caçador,* que fora se afastando, pouco a pouco, dos centros habitados, para se estabelecer no mais distante confim dos desertos, lá onde podia se sentir inteiramente a sós com seus animais selvagens, adaxes fugitivos, que espreitavam durante dias na planície; muflões das altas montanhas isoladas entre grandes mares de areia; asnos selvagens, javalis, gazelas e infinitos bandos de aves migradoras.

Gacel havia fugido do avanço da civilização, da influência dos invasores e do extermínio indiscriminado dos animais das areias, e sabida era, em toda a extensão do Saara, que a hospitalidade de Gacel Sayah não tinha igual, de Tombuctu às margens do Nilo, embora sua fúria costumasse se abater sobre as caravanas de escravos e os "caçadores loucos" que ousavam se internar em seu território.

– Meu pai me ensinou – dizia – a não matar mais que uma gazela, ainda que a manada fuja, e depois custe três dias para alcançá-la. Eu me refaço depois de três dias de marcha, mas nada devolve a vida a uma gazela morta inutilmente.

Gacel testemunhou como os "franceses" extinguiram os antílopes do norte, os muflões da maior parte do Atlas e os belos adaxes da *hamada**,* do outro lado da grande *sekia***,* que fora milhares de anos atrás rio caudaloso e, por isso, havia escolhido aquele canto de planícies pedregosas, areias infinitas e montanhas pontiagudas, a catorze dias de marcha

---

* *Imohag*: Textualmente, "grupo sentado ao redor do fogo celebrando uma aliança". É de crer-se, portanto, que no texto esteja designando o nascimento de uma aliança, aliás, coisa que muitas vezes ocorre entre tribos que se unem contra um inimigo comum. (N.T.)

** *Hamada:* Designa tanto os terrenos rochosos como a rocha em si, comum nos trechos mais inóspitos dos desertos. (N.T.)

*** *Sekia:* Designa tanto as terras irrigadas artificialmente como um conjunto de canais de irrigação. (N.T.)

de El-Akab, porque ninguém mais que ele ambicionava a mais inóspita das terras do mais inóspito dos desertos.

Tinham ficado definitivamente para trás os tempos gloriosos em que os tuareg assaltavam caravanas ou atacavam, uivando, os militares franceses; e tinham passado igualmente os tempos de rapina, luta e morte, correndo como o vento pela planície, orgulhosos do apelido de "bandoleiros do deserto" e "senhores" das areias do Saara do sul do Atlas às margens do Chade. Esqueceram-se, também, das guerras fratricidas e das algazarras, das quais os anciões guardavam tão grata e distante memória, pois aqueles eram anos do ocaso da raça *imohag*. Alguns de seus mais valentes guerreiros dirigiam caminhões para um patrão "francês", serviam no exército regular ou vendiam tecidos e sandálias a turistas de berrantes camisas.

No dia em que seu primo Suleimán abandonou o deserto para viver na cidade, decidido a transportar tijolos dia e noite, sujo de cimento e cal, em troca de dinheiro, Gacel compreendeu que precisava fugir e se converter no último dos tuareg solitários.

E ali estava, e com ele sua família, e graças dava a Alá mil e uma vezes, pois em todos aqueles anos – tantos que já havia inclusive perdido a conta – nem uma só noite, lá, sozinho no alto de sua duna, ele se arrependera da decisão tomada.

O mundo havia vivido nesse tempo estranhos acontecimentos, dos quais lhe chegavam rumores muito confusos, através de esporádicos viajantes, e Gacel ficou alegre por não tê-los visto de perto, pois as velhas notícias falavam de morte e guerra; de ódio e fome; de grandes mudanças cada vez mais aceleradas; mudanças com as quais ninguém parecia se sentir satisfeito e que não auguravam nada de bom também para ninguém do povo.

Uma noite, sentado ali mesmo, ele descobriu uma nova estrela, fulgurante e veloz, que sulcava o céu, decidida e constante, diferente do voo desatinado e fugaz das estrelas cadentes, que mergulhavam subitamente no nada. Seu sangue se gelou de terror pela primeira vez, pois nada existia em sua memória nem na memória de seus antepassados, na tradição ou nas lendas, que falasse de uma estrela assim, que regressava seguindo idêntica rota noite após noite, e à qual se uniram, em anos sucessivos, outras muitas até constituírem uma autêntica matilha corredora, que vinha perturbar a antiga paz dos céus.

Que significado tinham, jamais pôde sabê-lo. Nem ele, nem o ancião Suílem, pai de quase todos os escravos, tão velho que seu avô o havia comprado, já homem, no Senegal:

"As estrelas nunca correram como loucas pelos céus, amo", – disse. "Nunca, e isso pode significar que o fim dos séculos se aproxima."

Perguntou a um viajante, que não soube lhe dar a resposta. Perguntou a um segundo viajante, que arriscou, cheio de dúvidas:

"Creio que é coisa dos 'franceses'." Mas não quis admiti-lo, porque, embora muito ouvisse falar dos progressos dos franceses, não os acreditava tão loucos a ponto de perderem seu tempo para encher o céu com mais estrelas.

"Deve ser um sinal divino", disse a si mesmo. "A maneira como Alá quer nos indicar algo, mas... o quê?"

Tentou buscar uma resposta no Corão, mas o Corão não fazia menção a estrelas fugazes de matemática precisão, e com o tempo se acostumou a elas e a sua passagem, o que não queria dizer que as esquecesse.

No límpido ar do deserto, na escuridão de uma terra sem uma única luz em centenas de quilômetros à volta, tinha-se a impressão de que as estrelas desciam até quase roçar na areia, e Gacel frequentemente estendia a mão como se realmente pudesse tocar, com as pontas dos dedos, aquelas bruxuleantes luzes.

Deixava passar assim um longo tempo, sozinho com seus pensamentos, e depois descia, sem pressa, para pôr um último olhar ao gado e ao acampamento e se retirar para o descanso, convencido de que nem hienas esfaimadas nem astutos chacais ameaçavam seu pequeno mundo.

À porta de sua tenda, a maior e mais confortável do acampamento, ele se detinha uns instantes para escutar. Se o vento não tinha ainda começado a chorar, o silêncio chegava a ser tão denso que machucava os ouvidos.

Gacel Sayah amava esse silêncio.

A cada amanhecer o ancião Suílem, ou um de seus netos, encilhava o dromedário predileto de seu amo, o *inmouchar* Gacel Sayah, e o deixava esperando à porta de sua tenda.

A cada amanhecer, o *targuí** pegava seu rifle, subia ao lombo do branco *mehari*** de longas patas e se afastava em busca de caça. Ele amava seu dromedário tanto quanto um homem de deserto é capaz de amar um animal do qual, tão frequentemente, depende sua vida. Secretamente, quando ninguém podia ouvi-lo, falava-lhe em voz alta, como se o animal pudesse entendê-lo, chamando-o *R'Orab, o Corvo,* zombando de seu branquíssimo pelo, que se confundia com a areia, fazendo-o invisível quando tinha uma alta duna às costas.

Não existia *mehari* mais veloz nem resistente neste lado de Tamanrasset, e um rico comerciante, dono de uma caravana de mais de trezentos animais, quis trocá-lo por cinco a sua escolha, mas ele não aceitou. Gacel sabia que se, um dia, por qualquer razão, alguma coisa lhe acontecesse em uma de suas solitárias andanças, *R'Orab* seria o único camelo desse mundo capaz de o levar de volta ao acampamento, mesmo na mais escura das noites. Com frequência, costumava adormecer em seu lombo, levado por seu balanço e vencido pelo cansaço, e

---

* *Targuí*: Forma singular da palavra árabe *tuareg*, designando um indivíduo habitante do Saara. A forma plural aplica-se tanto a um grupo desses habitantes como à totalidade deles. A denominação é exclusiva dos habitantes do Saara, sendo que a palavra árabe *Sahara* designa, ao pé da letra, deserto. (N.T.)

** *Mehari*: Uma espécie de camelo, mais magra, mais ágil e mais alta que a comum, que é preferida pelos tuareg. (N.T.)

mais de uma vez a família o recolheu à entrada da *jaima* para metê-lo na cama.

Os "franceses" garantiam que os camelos eram animais burros, cruéis e vingativos, que só obedeciam a gritos e golpes, mas um autêntico *imohag* sabia que um bom dromedário do deserto, em especial um *mehari* puro-sangue, cuidado e ensinado, podia ser tão inteligente e fiel como um cão e, claro, mil vezes mais útil na terra da areia e do vento.

Os franceses tratavam os dromedários do mesmo modo, em qualquer época do ano, sem compreender que nos meses de cio eles se tornam irritadiços e perigosos, em especial se o calor aumenta com os ventos do este. Por isso, os franceses nunca foram bons ginetes do deserto, e jamais puderam dominar os tuareg, que, nos tempos de lutas e tropelias, sempre os derrotaram, apesar de seu maior número e melhor armamento.

Depois os franceses dominaram os oásis e os poços, fortificaram com seus canhões e suas metralhadoras os escassos pontos de água na planície, e os ginetes, livres e indomáveis, os "Filhos do Vento", tiveram de se render ao que, desde o começo dos séculos, havia sido seu inimigo: a sede. Mas os franceses não se sentiam orgulhosos por haver vencido o "Povo do Véu", porque, em realidade, não chegaram a derrotá-lo em guerra aberta, nem seus negros senegaleses, nem seus caminhões, nem mesmo seus tanques tiveram utilidade em um deserto que os tuareg e seus *meharis* dominavam de ponta a ponta.

A verdade é que os tuareg eram poucos e dispersos, enquanto os soldados chegavam da metrópole ou das colônias como nuvens de gafanhotos, até que amanheceu um dia em que nenhum camelo, nenhum homem, nenhuma mulher, nenhuma criança pôde beber no Saara sem a permissão da França.

Nesse dia, os *imohag,* cansados de ver morrerem suas famílias, depuseram as armas. E desde esse momento foram um povo condenado ao esquecimento; uma "nação" que não tinha razão alguma de existir, uma vez que as razões dessa existência – a guerra e a liberdade – haviam desaparecido.

Ainda restavam famílias dispersas, como a de Gacel, perdidas nos confins do deserto, não mais integradas por grupos de guerreiros orgulhosos e altivos, mas por homens que continuavam se rebelando interiormente, certos de que jamais voltariam a ser o temido "Povo do Véu", "da Espada" ou "da Lança".

Apesar disso, os *imoha* continuavam sendo donos do deserto, da *hamada* ao *erg** ou às altas montanhas batidas pelo vento, pois o verdadeiro deserto não eram os poços nele dispersos, mas os milhares de quilômetros quadrados que os circundavam, e longe da água não havia franceses, *áscaris*** senegaleses, nem mesmo beduínos, pois estes últimos, conhecedores também das areias e dos pedregais, transitavam apenas pelas pistas, de poço a poço, de povo a povo, temerosos das grandes extensões desconhecidas.

Unicamente os tuareg, e em especial os tuareg solitários, afrontavam sem medo a "terra vazia", aquela que não era mais que uma mancha branca nos mapas, onde a temperatura fazia ferver o sangue nos meios-dias calorentos, não crescia nem o mais lenhoso dos arbustos, e até mesmo as aves migradoras a evitavam, voando a centenas de metros de altura.

Gacel atravessara duas vezes uma dessas manchas de "terra vazia". A primeira, como um desafio, quando quis demonstrar que era um digno descendente do lendário Turki; e a segunda, homem feito, quando quis demonstrar a si mesmo que continuava sendo digno daquele Gacel capaz de arriscar a vida em seus jovens anos.

O inferno de sol e calor, o forno desolado e enlouquecedor exerciam uma estranha fascinação sobre Gacel, fascinação que nasceu uma noite, muitos anos atrás, quando ao

---

* *Erg*: Palavra árabe que significa "raiz". No caso específico, refere-se a grandes extensões de terras anteriormente férteis e com vegetação. (N.T.)

** *Áscaris:* Militares. (N.T.)

calor do fogo ouviu falar, pela primeira vez, da "grande caravana", seus setecentos homens e dois mil camelos engolidos por uma "mancha branca" sem que um único desses homens ou animais regressasse jamais.

Dirigia-se de Gao a Trípoli e era a maior caravana que os ricos mercadores *haussas** tinham organizado, guiada pelos mais experientes conhecedores do deserto, transportando em lombos de seletos *meharis* uma autêntica fortuna em marfim, ébano, ouro e pedras preciosas.

Um distante tio de Gacel, de quem herdara o nome, custodiava aquela caravana, e também ele se perdeu para sempre, como se jamais houvesse existido, como se tudo fosse só um sonho.

Muitos foram os que, nos anos seguintes, se lançaram à louca aventura de encontrar seu rastro, na vã esperança de se apoderar de uma riqueza que, segundo a lei não escrita, pertencia a quem fosse capaz de arrebatá-la das areias. Mas as areias guardam bem seu segredo, capazes de afogar sob seu manto cidades, fortalezas, oásis, homens e camelos. E elas devem ter chegado, envolventes e inesperadas, transportadas nos braços de seu aliado, o vento, para se abater sobre os viajantes, apanhá-los e transformá-los em mais uma duna entre os milhões de dunas do *erg*.

Quantos morreram desde então, perseguindo o sonho da mítica caravana perdida, ninguém podia dizê-lo, e os anciões não se cansavam de rogar aos jovens para que desistissem de tão louco propósito:

"O que o deserto quer para si, é do deserto", diziam. "Alá proteja aquele que tentar-lhe arrebatar a presa..."

Gacel ambicionava apenas desvendar seu mistério; a razão pela qual tantos animais e tantos homens desapareceram sem deixar rastro. Quando se viu pela primeira vez no coração de uma das "terras vazias", ele o compreendeu, pois se poderia admitir que não setecentos, mas sete milhões de seres humanos se diluiriam facilmente naquele abismo

* *Haussas:* Membro da famosa tribo de homens negros. (N.T.)

horizontal, onde o estranho era que alguém, não importava quem, saísse com vida.

Gacel Sayah sobreviveu a esse abismo, por duas vezes. Mas *imohags* como ele não havia muitos, e por isso o "Povo do Véu" respeitava Gacel, *o Caçador, inmouchar* solitário, que dominava territórios que nenhum outro pretendeu nunca dominar.

Apareceram diante de sua *jaima* uma manhã. O ancião estava verdadeiramente às portas da morte e o jovem, que o havia carregado nos ombros nos dois últimos dias, mal pôde sussurrar algumas palavras, antes de perder os sentidos.

Gacel ordenou que preparassem para eles a melhor das tendas, e seus escravos e filhos os atenderam, dia e noite, em uma desesperada batalha para conseguir, contra toda lógica, que continuassem no mundo dos vivos. Sem camelos, sem água, sem guias, e não pertencendo a uma raça do deserto, parecia um milagre dos céus que houvessem logrado sobreviver ao pesado e denso siroco dos últimos dias.

Levavam, pelo que pôde compreender, mais de uma semana vagando sem rumo por entre as dunas e os pedregais, e não souberam dizer de onde vinham, quem eram nem para onde se encaminhavam. Era como se houvessem caído, de repente, de uma daquelas estrelas fugitivas. Gacel os visitou, manhã e tarde, intrigado por seu aspecto de homens da cidade, suas roupas, tão inadequadas para percorrer o deserto, e as incompreensíveis frases que pronunciavam entre sonhos, em um árabe tão puro e educado que o *targuí* mal conseguia decifrar. Por fim, ao entardecer do terceiro dia, ele encontrou o jovem acordado, e este imediatamente quis saber se estavam ainda muito longe da fronteira.

Gacel olhou-o com surpresa:

– Fronteira? – repetiu. – Que fronteira? O deserto não tem fronteiras... Pelo menos, que eu conheça.

– Apesar disso – insistiu o jovem –, há uma fronteira, e está por aqui, em alguma parte...

– Os franceses não precisam de fronteiras – disse Gacel. – Dominaram o Saara de ponta a ponta.

O desconhecido se ergueu sobre o cotovelo e o observou com espanto.

– Franceses? – interrogou. – Os franceses foram embora há anos. Somos independentes – acrescentou. – O deserto está dividido entre países livres e independentes. Você não sabia?

Gacel meditou uns instantes. Alguém, alguma vez, lhe dissera que, bem ao norte, havia uma guerra, com a qual os árabes pretendiam se livrar do jugo dos *rumis**, mas não prestou atenção ao fato, pois essa guerra vinha sendo mantida desde que seu avô tinha memória. Para ele, ser independente era vagar sozinho por seu território, e, depois, ninguém se dera ao trabalho de vir comunicar-lhe que pertencia a um novo país.

Negou com um gesto:

– Não. Não sabia – admitiu confuso. – Não sei também da existência de uma fronteira. Quem é capaz de traçar uma fronteira no deserto? Quem pode evitar que o vento leve a areia de um lado a outro? Quem impedirá que os homens a atravessem...?

– Os soldados.

Olhou-o com espanto.

– Soldados? Não há suficientes soldados no mundo para proteger uma fronteira no deserto... E os soldados o temem. – Sorriu levemente sob o véu que lhe ocultava o rosto, que jamais descobria diante de estranhos. – Só nós, os *imoha,* não tememos o deserto. Aqui, os soldados são como água derramada: a areia os engole.

O jovem quis dizer alguma coisa, mas o *targuí* percebeu que estava cansado; obrigou-o a se recostar sobre os almofadões:

– Não se esforce – rogou. – Está fraco. Amanhã falaremos, e talvez seu amigo esteja melhor. – Voltou-se para olhar o ancião e, pela primeira vez, notou que não devia ser

* *Rumis:* Cristãos. (N.T.)

tão velho como havia imaginado, apesar dos cabelos brancos e ralos, e o rosto sulcado de profundas rugas. – Quem é? – perguntou.

O jovem hesitou um instante. Fechou os olhos e murmurou lentamente:

– Um sábio. Investiga a história dos nossos antepassados mais remotos. Nós nos dirigíamos a Dajbadel quando nosso caminhão quebrou.

– Dajbadel está muito longe... – disse-lhe Gacel, mas notou que o jovem entrara em sono profundo. – Muito, muito longe, em direção ao sul. Eu nunca cheguei lá.

Saiu sem fazer ruído, e já ao ar livre experimentou uma sensação de vazio no estômago; como um pressentimento que nunca antes o havia assaltado. Alguma coisa naqueles dois homens, aparentemente inofensivos, o inquietava. Não estavam armados nem seu aspecto fazia temer perigo algum, mas um hálito de medo flutuava à sua volta, e era esse medo o que ele percebia.

"Investiga a história dos nossos antepassados...", dissera o jovem, mas o rosto do velho estava marcado por sinais de um sofrimento tão profundo que não podiam haver-se desenhado em apenas uma semana de fome e sede no deserto.

Olhou para a noite que chegava e tratou de buscar nela resposta a suas perguntas. Seu espírito de *targuí* e as milenares tradições do deserto gritavam que agira corretamente ao acolher os viajantes sob seu teto, pois a hospitalidade constituía o primeiro mandamento da lei não escrita dos *imohag*. Seu instinto de homem acostumado a se guiar pelos pressentimentos e o sexto sentido, que o havia livrado tantas vezes da morte, sussurravam a seu ouvido que corria um grande risco, e os recém-chegados punham em perigo a paz que tanto esforço lhe custara.

Laila surgiu a seu lado e seu olhos se alegraram diante da doce presença e da radiante beleza da mulher-menina, de pele escura; ela se convertera em sua esposa, mesmo contra a opinião dos anciões, que não achavam correto um *inmouchar* de tão nobre linhagem unir-se legalmente a um membro da desprezível casta dos escravos *akli**.

Laila sentou-se ao lado dele, olhou-o de frente com seus imensos olhos negros, sempre cheios de vida e reflexos escondidos, e perguntou suavemente:

– Esse homens o preocupam, não é verdade?

– Não eles... – replicou pensativo. – Mas alguma coisa que os acompanha, como uma sombra ou um cheiro.

– Vêm de longe. E tudo o que vem de longe o perturba, porque minha avó predisse que você não morreria no deserto. – Estendeu a mão timidamente até roçar na dele. – Minha avó se enganava com frequência – acrescentou. – Quando nasci, ela me augurou um tétrico futuro, e, apesar disso, eu me casei com um nobre, quase um príncipe.

Sorriu com ternura:

– Recordo quando você nasceu – disse. – Não pode fazer muito mais de quinze anos... Seu futuro ainda não começou...

Sentiu pena por havê-la entristecido, porque a amava, e, ainda que um *imohag* não devesse se mostrar demasiado terno com as mulheres, era ela a mãe do último de seus filhos, razão pela qual abriu sua mão para pegar a dela.

– Talvez tenha razão, e a velha Khaltoum se enganou – assinalou. – Ninguém pode me obrigar a abandonar o deserto para morrer longe daqui.

Permaneceram longo tempo contemplando em silêncio a noite, e ele notou que uma sensação de paz o invadia novamente.

Era verdade que a negra Khaltoum predissera, com um ano de antecedência, a enfermidade que levaria o pai dele ao túmulo, e também a grande seca que esgotou os poços, deixou sem um talo de mato o deserto e matou de sede centenas de animais, acostumados desde sempre à sede e à seca; mas

---

* *Akli*: Nome de uma tribo tuareg “escravizada”. Algumas tribos eram “escravizadas” por outras, pois por muito tempo prevaleceu no deserto a lei do mais forte. Até hoje as tribos usufruem de maior ou menor destaque social em virtude de sua maior ou menor capacidade de lutar. (N.T.)

verdade era, também, que, com frequência, a velha escrava falava por falar, e suas visões pareciam mais fruto de uma mente senil que autênticas premonições.

– O que há do outro lado do deserto? – perguntou Laila, ao cabo de um longo silêncio. – Nunca fui além das montanhas do Huaila.

– Gente – foi a resposta. – Muita gente. – Gacel recordou a experiência em El-Akab e nos oásis do norte, e sacudiu negativamente a cabeça. – Gente que gosta de se amontoar em espaços diminutos ou em casas apertadas e malcheirosas, gritando e brigando sem razão, roubando-se e se enganando como animais que não sabem viver senão em manadas.

– Por quê?

Teria querido dar uma resposta porque se orgulhava da admiração que Laila sentia por ele, mas não conhecia esta resposta. Era ele um *imohag,* nascido e criado na solidão dos grandes espaços vazios, e em sua mente, por mais que o tentasse, não cabia a ideia do amontoamento e do voluntário gregarismo a que pareciam tão aficionados os homens e as mulheres de outras tribos.

Gacel acolhia com gosto os visitantes e amava se reunir com eles à volta da fogueira, a contar e a ouvir velhas histórias e a comentar pequenas incidências da vida cotidiana. Depois, quando as brasas se consumiam e o negro camelo que transportava no lombo o sono atravessava, silencioso e invisível, o acampamento, cada qual se afastava até sua distante tenda, a viver sua vida sozinho, a respirar fundo, a gozar do silêncio.

No Saara cada homem tinha o tempo, a paz e a atmosfera necessários para se encontrar a si mesmo, olhar para a distância ou para o seu interior, estudar a natureza que o cercava e meditar sobre o que não conhecia senão através dos livros sagrados. Mas lá, nas cidades, nos povoados, e inclusive nos minúsculos vilarejos berberes, não havia paz, nem tempo, nem espaço, e tudo era um tumulto de ruídos e problemas alheios, com vozes e brisas de estranhos, a ponto de causar a impressão de que era muito mais importante o que acontecia aos outros que à gente mesmo.

– Não sei... – admitiu, afinal, de má vontade. – Nunca pude descobrir por que gostam de viver desse modo, amontoados, dependentes uns dos outros. Não sei... – repetiu. – E também nunca encontrei alguém que o soubesse.

A menina observou-o longo tempo, talvez espantada porque o homem que era toda sua vida, e de quem havia aprendido quanto valia a pena saber, não tivesse resposta a uma de suas perguntas. Desde que tinha o uso da razão, Gacel havia sido tudo para ela: primeiro o dono, a quem uma menina da raça escrava dos *akli* contemplava como a um ser quase divino, senhor absoluto de sua vida e de seus pertences; senhor também da vida de seus pais, seus irmãos, seus animais e tudo quanto existia sobre a face de seu universo.

Em seguida, o homem que a faria mulher quando chegasse à puberdade e tivesse a primeira regra, a chamaria a sua tenda e a possuiria, fazendo-a gemer de prazer, como gemiam suas outras escravas, à noite, quando soprava o vento oeste. Por fim, o amante que a transportou vertiginosamente ao paraíso, seu autêntico dono, mais dono do que quando amo, pois agora possuía também sua alma, seus pensamentos, seus desejos e até o mais escondido e esquecido de seus instintos.

Tardou em falar, e, quando quis fazê-lo, viu-se interrompida pela presença do mais velho dos filhos do esposo, que acudia correndo da mais afastada das *sheribas*.

– A camela vai parir, pai – disse. – E os chacais estão rondando...

Compreendeu que os fantasmas de seus temores ganhavam corpo quando distinguiu, no horizonte, a coluna de pó que se levantava, permanecendo longo tempo suspensa no céu, imóvel, pois nem um sopro de vento deslizava sobre o meio-dia da planície. Os veículos – pois, pela velocidade com que avançavam, tinham de ser veículos mecânicos – deixavam atrás de si uma suja pegada de fumaça e areia no límpido ar do deserto.

Logo, foi o tênue zumbido dos motores, que rugiram mais tarde, espantando as pombas, os *fenec** e as cobras, para acabar com um guinchar de freios, vozes enfurecidas e ordens gritadas, quando se detiveram, arrastando pó e sujeira, a uns quinze metros do acampamento.

Toda mostra de vida e movimento se detivera ao vê-los. Os olhos do *targuí,* de sua esposa, seus filhos, seus escravos e, inclusive, seus animais, estavam presos na coluna de pó e no pardo-escuro dos monstros mecânicos. Meninos e animais retrocederam atemorizados, enquanto as escravas corriam para se esconder no mais profundo das tendas, longe da vista de estranhos.

Gacel caminhou devagar, cobriu o rosto com o véu distintivo da condição de nobre *imohag* respeitoso de suas tradições, e se deteve na metade do caminho entre os recém-chegados e a maior de suas *jaimas.* Indicava assim, sem palavras, que não deviam avançar enquanto não desse sua permissão e os acolhesse como hóspedes.

---

* *Fenec*: Camela jovem e gorda. (N.T.)

A primeira coisa que percebeu foi o cinzento sujo dos uniformes cobertos de suor e pó, a agressividade metálica dos fuzis e metralhadoras e o forte cheiro de botas e correame. Logo, seu olhar recaiu, com estranheza, sobre o homem de *jaique** azul e revolto turbante. Reconheceu Mubarrak-ben--Sad, *imohag* do "Povo da Lança", um dos mais hábeis e escrupulosos rastreadores do deserto, quase tão famoso na região como o próprio Gacel Sayah, *o Caçador*.

– *Metulem, metulem*** – saudou.

– *Aselam aleikum**** – replicou Mubarrak. – Procuramos dois homens... Dois estranhos...

– São meus hóspedes – disse Gacel com calma –, e estão doentes.

O oficial que parecia comandar a tropa avançou alguns passos. Suas estrelas brilhavam na extremidade da manga quando fez um gesto para afastar o *targuí;* este, porém, o deteve com o braço, cortando sua passagem em direção ao acampamento.

– São meus hóspedes – repetiu.

O oficial observou-o com estranheza, como se não entendesse o que ouvia, e Gacel percebeu, de imediato, que não era um homem do deserto; que seus gestos e sua maneira de olhar falavam de mundos e cidades distantes. Virou-se para Mubarrak e este compreendeu, porque desviou o olhar para o oficial.

– A hospitalidade é sagrada entre nós – indicou. – Uma lei mais antiga que o Corão.

O militar das estrelas na manga permaneceu um momento indeciso, quase incrédulo diante do absurdo da explicação, e se dispôs a continuar seu caminho.

---

* *Jaique:* Provável forma espanhola de *jarde,* manto usado pelos tuareg. (N.T.)

** *Metulem, metulem:* Saudação equivalente a "Deus esteja convosco". (N.T.)

*** *Aselam aleikum:* Corruptela da expressão erudita árabe-islâmica *Assaamu Aleikum,* mais comumente utilizada no mundo árabe-islâmico e que significa "a paz esteja convosco". (N.T.)

– Eu represento a lei aqui – disse taxativo. – E não existe outra.

Avançara dois passos quando Gacel o agarrou pelo antebraço, com força, e o obrigou a se virar e olhá-lo nos olhos.

– A tradição tem mil anos, você tem cinquenta – murmurou, mordendo as palavras. – Deixe em paz meus hóspedes!

A um gesto do militar, os gatilhos de dez fuzis ressoaram, o *targuí* notou que as bocas das armas apontavam para o seu peito e ele compreendeu que toda resistência resultaria inútil. O oficial afastou com um gesto brusco a mão que ainda o segurava e, empunhando a pistola que levava à cintura, continuou seu caminho em direção à maior das tendas.

Desapareceu nela e, um minuto depois, se ouviu uma detonação, seca e amarga. Saiu e fez um gesto a dois soldados, que correram até ele. Quando reapareceram, arrastavam entre ambos o ancião que sacudia a cabeça e chorava mansamente, como se houvesse despertado de um longo e doce sonho numa dura realidade.

Passaram à frente de Gacel e subiram aos caminhões. Da cabina, o oficial o olhou com severidade e hesitou alguns instantes. Gacel temeu que a profecia da velha Khaltoum não se cumprisse e o matassem ali mesmo, no coração da planície. Afinal, o militar fez um gesto ao motorista e os caminhões se afastaram por onde tinham vindo.

Mubarrak, o *imohag* do "Povo da Lança", saltou ao último veículo e seus olhos permaneceram presos nos dos *targuí* até que a coluna de pó o ocultou. Bastaram-lhe esses instantes para captar o que se passava pela mente de Gacel, e então sentiu medo. Não era bom humilhar um *inmouchar* do "Povo do Véu", e ele bem que o sabia. Não era bom, principalmente, humilhá-lo e deixá-lo com vida. Mas, também, não teria sido bom assassiná-lo e desencadear uma guerra entre tribos irmãs. Gacel Sayah tinha amigos e parentes que, necessariamente, deveriam se lançar à luta para vingar, com sangue, o sangue de quem apenas tentara fazer respeitar as velhas leis do deserto.

Por sua vez, Gacel permaneceu muito quieto, observando o comboio que se afastava, até que o pó e o ruído se perderam por completo na distância. Logo, devagar, ele se encaminhou à *jaima* onde já se amontoavam seus filhos, a esposa e os escravos. Não precisou entrar para saber o que encontraria. O homem jovem aparecia no mesmo lugar em que o deixara, após sua última conversa, com os olhos fechados, agarrado no sono pela morte. Unicamente um pequeno círculo vermelho na testa fazia-o parecer diferente. Observou-o com pena e raiva durante um longo instante e, em seguida, chamou Suílem.

– Enterre-o – pediu. – E prepare meu camelo.

Pela primeira vez na vida Suílem não cumpriu a ordem do amo, e uma hora depois entrou na tenda e se atirou aos seus pés, tentando beijar-lhe as sandálias.

– Não o faça! – suplicou. – Nada conseguirá.

Gacel afastou o pé com desagrado.

– Acredita que devo consentir com semelhante ofensa? – perguntou Gacel com voz rouca. – Acredita que continuaria vivendo em paz comigo mesmo, depois de haver permitido que assassinassem um dos meus hóspedes e levassem o outro?

– E que outra coisa podia fazer? – protestou. – Eles o teriam matado.

– Eu sei. Mas agora posso vingar a afronta.

– E o que obterá com isso? – perguntou o negro. – Devolverá a vida ao morto?

– Não. Mas vou fazer com que eles se lembrem de que não se pode ofender um *imohag* impunemente. Essa é a diferença entre os de sua raça e a minha, Suílem. Vocês, os *akli,* admitem a ofensa e a opressão e se sentem satisfeitos sendo escravos. Levam isto no sangue, de pais para filhos, de geração em geração. E sempre serão escravos. – Fez uma pausa e acariciou, pensativo, o longo sabre que tirara da grande arca em que guardava seus mais apreciados pertences. – Mas nós, os tuareg, somos uma raça livre e guerreira, que assim se manteve porque jamais consentiu com uma humilhação ou afronta. – Sacudiu a cabeça e acrescentou. – E esta não é hora de mudar.

– Eles são muitos – protestou novamente. – E poderosos.

– É verdade – admitiu o *targui.* – E assim deve ser. Só o covarde se enfrenta com quem sabe mais fraco, porque a vitória jamais o enobrecerá. E só o estúpido luta com seu igual, porque nesse caso apenas um golpe de sorte decidirá a batalha. O *imohag,* o autêntico guerreiro de minha raça, deve se enfrentar sempre com quem sabe mais poderoso, porque, se a vitória lhe sorri, seu esforço se verá mil vezes recompensado, e ele poderá seguir seu caminho orgulhoso de si mesmo.

– E se o matam? O que será de nós?

– Se me matam, meu camelo galopará diretamente ao Paraíso que Alá promete, porque escrito está que quem morre em batalha justa tem assegurada a Eternidade.

– Não respondeu a minha pergunta – insistiu o negro. – O que será de nós? De seus filhos, sua esposa, seu gado e seus criados?

Nos olhos de Gacel, a fatalidade.

– Acaso demonstrei que posso defendê-los? – perguntou. – Se consinto que matem um de meus hóspedes, não terei de consentir que violem e assassinem minha família? – Inclinou-se e, com um gesto decidido, obrigou o negro a se pôr em pé. – Vá e prepare meu camelo e minhas armas – pediu. – Sairei ao amanhecer. Em seguida cuidará de levantar acampamento e levar minha família para longe, para o *guelta** do Huaila, lá onde morreu minha primeira esposa.

---

* *Guelta*: Cavidades na rocha que servem de habitação para algumas tribos no deserto, que preferem viver nessas cavernas por uma questão de clima. Trata-se de tribos de natureza mais sedentária. (N.T.)

O amanhecer chegou precedido pelo vento.

O vento anunciava sempre a madrugada na planície, e seu ulular na noite parecia se converter em pranto amargurado uma hora antes que o primeiro raio de luz fizesse sua aparição no céu, mais além das rochosas ladeiras do Huaila.

Escutou com os olhos abertos, contemplando o teto de sua jaima, com as listras tão conhecidas, e pensou estar vendo o mato correndo solto sobre a areia e as pedras, sempre apressado, querendo sempre encontrar um lugar ao qual se apegar, um lar definitivo que o acolhesse e o livrasse daquele eterno vagar sem destino, de um lado a outro da África.

Com a leitosa luz da madrugada, filtrada por milhões de diminutos grãos de pó em suspensão, aquele mato rasteiro e ralo surgia do nada como fantasmas que quisessem se lançar sobre homens e animais, para logo se perder – tal como havia chegado – no infinito nada do deserto sem fronteiras.

"Deve haver uma fronteira em algum lugar por aqui. Tenho certeza...", tinha dito o jovem com um tom de desesperada ansiedade, e agora estava morto.

Nunca antes ninguém falara a Gacel de fronteiras, porque elas nunca existiram nos confins do Saara.

"Que fronteira deteria a areia e o vento?"

Voltou o rosto para a noite e tentou compreender, mas não pôde. Aqueles homens não eram criminosos, mas um deles tinha sido enterrado e outro fora levado ninguém sabe para onde. Não se podia assassinar um homem tão friamente, por maior que fosse seu delito. E menos ainda enquanto dormia, sob a proteção e o teto de um *inmouchar.*

Estranha era aquela história, e, embora Gacel não conseguisse compreendê-la, uma coisa ficara bem clara: a mais antiga lei do deserto fora desrespeitada e isso, definitivamente, um *imohag* não poderia aceitar.

Lembrou-se da velha Khaltoum e uma mão gelada – o medo – pousou em sua nuca. Em seguida, baixou o rosto até os abertos olhos de Laila, que brilhavam insones na penumbra, refletindo os derradeiros rescaldos da fogueira. Teve pena dela, por seus quinze anos e pelo vazio de suas noites quando se fosse. E também sentiu pena de si mesmo, do vazio de suas noites, quando ela não estivesse a seu lado.

Acariciou o cabelo dela e percebeu que ela lhe agradecia como um animal, abrindo ainda mais seus grandes olhos de gazela assustada.

– Quando voltará? – murmurou; mais que uma pergunta, era um súplica.

Gacel não sabia o que lhe dizer.

– Não sei – admitiu. – Quando houver feito justiça.

– Que significavam aqueles homens para você...?

– Nada – confessou. – Nada até ontem. Mas não se trata deles. Trata-se de mim mesmo. Você não entende.

Laila o entendia, mas não protestou. Limitou-se a se apertar ainda mais a ele, como se quisesse sua força e seu calor, e estendeu as mãos, em uma última tentativa de retê-lo, quando ele se pôs de pé e se encaminhou para a saída.

Fora, o vento continuava chorando mansamente. Fazia frio e ele apertou o *jaique* contra o corpo, enquanto um tremor inevitável subia por suas costas, nunca soube se por causa do frio ou pelo espantoso vazio da noite que se abria diante dele. Era como submergir em um mar de tinta negra. Suílem, surgido das trevas, já o esperava, as rédeas de *R'Orab* estendidas.

– Sorte, amo – disse, e desapareceu como se não houvesse existido.

Gacel obrigou o camelo a se ajoelhar, trepou em seu lombo e, com o calcanhar, o golpeou levemente no pescoço:

– Shiaaaaa...!!! – ordenou. – Vamos!

O animal soltou um barrito mal-humorado, levantou-se pesadamente, e ficou muito quieto, sobre as quatro patas, cara ao vento, esperando.

O *targuí* orientou-o para o noroeste e cravou de novo o calcanhar, com mais ímpeto, para que iniciasse a marcha.

À entrada da *jaima* se destacou uma sombra mais densa que o resto das sombras. Mais escura. Os olhos de Laila brilharam novamente na noite, enquanto ginete e cavalgadura desapareciam como que empurrados pelo vento e o mato. Vento que soluçava cada vez com mais força, sabendo que depressa a luz do sol viria acalmá-lo.

O dia ainda não era nem mesmo aquela penumbra leitosa que lhe permitia mal distinguir a cabeça do camelo, mas Gacel não precisava de mais. Sabia que não existia obstáculo algum diante dele em centenas de quilômetros em derredor, e seu instinto de homem do deserto, e sua capacidade de se orientar, até mesmo com os olhos fechados, marcavam para ele o rumo na mais espessa noite.

Essa era uma virtude que unicamente ele, e os que como ele haviam nascido e se criado nas areias, possuíam. Como os pombos-correio, como as aves migradoras ou as baleias no mais profundo dos oceanos, o *targuí* sabia sempre onde se encontrava e para onde se dirigia, como se uma velhíssima glândula, atrofiada no resto dos seres humanos, se houvesse mantido ativa e eficiente neles.

Norte, sul, este e oeste; poços, oásis, caminhos, montanhas, "terras vazias", rios de dunas, planícies rochosas... Todo o universo das imensidões saarianas parecia se refletir como um eco no fundo do cérebro de Gacel, sem que ele soubesse ou tivesse plena consciência disso.

O sol surpreendeu-o no lombo do *mehari,* e foi ascendendo sobre sua cabeça, cada vez mais poderoso, foi silenciando o vento, esmagando a terra, acalmando a areia e o mato solto, que já não corria mais de um lado para outro; foi tirando para fora das covas os lagartos e obrigando a permanecer em terra os pássaros, que nem voar se atreviam, quando afinal alcançou o seu zênite.

O *targuí* deteve então sua montaria, obrigou-a a se ajoelhar e cravou na terra a longa espada e o velho fuzil, que serviram de suporte, junto à cruz da sela, a um tosco e diminuto teto de lona.

Então Gacel se refugiou a sua sombra, apoiou a cabeça no branco lombo do *mehari* e adormeceu.

Despertou-o, palpitando em suas narinas, o mais ansiado dos odores do deserto. Abriu os olhos e permaneceu muito quieto, cheirando o ar, sem querer olhar para o céu, temeroso de que tudo fosse um sonho. Quando voltou a cabeça para oeste, ele a viu lá, cobrindo o horizonte, grande, escura, prometedora e cheia de vida, diferente de outras brancas, altas e suplicantes, que de quando em quando chegavam do norte para se perder de vista, sem prometer a mais inútil esperança de chuva.

Aquela nuvem cinzenta, baixa e esplendorosa, parecia ocultar em seu seio todos os tesouros de água do universo, e era, provavelmente, a mais bela de quantas Gacel pudera ver nos quinze últimos anos, talvez desde a grande tormenta que precedeu o nascimento de Laila; tormenta que fizera a avó de Laila lhe predizer um tétrico futuro, porque naquela ocasião a água ansiada se convertera em inundação, arrastando *jaimas* e animais, destruindo plantações e afogando uma camela.

R'Orab agitou-se inquieto. Girou seu longo pescoço e orientou o focinho ansioso para a cortina de água que avançava, descompondo a luz e transformando a paisagem. Barriu suavemente e de sua garganta nasceu um ronronear de grande gato satisfeito. Gacel se levantou lentamente, livrou-o dos arreios e, em seguida, se livrou de sua roupa, que cuidadosamente estendeu sobre umas moitas para que recebessem toda água possível. Depois, descalço e despido, aguardou de pé que as primeiras gotas salpicassem a areia e a terra, cobrindo de cicatrizes, como a varíola, o rosto do deserto, e viesse logo a água em pancadas, para embriagar seus sentidos com o doce repicar que se tornava estrondo, para sentir sobre a pele a morna carícia, para saborear a frescura límpida e clara e para aspirar o desejado perfume da terra empapada, da qual já se elevava um vapor denso e perturbador.

Ali estava, por fim, a união maravilhosa e fecunda, e depressa, com o sol daquela mesma tarde, a adormecida semente do *acheb** despertaria violenta, cobriria a planície de verde e transformaria a árida paisagem na mais bela das regiões, florescendo por poucos dias, para submergir em um novo e longo sono até a próxima tormenta, que talvez tardasse outros quinze anos em chegar.

Era belo o *acheb* livre e selvagem; incapaz de nascer em terra cultivada, junto a um poço ou sob a mão cuidadosa do camponês que o rega dia após dia, assim como o espírito do povo dos tuareg, o único que permaneceu, século após século, apegado a desertos de areia e pedra, a que o resto dos humanos tinha renunciado desde sempre.

A água empapou seu corpo e desprendeu de seu rosto a sujeira de meses e mesmo de anos. Esfregou-se com as unhas, procurou uma pedra plana e porosa para esfregar o corpo e viu como em seu corpo apareciam marcas mais claras, à medida que a crosta de terra, suor e pó se desprendia. A água corria azul, quase anil, até seus pés, pois a grosseira tintura de suas roupas impregnara, com o tempo, cada centímetro de seu corpo.

Duas longas horas permaneceu sob a chuva, feliz e tiritando, lutando consigo mesmo para não voltar atrás e regressar à casa, para aproveitar a água, plantar cevada, esperar a colheita e desfrutar, junto aos seus, daquele dom maravilhoso que Alá tinha querido lhe enviar, talvez como um aviso de que deveria permanecer ali, no que era seu mundo, e esquecer a afronta que nem toda a água daquela imensa nuvem poderia lavar.

Mas Gacel era um *targuí;* talvez por desgraça, o último dos autênticos tuareg da planície. Por isso, tinha plena cons-

---

* *Acheb*: Literalmente, grama. (N.T.)

ciência de que jamais esqueceria que um homem indefeso fora assassinado sob seu teto e outro lhe fora arrebatado pela força.

Quando a nuvem se afastou em direção ao sul e o sol da tarde secou seu corpo e suas roupas, ele se vestiu de novo, encilhou o *mehari* e retomou seu caminho, dando pela primeira vez as costas à água e à chuva; à vida e à esperança; a uma coisa que há apenas uma semana, há dois dias, não mais, teria enchido de gozo seu coração e o coração de todos os seus.

Ao anoitecer procurou uma duna pequena e cavou um buraco para afastar a areia ainda úmida e se agasalhar para dormir, quase coberto pela areia seca, pois sabia que, depois da chuva, o amanhecer traria o frio à planície e o vento transformaria em geada as gotas de água que se mantinham sobre as pedras e o mato ralo.

Mais de cinquenta graus de diferença aconteciam no deserto entre a máxima temperatura do meio-dia e a mínima na hora que precedia a aurora, e Gacel sabia que aquele frio traiçoeiro conseguia se meter nos ossos do viajante inconsciente, enfraquecia-o e, por muitos dias, deixava as articulações de seu corpo como que ancilosadas e doloridas, negando-se a responder ao mandato da mente.

Três caçadores tinham aparecido congelados nos pedregais do sopé do Huaila, e Gacel se lembrava dos cadáveres, apertados uns aos outros, fundidos pela morte naquele frio inverno em que a tuberculose levou também seu pequeno Bisrha. Pareciam sorrir, mas, depois, o sol secou seus corpos, desidratando-os e oferecendo um aspecto macabro à pele apergaminhada e aos dentes brilhantes.

Dura terra aquela em que um homem podia morrer de calor ou de frio ao cabo de poucas horas, e em que uma camela buscava água inutilmente durante dias, para perecer afogada, de repente, uma manhã.

Dura terra e, apesar disso, Gacel não concebia a existência em nenhum outro lugar, nem teria trocado sua sede, seu calor e seu frio na planície sem fronteiras pelas comodidades de qualquer outro mundo limitado e sem horizontes; e cada dia, durante cada uma de suas orações, a cara voltada para o este, para Meca, dava graças a Alá por lhe permitir viver onde vivia e pertencer à abençoada raça dos homens do véu, da lança ou da espada.

Dormiu desejando Laila. Ao despertar, o rijo corpo de mulher que apertava em sonho se convertera em suave areia, que escorria entre seus dedos.

Chorava o vento na hora do caçador.

Contemplou as estrelas, que lhe disseram quanto ainda faltava para que a luz as apagasse do firmamento, chamou para o fundo da noite e lhe respondeu o suave barrir do *mehari*, pastando nas úmidas moitas. Encilhou-o, retomou a marcha e, à metade da tarde, distinguiu na distância cinco manchas escuras, recortadas na planície pedregosa: o acampamento de Mubarrak-ben-Sad, o *imohag* do "Povo da Lança", que conduzira os soldados até sua *jaima*.

Rezou suas orações e se sentou sobre uma pedra lisa, para contemplar o ocaso. Imerso em seus negros pensamentos, compreendeu que aquela havia de ser a última noite em que dormiria em paz nessa vida. Com o amanhecer, teria de abrir afinal a capa da *elgebira** das guerras, das vinganças e dos ódios, e nunca, jamais, ninguém podia chegar a saber quão profunda e repleta se encontrava de mortes e violência.

Tentou compreender, também, os motivos que levaram Mubarrak a romper com a mais sagrada tradição *targuí*, e não encontrou nenhum. Era um guia do deserto; um bom guia, sem dúvida alguma, mas um guia *targuí* tinha a obrigação de se empregar exclusivamente para conduzir caravanas, rastrear caça ou acompanhar os franceses. Nunca, sob nenhum pretexto, um *targuí* tinha direito de penetrar, sem permissão, no território de outro *imohag*, e menos ainda conduzindo estrangeiros incapazes de respeitar as velhas tradições.

Quando nesse amanhecer Mubarrak-ben-Sad abriu os olhos, um calafrio percorreu suas costas; o terror que há dias o assaltava em sonhos o assaltou agora desperto. Instintiva-

---

* *Elgebira*: Bolsa onde se guardam instrumentos de guerra (algibeira). (N.T.)

mente, voltou o rosto para a entrada de sua *sheriba,* tentando encontrar o que, em verdade, temia. Ali, em pé, a trinta metros de distância, agarrado à empunhadura de sua longa *takuba* cravada na terra, Gacel Sayah, nobre *inmouchar* do Kel-Talgimus, o aguardava decidido a lhe pedir contas de seus atos.

Mubarrak pegou sua espada e andou devagar, ereto e digno, para se deter a cinco passos de distância de Gacel.

– *Metulem, metulem* – saudou, com a fórmula preferida dos tuareg.

Não obteve resposta e, na realidade, não a esperava. Esperava, sim, a pergunta:

– Por que o fez?

– Fui obrigado pelo capitão do Posto Militar de Adoras.

– Ninguém pode obrigar um *targuí* a fazer aquilo que não deseja.

– Há três anos trabalho para eles. Não podia me negar. Sou guia oficial do governo.

– Você jurou, como eu, não trabalhar jamais para os franceses.

– Os franceses foram embora. Agora somos um país livre.

Pela segunda vez em poucos dias duas pessoas diferentes lhe diziam o mesmo. Compreendeu por que nem o oficial nem os soldados vestiam o odioso uniforme colonial. Nenhum era europeu, nem falava com o forte sotaque estrangeiro, e em seus veículos não ondulava a eterna bandeira tricolor.

– Os franceses sempre respeitaram nossas tradições... – murmurou, afinal, como quem fala para si mesmo. – Por que não as respeitam agora, se além de tudo somos livres?

Mubarrak encolheu os ombros.

– Os tempos mudam... – disse.

– Não para mim – foi a resposta de Gacel. – Quando o deserto se converter em oásis, a água correr livremente pelas *sekias* e a chuva cair sobre nossas cabeças tantas vezes quanto dela necessitemos, mudarão os costumes dos tuareg. Nunca antes.

Mubarrak conservou a calma ao perguntar:

– Isso quer dizer que vem para me matar?

– Para isso vim.

Mubarrak concordou em silêncio, compreensivo, e pôs, em seguida, um longo olhar à sua volta: à terra ainda úmida e ao diminuto brotar dos *acheb* que lutavam por aparecer entre as rochas e os pedregulhos.

– Foi maravilhosa a chuva – disse.

– Maravilhosa.

– Logo a planície se cobrirá de flores, e um dos dois não poderá vê-la.

– Devia ter pensado nisso antes de levar estranhos ao meu acampamento.

Sob seu véu, os lábios de Mubarrak se mexeram em um leve sorriso:

– Então ainda não havia chovido – replicou, e logo, muito devagar, despiu sua *takuba,* livrando o polido aço da bainha de couro trabalhado. – Peço para que sua morte não dê início a uma guerra entre tribos – acrescentou. – Ninguém mais que nós deverá pagar por nossas faltas.

– Que assim seja – replicou Gacel inclinando-se, disposto a receber a primeira investida.

Mas esta tardou em chegar, porque nem Mubarrak nem Gacel eram mais guerreiros de espada e lança, mas homens de armas de fogo, e suas longas *takubas* tinham sido reduzidas, com o passar do tempo, a meros objetos de adorno e cerimônia, utilizadas, nos dias de festas, em exibições nas quais se buscava mais o efeito do golpe contra o escudo de couro, ou a esquiva habilmente realizada, que a intenção de ferir.

Agora, porém, não estavam presentes os escudos, nem os espectadores dispostos a admirar saltos e cabriolas enquanto o aço cintilava, e eles evitavam, mais que perseguiam, atingir o contrário, enquanto esse contrário esgrimia sua arma decidido a matar para não ser morto.

Como parar o golpe sem escudo? Como se recuperar de um salto para trás ou um tropeço, se o rival não se sentia disposto a dar tempo a tal recuperação?

Olharam-se, tentando mutuamente descobrir as intenções, girando lentamente um à volta do outro, enquanto das *jaimas* começavam a surgir homens, mulheres e crianças que os observavam em silêncio, consternados, sem querer acreditar que eles se enfrentavam em uma luta real e não em um simulacro.

Mubarrak ameaçou o primeiro golpe, quase uma tímida pergunta: um desejo de constatar se se tratava, em verdade, de uma luta à morte. A resposta, que o fez dar um salto para trás, evitando por centímetros a furiosa lâmina do inimigo, gelou o seu sangue nas veias. Gacel Sayah, *inmouchar* do temível povo do Kel-Talgimus, queria matá-lo, não tinha dúvida. Havia tanto ódio e desejo de vingança na cutilada que acabava de dirigir contra ele, como se aqueles desconhecidos a quem oferecera asilo fossem seus filhos prediletos, e ele, Mubarrak-ben-Sad, os houvesse assassinado.

Mas Gacel não sentia verdadeiro ódio, tentava unicamente fazer justiça, e não lhe teria parecido nobre odiar o *targuí* por se ter limitado a realizar seu trabalho, por mais que fosse um trabalho equivocado e indigno de respeito. Gacel sabia, além disso, que o ódio, como a ansiedade, o medo, o amor, ou qualquer outro sentimento profundo, não era bom companheiro para o homem do deserto. Para sobreviver na terra em que lhe havia tocado nascer, se fazia necessária uma grande calma, sangue-frio e um domínio de si mesmo bem acima de qualquer sentimento que pudesse arrastá-lo a cometer erros, erros que dificilmente poderia corrigir.

Agora Gacel sabia que estava agindo como juiz e talvez também como verdugo, mas nem um nem outro tinham por que odiar sua vítima. A força da cutilada, a ira que continha, não tinha sido em verdade mais que um aviso, a clara resposta à pergunta que seu contendor lhe fizera.

Atacou de novo e compreendeu, de súbito, o quanto eram inadequadas as amplas vestes, o amplo turbante e o véu que usavam. Os *jaiques* se enredavam em suas pernas e braços, as *nails** de grossa sola em finas tiras de couros de antílope escorregavam sobre as pedras pontiagudas e o *lithan*** o impedia de ver com clareza e de chegar a seus pulmões todo o oxigênio de que seus pulmões precisavam em um momento como aquele.

Mubarrak, entretanto, se vestia de modo semelhante, razão pela qual seus movimentos eram igualmente inseguros.

As lâminas de aço abanaram ao ar, zumbindo furiosas na quietude da manhã. Uma velha desdentada soltou um berro horrorizado e suplicou para que alguém matasse, com um tiro, o sujo chacal que tentava matar seu filho.

Mubarrak estendeu a mão com um gesto autoritário, e ninguém se mexeu. O código de honra dos "Filhos do Vento", feito de traições e vilezas, tão diferente do mundo dos beduínos "filhos das nuvens", exigia que o confronto entre dois guerreiros fosse limpo e nobre, embora nele perdessem a vida. Tinha sido desafiado de frente, mataria de frente. Procurou solo firme sob seus pés, respirou, lançou um grito e se precipitou para diante, em direção ao peito do inimigo, que afastou a ponta de sua espada com um golpe seco e duro.

Quietos novamente eles se olharam uma vez mais. Gacel brandiu sua *takuba,* como se fosse uma clava, e desferiu uma cutilada em forma de molinete, de cima para baixo. Qualquer aprendiz de esgrima teria aproveitado esse erro para enfiar no corpo dele uma estocada. Mubarrak, porém, ficou satisfeito por se afastar e aguardou, confiando mais em sua força que em sua habilidade. Empunhou a arma com as duas mãos e a lançou com uma força capaz de cortar pela cintura um homem muito mais gordo que Gacel, mas Gacel já não se encontrava ali para ser cortado.

---

* *Nails:* Sandálias beduínas desprovidas de calcanhar. (N.T.)

** *Lithan:* Peça de pano atada no turbante, com que os tuareg cobrem o nariz e a boca. (N.T.)

O sol começava a esquentar com força e o suor corria sobre seus corpos, empapando as palmas de suas mãos e tornando inseguras as metálicas empunhaduras das espadas, que se elevaram de novo. Estudaram-se, e se lançaram um contra o outro a um tempo, mas no último instante Gacel freou a arremetida, permitindo que a ponta da arma de Mubarrak rasgasse o seu *jaique,* arranhando-lhe o peito, enquanto tinha o ventre atravessado, de um lado a outro, pela espada do desafiante.

Mubarrak manteve-se em pé por alguns instantes, sustentado mais pela espada e os braços de Gacel que pelas próprias pernas, e quando este arrancou a arma, dilacerando suas vísceras, caiu sobre a areia, dobrado sobre si mesmo, decidido a suportar em silêncio, sem uma queixa, a longa agonia que o destino lhe reservara.

Instantes depois, enquanto seu verdugo se encaminhava, devagar, nem feliz nem orgulhoso, até a montaria que o esperava, a velha desdentada entrou na maior das *jaimas,* pegou um fuzil, carregou-o, chegou até onde o filho se retorcia de dor, sem um lamento, e apontou para sua cabeça.

Mubarrak abriu os olhos e ela pôde ler em seu olhar o infinito agradecimento do ser a quem livraria de longas horas de sofrimentos desesperados.

Gacel ouviu o disparo no instante em que seu camelo reiniciava a marcha, mas não olhou para trás.

Pressentiu, muito mais que pôde ver, uma manada de antílopes, e isso o fez se dar conta da enormidade de sua fome.

Nos dois dias anteriores, tinha passado à base de punhados de farinha de milho e tâmaras, preocupado com seu confronto com Mubarrak. Agora, só a ideia de um bom pedaço de carne assando lentamente sobre o calor das brasas doeu fundo em suas tripas.

Aproximou-se devagar da beira da *grara**, levando o camelo pela corda, cuidando para que o vento não levasse seu cheiro até os animais que pastavam a vegetação curta e dispersa da depressão, que deve ter sido, em tempos muito remotos, uma lagoa ou alargamento de um riacho, e ainda conservava em suas entranhas restos de umidade.

Tímidas tamargueiras e meia dúzia de acácias anãs se levantavam aqui e ali. Gacel gostou de comprovar que seu instinto de caçador lhe fora mais uma vez fiel, porque ao fundo, pastando ou dormindo ao sol de meia-tarde, uma família de belos animais de longos cornos e pele avermelhada parecia convidá-lo a atirar.

Municiou o fuzil, metendo na câmara uma única bala. Desse modo, evitava a tentação de, errado o primeiro disparo, iniciar um segundo já no desespero, quando aqueles ágeis animais tivessem empreendido a fuga em grandes saltos. Gacel sabia que esse segundo tiro, quase ao acaso, raramente acertava no alvo e significava um desperdício, quando as munições, no deserto, são tão raras como a própria água.

---

* *Grara*: Depressão do terreno, onde se formam poças d'água no deserto, após as eventuais chuvas. (N.T.)

Deixou livre o *mehari,* que começou a pastar imediatamente, alheio a tudo que não fosse o seu alimento, revitalizado e apetitoso pela chuva recente, e avançou em silêncio, quase se arrastando, de uma rocha ao retorcido tronco de um arbusto; de uma pequena duna a uma moita, até alcançar o lugar ideal, um montículo de pedras do qual dominava, a menos de trezentos metros de distância, a esbelta silhueta do grande macho da manada.

"Quando se abate um macho, outro mais jovem surge pronto a ocupar o posto e a cobrir as fêmeas", dissera-lhe o pai. "Quando se mata uma fêmea, se mata também os filhos dela e os filhos dos filhos dela, que haverão de alimentar seus filhos e os filhos dos seus filhos."

Endireitou a arma e apontou, com cuidado, para a paleta dianteira, à altura do coração. Àquela distância, um tiro na cabeça era, sem dúvida, mais efetivo, mas Gacel, como bom muçulmano, não podia comer carne que não tivesse sido degolada na direção de Meca, pronunciando as orações ordenadas pelo Profeta. Matar o antílope, instantaneamente, significaria ter de perdê-lo, por isso preferia correr o risco de vê-lo escapar ferido; sabia que com uma bala nos pulmões não iria muito longe.

O animal subiu o morro, farejou o vento e se inquietou. Logo, depois do que pareceu uma eternidade, mas que não foram senão dois ou três minutos, ele percorreu com o olhar sua manada, certificando-se de que não corria perigo, disposto a retornar à tarefa de mordiscar uma tamargueira.

Quando Gacel esteve completamente certo de que não podia errar e seu alvo não saltaria inesperadamente ou iniciaria um movimento estranho, apertou suavemente o gatilho; a bala partiu com um silvo que rasgou o vento, e o antílope caiu de joelhos, como se lhe tivessem cortado as quatro patas ou o chão houvesse ascendido bruscamente até ele por artes de magia.

Suas fêmeas o olharam sem interesse ou medo, porque, apesar de o estampido ter aturdido o ambiente, não estava ligado nelas à ideia de perigo e morte, e, só quando viram vir correndo um homem com suas vestes ao ar e esgrimindo um punhal, começaram a correr para se perderem de vista na planície imensa.

Gacel chegou até o animal ferido, que fez um último esforço para se levantar e seguir sua família, mas alguma coisa se rompera em seu interior e nada mais obedecia ao mandato de sua mente. Só seus olhos, enormes e inocentes, refletiam a magnitude de angústia quando o *targuí* o pegou pela cornadura, virou sua cara para Meca e o degolou com um profundo corte de sua afiada *gumía**.

O sangue jorrou aos borbotões, salpicando-lhe as sandálias e a roda do *jaique,* mas Gacel não reparou nisso, satisfeito ao comprovar que a pontaria tinha sido, uma vez mais, excelente, e ele atingira o animal no ponto exato.

O anoitecer o surpreendeu ainda comendo, e não tinham feito ainda sua aparição as primeiras constelações quando já dormia, protegido do vento por um arbusto e aquecido pelo rescaldo do fogo.

Acordou-o o riso das hienas, que acudiam ao chamariz do animal morto, e também rondavam os chacais, razão pela qual atiçou o fogo que os afastou até o limite das sombras; permaneceu, depois, estendido, o rosto para o céu, escutando o vento que chegava e meditando sobre o fato de que, naquele mesmo dia, tinha matado um homem: o primeiro ser humano que matava, o que queria dizer que sua vida não poderia ser agora a mesma daqui para a frente.

Não se sentia culpado, porque considerava sua causa justa, mas preocupava-o a possibilidade de desencadear uma daquelas guerras tribais das que tanto tinha ouvido falar seus antepassados, e nas quais chegava o momento em que ninguém mais sabia a causa das mortes, nem o nome de quem as havia iniciado. E os tuareg, os poucos *imohag* que ainda vagavam pelos confins do deserto, fiéis a suas tradições e leis, não

---

* *Gumía*: Punhal de lâmina de 25cm aproximadamente, afiado nos dois gumes, composto de dois semicírculos, formando um ângulo pontiagudo na sua interseção. (N.T.)

estavam em condições de se aniquilar uns aos outros, pois já era muito terem de se defender dos avanços da civilização.

Evocou a estranha sensação que percorreu seu corpo quando sua espada penetrou, brandamente, quase sem esforço, no ventre de Mubarrak, e lhe pareceu estar escutando ainda o rouco estertor que escapou da garganta dele naquele instante. Ao retirar o braço, foi como se tivesse agarrada à lâmina de sua *takuba* a vida do inimigo, então sentiu medo de ter de empregar a espada alguma outra vez. Depois, porém, se lembrou do seco estampido que matou seu hóspede adormecido, e o consolou a ideia de que não podia haver perdão para os culpados de semelhante crime.

Acabava de descobrir que, se amarga resulta a injustiça, igualmente amargo era tratar de corrigi-la, porque matar Mubarrak não lhe proporcionara prazer algum, mas uma profunda e desanimadora sensação de vazio. Como o velho Suílem garantia, a vingança não devolvia os mortos à vida.

Perguntou-se, em seguida, por que tinha sido sempre tão importante, para os tuareg, aquela lei não escrita da hospitalidade, lei que se antepunha a todas as outras leis, inclusive as corânicas. Então tentou imaginar como seria o deserto se o viajante não tivesse a absoluta segurança de que, aonde quer que chegasse, seria bem recebido, ajudado e respeitado.

Contavam as lendas que, em certo tempo, dois homens se odiavam de tal maneira que um deles, o mais fraco, se apresentou inesperadamente na *jaima* do inimigo, pedindo hospitalidade. Zeloso da tradição, o *targuí* mais forte aceitou o hóspede, ofereceu-lhe sua proteção, mas, ao cabo de meses, cansado de suportá-lo e de lhe dar de comer, garantiu-lhe que podia ir em paz porque jamais atentaria contra a vida dele. Desde então, e parece que isso fazia muitíssimos anos, aquela se transformara em uma prática habitual entre os tuareg, que resolviam desse modo suas diferenças e assim punham fim a suas disputas.

Como ele mesmo teria reagido se Mubarrak tivesse ido a seu acampamento para pedir hospitalidade, buscando perdão pela falta cometida? Não podia sabê-lo, mas, provavelmente, teria reagido como o *targuí* da lenda, pois seria ilógico cometer um delito para castigar alguém que cometera exatamente o mesmo delito.

Quando os aviões a jato sulcavam os altíssimos céus do deserto, e os caminhões empoeiravam os caminhos mais conhecidos, empurrando sua raça para os mais recônditos rincões da planície, não era fácil prognosticar quanto tempo eles ainda viveriam ali, mas para Gacel era evidente que, enquanto um só deles sobrevivesse sobre as areias, nas infinitas planícies sem vida, ou nos pedregais sem horizontes da *hamada,* a lei da hospitalidade deveria continuar sagrada, pois, do contrário, nenhum viajante se arriscaria jamais a atravessar o deserto.

O delito de Mubarrak não admitia desculpas e ele, Gacel Sayah, se encarregaria de fazer com que os outros, os que não eram tuareg, compreendessem que, no Saara, as leis e os costumes de sua raça deviam continuar sendo respeitados, porque eram leis e costumes adaptados ao meio, sem os quais não existia possibilidade alguma de sobrevivência.

Chegou o vento e com ele o dia. Hienas e chacais compreenderam que perdiam suas escassas possibilidades de se apoderar de alguma porção de antílope e se afastaram grunhindo e se lamentando até suas escuras tocas, para as quais já regressavam todos os habitantes da noite: *o fenec* de longas orelhas, o rato do deserto, a serpente, a lebre e a raposa. Quando o sol começasse a aquecer estariam dormindo, conservando forças até que as sombras da noite fizessem novamente suportável a vida na mais desolada região do planeta, porque ali, ao contrário do resto do mundo, a atividade acontecia à noite e o descanso de dia.

Unicamente o homem, apesar dos séculos, não conseguira se adaptar por completo à noite, e foi por isso que, com a primeira luz, Gacel procurou seu camelo, que pastava a pouco mais de um quilômetro de distância, puxou-o pela corda e reiniciou, sem pressa, sua marcha para o oeste.

O Posto Militar de Adoras ocupava um oásis em forma de triângulo – pouco mais de uma centena de palmeiras e quatro poços no coração mesmo de um extensíssimo rio de dunas, o que se podia considerar um autêntico milagre de sobrevivência ameaçado constantemente pela areia que o cercava e o protegia do vento, mas o convertia em uma espécie de forno que, no meio dos dias, alcançava frequentemente sessenta graus centígrados.

As três dúzias de soldados que compunham a guarnição passavam a metade de sua vida amaldiçoando a sorte à sombra das palmeiras, e a outra metade empurrando areia, em um desesperado esforço por fazê-la retroceder e manter limpo o estreito caminho de terra que permitia que eles se comunicassem com o mundo exterior, recebendo provisões e correspondência uma vez a cada dois meses.

Desde que há trinta anos um coronel enlouquecido teve a absurda ideia de que o exército devia controlar aqueles quatro poços – aliás, os únicos existentes em quase cem quilômetros à volta –, Adoras se transformara no “destino maldito”, tanto para as tropas coloniais como para as nativas, e, das sepulturas que se levantavam ao fim do palmeiral, nove se deviam a “mortes naturais” e seis ao suicídio daqueles que não haviam suportado a ideia de sobreviver em semelhante inferno.

Quando um tribunal hesitava entre enviar um réu ao *paredón,* condená-lo à prisão perpétua ou comutar a pena por quinze anos de serviço obrigatório em Adoras, tinha plena consciência do que fazia, por mais que esse réu considerasse que a comutação o favorecia.

Para o capitão Kaleb-el-Fasi, comandante da guarnição e autoridade suprema em uma região tão extensa quanto meia Itália, mas onde não viviam mais de oitocentas pessoas, os sete anos que levava em Adoras representavam o castigo por haver assassinado um jovem tenente que ameaçou revelar as irregularidades das contas do regimento, no posto anterior.

Condenado à morte, seu tio, o famoso general Obeid--el-Fasi, herói da Independência, conseguiu, graças ao fato de que fora um de seus ajudantes e homens de confiança durante a guerra de Libertação, que ele pudesse se reabilitar comandando um destacamento para o qual não se podia enviar nenhum outro militar senão em desgraça.

Três anos antes, baseado unicamente nos expedientes que tinha em seu poder, o capitão Kaleb chegara à conclusão de que os componentes de Adoras somavam vinte mortes, quinze violações, sessenta assaltos a mão armada e um incontável número de roubos, vigarices, deserções e delitos de menor monta, fato que o obrigava agora, para dominar semelhante "tropa", a lançar mão de toda a sua experiência, astúcia e violência. O respeito que infundia só era superado pelo que impunha seu homem de confiança: o sargento-mor Malik-el--Haideri, um homem magro, diminuto e aparentemente fraco e doentio, mas tão cruel, astuto e valente que conseguira controlar aquela quadrilha de feras, sobrevivendo a cinco tentativas de assassinato e dois duelos a faca.

Malik era a "morte natural" mais comum em Adoras, e dois dos seis suicidas estouraram os miolos para não continuar aturando-o.

Agora, sentado no cume da mais alta duna que dominava o oásis pelo este, uma velha *ghourds** de mais de cem metros de altura, dourada pelo tempo e endurecida em seu coração, até converter quase em pedra a areia, o sargento Malik olhava, sem maior interesse, como seus homens removiam a areia das jovens dunas que ameaçavam cobrir o mais afastado

* *Ghourds:* Muitas espécies de palmeiras do deserto. Em geral são muito altas e produzem tâmaras graúdas. (N.T.)

dos poços. Nessa mesma direção, seu binóculo enfocou um solitário ginete, que fizera sua aparição montando um branco *mehari,* e que avançava, sem pressa, abrindo caminho em direção ao posto. Ele se perguntou o que buscaria um *targuí* naquele fim de mundo, quando fazia seis anos que deixaram de frequentar os poços de Adoras, evitando todo o contato com seus ocupantes. As caravanas beduínas chegavam cada vez mais espaçadamente, faziam aguada, descansavam alguns dias no ponto mais afastado do oásis, procurando ocultar suas mulheres e absolutamente não contatar com os soldados, retomavam a marcha, suspirando aliviados se não tivesse ocorrido qualquer incidente. Mas os tuareg não. Os tuareg, quando frequentavam os poços, mostravam-se altivos e desafiadores, permitiam que suas mulheres andassem de um lado a outro, o rosto descoberto, braços e pernas à mostra, indiferentes ao fato de aqueles homens não desfrutarem de uma mulher há anos, e lançando mão de seus fuzis e suas afiadas *gumías* quando algum deles se excedia.

Por isso, quando dois guerreiros e três soldados morreram em uma briga, os "Filhos do Vento" preferiram afastar o posto militar de seu caminho, mas agora aquele ginete solitário avançava decidido, aproximava-se da última crista, destacava-se no céu do entardecer com suas vestes ao vento, e finalmente penetrava na área das palmeiras, detendo-se junto ao poço norte, a uma centena de metros dos primeiros barracões.

O sargento deslizou sem pressa pela duna, atravessou o acampamento e se aproximou do *targuí,* que dava de beber ao camelo, capaz de beber cem litros de água de uma só vez.

– *Aselam, aleikum!*

– *Metulem, metulem* – respondeu Gacel.

– Belo animal. E muito sedento.

– Viemos de longe.

– De onde?

– Do norte.

O sargento Malik-el-Haideri odiava o véu *targuí* porque se gabava de conhecer os homens e saber, pela expressão de seus rostos, quando diziam a verdade ou mentiam. Com os tuareg, porém, essa possibilidade nunca existia, pois mal deixavam à vista uma frestinha para os olhos, que entrecerravam e diminuíam, de propósito, ao falar. A voz soava também distorcida, obrigando-o a aceitar por boa a resposta, já que, de fato, vira-o chegar do norte, e não tinha razão para suspeitar de que Gacel se preocupara em dar uma grande volta para sugerir uma direção oposta à que em realidade alegava.

– Para onde se dirige?

– Para o sul.

Já havia deixado que o animal ficasse escarrapachado, as tripas transbordantes de água, satisfeito e balofo, e se dedicava à tarefa de reunir galhos e preparar uma pequena fogueira.

– Pode comer com os soldados – disse-lhe.

Gacel levantou um pedaço de manta e deixou a descoberto meio antílope, ainda sumarento e coberto de sangue seco.

– Você pode comer comigo, se quiser. Em troca de sua água.

O sargento-mor Malik notou que seu estômago dava um salto. Há mais de quinze dias que os caçadores não conseguiam uma única peça, pois com os anos eles as tinham afastado dos arredores, e não havia entre seus soldados nenhum beduíno autêntico, conhecedor do deserto e seus habitantes.

– A água é de todos – replicou. – Mas aceito com prazer seu convite. Onde o caçou?

Gacel sorriu interiormente, com o infantil da armadilha.

– No norte – respondeu.

Tinha já reunida a lenha de que precisava e, sentando-se sobre a manta do *mehari,* dali tirou pederneira e mecha; Malik lhe ofereceu uma caixa de fósforos:

– Use isto – pediu. – É mais fácil. – Depois a recusou com um gesto. – Fique com ela. Temos muitas no depósito.

Sentara-se diante dele e o observava enquanto cravava as patas do antílope na vareta do velho fuzil, preparando-se para assá-las lentamente, em fogo baixo.

– Procura trabalho no sul?

– Procuro uma caravana.

– Não é época de caravanas. As últimas passaram há um mês.

– A minha espera por mim – foi a enigmática resposta, e, como notou que o sargento o olhava fixamente, sem compreender, acrescentou no mesmo tom: – Há mais de cinquenta anos que me espera.

O outro pareceu compreender e o observou mais detidamente:

– A "Grande Caravana!" – exclamou afinal. – Vai em busca da "Grande Caravana" da lenda? Está louco?

– Não é uma lenda... Meu tio ia nela. E não estou louco. Meu primo Suleimán, que passa o dia carregando tijolos por um salário miserável, é que está louco.

– Nenhum dos que saíram em busca dessa caravana regressou com vida.

Gacel assinalou com um gesto de cabeça as sepulturas de pedra entre as dispersas palmeiras, ao fundo do oásis.

– Não devem estar mais mortos que esses... E, se a tivessem encontrado, seriam ricos para sempre.

– Mas a "terra vazia" não perdoa; não há água nem vegetação que sirva de pasto a seu camelo, sombra que o cubra ou qualquer referência válida para o orientar. É o inferno!

– Eu sei – admitiu o *targuí.* – Estive lá duas vezes.

– Esteve nas "terras vazias"? – repetiu, incrédulo.

– Duas vezes.

O sargento Malik não precisou ver o rosto do *targuí* para compreender que dizia a verdade, e um novo interesse nasceu nele. Tinha suficiente tempo no Saara a ponto de valorizar um homem que estivera nas "terras vazias" e voltara. Podiam ser contados nos dedos de uma mão, de Marrocos ao Egito, e nem mesmo Mubarrak-ben-Sad, guia oficial do posto, a quem considerava um dos melhores conhecedores das areias e dos pedregais, admitia ter se atrevido.

"Mas eu conheço um..." confessara-lhe uma vez, no transcurso de uma longa expedição de reconhecimento ao maciço do Huaila. "Conheço um *inmouchar* do Kel-Talgimus, que foi e voltou..."

– Que é que se sente lá dentro?

Gacel olhou-o longamente e encolheu os ombros.

– Nada. É preciso deixar fora todos os sentidos. Deixar fora até as ideias e viver como uma pedra, atento a não realizar um só movimento que consuma água. Até mesmo à noite a gente deve se mexer tão devagar quanto um camaleão; e assim, se você consegue se fazer insensível ao calor e à sede, e sobretudo se consegue vencer o pânico e conservar a calma, tem uma remota possibilidade de sobreviver.

– Por que o fez? Procurava a "Grande Caravana"?

– Não. Procurava, em mim, restos de meus antepassados. Eles venceram as "terras vazias".

O outro negou com convicção:

– Ninguém vence as "terras vazias" – retrucou, certo do que dizia. – A prova é que todos os seus antepassados estão mortos e elas continuam, tão inexplicáveis como quando Alá as criou. – Fez uma pausa, agitou a cabeça e perguntou como quem pergunta a si próprio: – Por que o faria? Por que Ele, capaz de criar coisas portentosas, criou também este deserto?

A resposta não veio presunçosa, embora se pudesse pensar que o era.

– Para poder criar os *imohag.*

Malik sorriu divertido.

– Realmente... – admitiu. – Realmente... – apontou para a perna do antílope. – Não gosto de carne passada demais – acrescentou. – Assim está bem.

Gacel afastou a vareta, extraiu os dois pedaços de carne, ofereceu um ao sargento e, com a ajuda de sua afiadíssima *gumía*, começou a cortar grossos nacos do outro.

– Se alguma vez você se encontrar em dificuldades – indicou –, não asse a carne. Coma-a crua. Coma qualquer animal que encontrar e beba o sangue dele. Mas não se mexa. Principalmente, não se mexa nunca.

– Levarei em conta isso – admitiu o sargento. – Levarei em conta, mas rogo a Alá que jamais me ponha em semelhante transe.

Terminaram de comer em silêncio, beberam água fresca do poço e Malik se levantou, espreguiçando-se satisfeito.

– Tenho de ir – disse. – Devo dar parte ao capitão e ver se está tudo em ordem. Quanto tempo ficará?

Gacel encolheu os ombros, indicando que não sabia.

– Entendo. Fique quanto tempo quiser, mas não se aproxime dos barracões. Os sentinelas têm ordem de atirar para matar.

– Por quê?

O sargento Malik-el-Haideri sorriu enigmaticamente e, com um movimento de cabeça, assinalou o mais afastado dos barracões.

– O capitão não tem muitos amigos – explicou. – Nem ele nem eu temos muitos amigos, mas eu sei cuidar de mim mesmo.

Afastou-se quando as sombras já iam escorrendo pelo oásis, arrumando-se entre as palmas das palmeiras, e as vozes ressoavam com maior nitidez; os soldados regressavam com seus palas ao ombro, cansados e suarentos, ansiando pelo rancho e o enxergão que os conduzisse, por umas horas, ao mundo dos sonhos, longe do inferno de Adoras.

Não houve crepúsculo; o céu passou, quase sem transição, do vermelho ao negro, e logo brilharam as luzes dos lampiões.

Só o barracão do capitão tinha guarda-ventos que impediam que se visse o que acontecia em seu interior; antes que a noite se fechasse por completo, um sentinela para lá se dirigiu, montou guarda, rígido, a arma embalada, a menos de vinte metros da porta.

Meia hora depois, essa porta se abriu e nela se destacou uma figura alta e forte. Gacel não precisou distinguir as estrelas do uniforme dele para reconhecer o homem que matara seu hóspede. Viu-o permanecer ali, quieto, respirando a pleno pulmão o ar da noite, e acender um cigarro. A luz do fósforo trouxe à sua memória cada um daqueles traços e o brilho acerado e frio dos olhos dele, quando assegurou que ele era a lei. Sentiu-se tentado a preparar sua arma e acabar com ele de um só tiro. A tão curta distância, nitidamente destacado pela luz interior, Gacel se sentia capaz de acertar uma bala na cabeça dele, apagando ao mesmo tempo o cigarro que tinha na boca, mas não o fez. Limitou-se a observá-lo, a menos de cem metros, comprazendo-se em imaginar o que pensaria aquele homem ao constatar que o *targuí,* a quem havia ofendido e humilhado, estava sentado ali, frente a ele, apoiado em uma palmeira, junto às cinzas ainda quentes de uma fogueira, meditando sobre a conveniência de matá-lo agora ou mais tarde.

Para todos aqueles homens da cidade transplantados ao deserto, que nunca aprenderiam a amar, e que, em verdade, odiavam, sonhando escapar dele a qualquer preço, eles, os tuareg, não eram senão uma parte da paisagem, tão incapazes de distinguir um do outro, como incapazes de diferenciar duas largas dunas *sifs** de crista de areal, ainda que estivessem separadas entre si por mais de meio dia de marcha.

Não tinham noção do tempo, nem do espaço, nem dos cheiros ou das cores do deserto, e do mesmo modo não tinham noção do que separava um guerreiro do "Povo do Véu", de um *imohag* do "Povo da Espada", um *inmouchar* de um servo, ou uma autêntica mulher *targuí,* livre e forte, de uma pobre beduína, escrava de um harém.

Poderia ter se aproximado dele, falado durante meia hora da noite e das estrelas, dos ventos e das gazelas, que não teria reconhecido "naquele maldito esfarrapado e fedorento" o homem que tentara enfrentá-lo cinco dias antes.

Durante anos os franceses tentaram em vão que os tuareg descobrissem o rosto. Por fim, convencidos de que eles nunca abandonariam o véu, devem ter chegado à conclusão de que jamais distinguiriam, pela voz ou pelos gestos, um do outro, e abandonaram completamente a esperança de diferenciá-los.

Nem Malik, o oficial ou todos aqueles soldados que

---

* *Sifs*: Significa serpente, designada figurativamente para denominar a forma serpenteada que o vento esculpe nas dunas de areia. (N.T.)

empurravam areia eram franceses, mas se pareciam com eles pela ignorância e o desprezo pelo deserto e seus habitantes.

Quando o capitão terminou de fumar, atirou a ponta na areia, fez continência ao sentinela e fechou a porta, fazendo ouvir o sonoro correr de um pesado ferrolho. As luzes foram se apagando uma depois da outra, e o acampamento e o oásis ficaram em silêncio; um silêncio quebrado unicamente pelo sussurro das palmas das palmeiras, agitadas por suave brisa, e o distante uivar de um chacal esfaimado.

Gacel enrolou-se em sua manta, apoiou a cabeça contra a sela, olhou uma vez mais para os barracões e para a fila de veículos estacionados sob uma tosca garagem, e adormeceu.

O amanhecer o surpreendeu no alto da mais carregada das palmeiras, lançando ao chão pesados cachos de tâmaras maduras. Encheu um saco com elas; encheu de água as *gerbas** e encilhou o *mehari,* que protestou ruidosamente, ansiando por permanecer mais tempo à sombra, perto do poço.

Os soldados começavam a aparecer, urinando sobre as dunas ou lavando os rostos no tanque do maior dos poços, e o sargento Malik-el-Haideri também abandonou seu alojamento, aproximando-se com passo rápido e firme.

– Já vai? – perguntou, embora a pergunta fosse evidentemente inútil. – Pensei que ficaria para descansar alguns dias.

– Não estou cansado.

– Estou vendo. E sinto muito. Gosto, às vezes, de falar com um estranho. Esta escória não pensa senão em roubar ou em mulheres.

Gacel não respondeu, empenhado em ajeitar os volumes sobre o lombo do *mehari,* para que o seu sacolejar não os atirasse ao chão com menos de quinhentos metros de marcha. Malik ajudou-o do outro lado do animal, enquanto lhe perguntava:

– Se o capitão me desse licença, você me levaria a procurar a "Grande Caravana?"

O *targuí* negou com um gesto:

---

* *Gerba:* Espécie de cantil de couro, muito usado no deserto. (N.T.)

– A "terra vazia" não é para você. Só nós, *imohag,* podemos entrar nela.

– Eu levaria três camelos. Poderíamos levar mais água e provisões. Naquela caravana há dinheiro de sobra para todos. Daria uma parte ao capitão, com a outra compraria a minha transferência, e ainda me sobraria para passar bem o resto da vida. Leve-me com você!

– Não.

O sargento-mor Malik não insistiu, mas percorreu, com o olhar, lentamente, as palmeiras, os barracos e as dunas de areia que encerravam todo aquele mundo pelos quatro lados, transformando o posto em uma prisão cujas grades tinham sido substituídas por altas dunas, que ameaçavam enterrá-los para sempre.

– Mais onze anos aqui! – murmurou depois, como que falando consigo mesmo. – Se sobreviver, serei um velho; e ainda me tiraram o direito à reforma e à pensão. O que vou fazer? – Virou-se de novo para o *targuí.* – Não seria melhor morrer dignamente no deserto, na esperança de que um golpe de sorte pudesse mudar tudo?

– Talvez.

– É o que você vai tentar, não é verdade? Prefere se arriscar a viver mal, carregando tijolos.

– Eu sou *targuí,* você não...

– Ora, vá pro inferno com seu maldito orgulho de raça! – protestou, mal-humorado. – Você pensa que é melhor porque o acostumaram, desde criança, a suportar o calor e a sede? Eu tenho de suportar esses filhos da puta, e garanto que não sei o que é pior. Vá embora! Quando quiser procurar a "Grande Caravana", eu o farei sozinho. Não preciso de você.

Gacel sorriu discretamente sob o véu, sem que o outro pudesse notá-lo; obrigou o camelo a se levantar e se afastou devagar, conduzindo-o pela corda.

O sargento Malik-el-Haideri seguiu-o com o olhar até que desapareceu no labirinto de corredores que as dunas deixavam entre si, ao sul da pista dos veículos, e retornou logo, pensativo, em direção ao maior dos barracões.

O capitão Kaleb-el-Fasi dormia sempre até que o sol começasse a esquentar o teto do seu barraco, o que acontecia às nove da manhã, embora ele o tivesse mandado levantar no ponto mais povoado de palmeiras, tão à sombra que, frequentemente, o bater das tâmaras sobre as folhas de zinco o acordava sobressaltado.

A essa hora fazia suas orações, a dois metros da porta, e se lavava no tanque do poço grande, onde o sargento Malik ia para lhe dar parte das ocorrências, ainda que, na verdade, escassas.

Naquela manhã, entretanto, o subordinado parecia desejoso de falar, animado por um entusiasmo pouco comum nele.

– O *targuí* vai procurar a "Grande Caravana" – disse.

Observou por um instante, aguardando que dissesse alguma coisa mais; como o sargento nada mais dissesse, falou ele:

– E então?

– Pedi que me levasse, mas não quis.

– Então não está tão louco como se poderia pensar. Desde quando a "Grande Caravana" o interessa, Malik?

– Desde que ouvi falar dela. Dizem que levava mercadorias avaliadas em mais de dez milhões de francos daquele tempo. Hoje, só o marfim e as joias valeriam o triplo.

– São muitos os que morreram perseguindo esse sonho.

– Todos aventureiros, gente que não organizou a expedição de uma forma científica, com os meios apropriados e apoio logístico.

O capitão Kaleb-el-Fasi pôs no sargento um olhar que pretendia ser severo e de repreensão:

– Está insinuando que empregue material e homens do exército para procurar essa caravana? – perguntou, em seguida, com fingida surpresa.

– E por que não? – foi a sincera resposta. – Constantemente nos mandam realizar expedições estúpidas, para procurar novos poços, pedras sem valor, ou recontagem de tribos. Uma vez os engenheiros nos mantiveram seis meses dando voltas, tentando encontrar petróleo.

– Mas o encontraram.

– Sim, mas... que foi que nos rendeu? Cansaço, doenças, tropa insatisfeita e três homens que voaram em pedaços, no jipe carregado de dinamite.

– Eram ordens superiores.

– Eu sei. Mas o senhor tem autoridade suficiente para me enviar a qualquer missão; por exemplo, exercícios de sobrevivência nas "terras vazias". Imagine só, se voltássemos com uma fortuna! A metade para o exército, a metade para nós e a tropa. Não acha que, bem distribuída, amoleceria alguns generais?

O oficial não respondeu imediatamente. Mergulhou a cabeça na água e permaneceu assim alguns instantes, talvez pensando. Quando emergiu, disse, sem olhar para o sargento:

– Poderia prendê-lo pelo que está propondo.

– Mas o que ganharia com isso? No fundo, que diferença faz estar na prisão, ou aqui fora dela? Um pouco mais de calor, e isso é tudo. Menos que na "terra vazia", é claro.

– Você está mesmo desesperado.

– Assim como o senhor. Se não fizermos alguma coisa, nunca sairemos daqui, e o senhor sabe bem disso. Qualquer dia, outro desses filhos da puta pega o *kafard** e se põe a duelar a tiros com a gente.

– Até agora temos sabido dominá-los.

– Com muita sorte – admitiu o homenzinho. – Mas até quando essa sorte vai durar? Logo a gente estará velho, sem forças, e eles nos liquidarão.

---

* *Kafard: Do al-fard,* palavra árabe que significa revólver ou pistola. (N.T.)

O capitão Kaleb-el-Fasi, comandante do perdido Posto Militar de Adoras, o "cu do Diabo", como aquele lugar era conhecido no exército, atirou a cabeça para trás e contemplou longamente as palmeiras, que nenhum sopro de vento agitava, e o céu de um azul quase branco, que feria os olhos só de olhá-lo.

Pensou na família; na mulher que tinha pedido e conseguido o divórcio em razão de sua condenação; nos filhos, que nunca lhe escreveram; nos amigos e companheiros, que apagaram seu nome de suas memórias, embora durante anos o tivessem elogiado por suas grandes qualidades; e, afinal, naquela quadrilha de ladrões, assassinos e viciados que o odiavam à morte, e que ao menor descuido cravariam nele uma baioneta pelas costas, ou colocariam uma bomba sob seu catre.

– Do que precisaria? – perguntou, sem se voltar, cuidando que a voz não delatasse compromisso algum.

– Um caminhão, um jipe e cinco homens. Levarei também o guia *targuí* Mubarrak-ben-Sad. E precisarei de camelos.

– Quanto tempo?

– Quatro meses. Mas estaríamos em contato pelo rádio, uma vez por semana.

Agora o oficial olhou-o de frente.

– Não posso obrigar ninguém a acompanhar você. Se não voltar e isso for conhecido, me arrancariam a cabeça.

– Sei quem irá de boa vontade e sem comentários. Os que ficarem não devem saber de nada.

O capitão saiu lentamente da água, enfiou umas bermudas folgadas, calçou as *nails,* deixando que o ar quente secasse a água do corpo, e sacudiu a cabeça incrédulo:

– Acho que você está tão louco como esse *targuí* – disse com firmeza. – Mas talvez tenha razão, e seja melhor que continuar aqui, esperando a morte. – Fez uma pausa. – Teríamos de encontrar uma razão lógica para uma viagem tão longa. – Sorriu. – Para o caso de você não voltar.

Malik sorriu satisfeito com seu triunfo, embora desde o primeiro momento soubesse que venceria. Desde que o *targuí* se perdera de vista, muito cedo na manhã, por entre as dunas, ele se dedicara a amadurecer a maneira como iria expor o plano, e, quanto mais pensava no assunto, mais certo se sentia de que obteria a licença.

Começaram a andar juntos em direção ao barracão dos escritórios. Com um leve sorriso, Malik disse:

– Já tinha pensado nisso. Escravos.

– Escravos...? – o oficial parou para olhá-lo.

– O *targuí,* quando nos deixou esta manhã, bem que podia ter me dito que tem notícias de que as caravanas de escravos estão passando por nosso território. O tráfico está aumentando de novo, em proporções alarmantes.

– Eu sei, mas se dirigem ao mar Vermelho e aos países que ainda aceitam a escravidão.

– É verdade – admitiu Malik. – Mas quem nos impede de verificar uma denúncia, e confessar, mais tarde, que se tratava de um falso alarme? – Sorriu irônico. – Teriam de nos felicitar por nosso zelo e espírito de sacrifício.

Entraram no barracão dos escritórios, que era apenas um amplo espaço com duas escrivaninhas, escaldante já àquela hora da manhã, e o capitão se dirigiu diretamente ao grande mapa da zona, que ocupava toda a parede dos fundos.

– Às vezes me pergunto como foi que o agarraram para enfiar neste buraco, sendo tão esperto. Onde pensa procurar?

Malik assinalou decididamente uma imensa mancha amarela, em cujo centro aparecia um espaço completamente em branco, sem a menor indicação de pista, caminho de camelo, poço ou lugar habitado.

– Aqui, bem no centro de Tikdabra. Logicamente, a rota da caravana tinha de ter deixado Tikdabra pelo norte, evitando-o. Mas, se se desviaram entrando pelas dunas, só podiam ter encontrado logo esta zona de “terra vazia”, muito tarde então para voltar atrás. Não tiveram outro remédio senão tentar alcançar os poços de Muley-el-Akbar, e não chegaram.

– Não é mais que uma teoria. Podem estar aí ou em outro lugar qualquer.

– Talvez. Mas não estão em nenhum outro lugar – disse-lhe. – Durante anos, essa região ao sul de Tikdabra foi rastreada. A este e a oeste, também. Mas ninguém se atreveu nunca a ir a Tikdabra. Ou os que se atreveram, jamais retornaram.

O capitão calculou:

– Mais de quinhentos quilômetros de extensão por trezentos de largura de dunas e descampados. Teria mais chances de encontrar uma pulga branca em uma manada de *meharis*.

A resposta foi incisiva:

– Tenho onze anos para procurar.

O capitão sentou em sua esburacada poltrona, forrada com couro de gazela, procurou um cigarro, acendeu-o lentamente e estudou o mapa, que conhecia como a palma de sua mão, pois ali já estava cravado no dia em que chegou ao Posto. Conhecia o deserto e sabia muito bem o que significava penetrar em um *erg* como o de Tikdabra, formado por uma ininterrupta sucessão de altíssimas dunas, que se prolongavam como um mar de gigantescas ondas e pareciam proteger, como uma armadilha de areia movediça, na qual homens e camelos afundavam, às vezes até o peito, uma imensa planície sem horizontes, tão plana quanto a mais plana das mesas, e na qual o sol reverberava permanentemente, dificultando a visão, cortando a respiração e fazendo ferver o sangue de homens e animais.

– Nem um lagarto pode sobreviver lá – murmurou ao final. – Se alguém o acompanha, é porque já tem o *kafard,* e você me fará um grande favor me livrando dele. – Abriu um pequeno cofre enterrado no chão e escondido sob umas tábuas bem ao lado da mesa; contou o dinheiro que havia nele e fez um gesto de recusa. – Terá de requisitar os camelos entre as tribos beduínas – anunciou. – Não tenho dinheiro, e não pode levar os nossos.

– Mubarrak me ajudará a consegui-los. – Dirigiu-se à porta. – Se me dá licença, falarei com meus homens.

Respondeu com um gesto à continência do sargento, fechou de novo o cofre e permaneceu muito quieto, os pés sobre a mesa contemplando o mapa. Sorriu levemente, satisfeito por haver concordado com a proposta. Se as coisas saíssem mal, perderia seis homens e um guia *targuí,* além de dois veículos. Ninguém, entretanto, iria reclamar por alguma coisa que era, até certo ponto, normal naquelas latitudes. Patrulhas que desapareciam para sempre havia muitas, pois bastava um erro do guia, uma avaria no motor, um eixo quebrado, para que um simples passeio rotineiro se convertesse em uma tragédia inevitável. De fato, com isso se contava ao enviar para Adoras todo aquele rebotalho humano dos quartéis e prisões do país. Em boa lógica, nenhum de seus homens deveria retornar com vida à civilização, porque a sociedade não os queria em seu seio, e os repelira para sempre. A ninguém importava, pois, que se matassem a facadas, que as febres os matassem, que se perdessem no decorrer de uma patrulha rotineira, ou desaparecessem durante a perseguição a um mítico tesouro.

A "Grande Caravana" estava ali, em alguma parte rumo ao sul, e quanto a isso todos estavam de acordo, pois não podia se ter volatilizado, e o mais valioso do seu carregamento suportava o passar dos anos, e até dos séculos, sem se deteriorar. Com uma minúscula parte desse carregamento, o capitão Kaleb-el-Fasi poderia abandonar para sempre Adoras e, de novo, se estabelecer na França, naquela Cannes em cujo Hotel Majestic passara uma das épocas mais belas de sua vida, na companhia de uma bela balconista de uma butique da Rue des Antibes, que deve ter esperado, durante anos, que ele cumprisse a palavra de voltar para buscá-la.

No meio da tarde abriam os grandes janelões que davam para a piscina, La Croisett e a praia, e faziam amor, voltados para o mar, até escurecer, para então irem jantar no Le Moulin de Mougens, El Oásis ou Chez Félix, e terminarem a noite no cassino, arriscando tudo no número oito.

Era um duro preço o que estava pagando por aqueles dias; alto demais na sua opinião, e o pior não estava, talvez, no deserto em si, seu forte calor e sua monotonia, mas nas lembranças, e na certeza de que, se algum dia conseguisse sair vivo de Adoras, já não estaria em condições de novamente desfrutar dos hotéis, dos restaurantes e das mulheres de Cannes.

Permaneceu mergulhado em suas lembranças, permitindo que o suor começasse a escorrer por todo seu corpo à medida que um calor sufocante se apoderava do acampamento. Esperando que o ordenança chegasse com uma bandeja e o engordurado e repugnante *cus-cus** de todos os dias, ele o consumiu sem fome, acompanhado de pequenos goles de uma água morna, turva e levemente salobre, à qual ainda não conseguira se acostumar, e que continuava produzindo nele, apesar de passados tantos anos, diarreia. Depois, quando o sol se pôs a prumo, vertical, tão opressor que nem as moscas levantavam voo, atravessou devagar o solitário palmeiral e buscou refúgio novamente em sua barraca, deixando agora portas e janelas completamente abertas, numa tentativa de aproveitar o menor sopro de ar.

Era aquela a hora da *gaila,* a sesta sagrada no deserto, pois durante as quatro horas de calor mais intenso os homens – e até mesmo os animais – deviam se manter quietos à sombra, se não queriam correr o perigo de se desidratar ou cair fulminados por uma insolação.

Os soldados já dormiam em seus barracões e apenas um sentinela se mantinha de pé, protegida por uma diminuta sombra, lutando com todas as suas forças – com frequência inutilmente – para manter os olhos semicerrados, o bastante para não dormir por completo e o suficiente para que a reverberação do sol nas brancas dunas não acabasse por deixá-lo momentaneamente cego.

Uma hora depois seria possível pensar que o Posto Militar de Adoras estava morto. O termômetro, à sombra, pois ao sol provavelmente acabaria estalando, se aproximava perigosamente dos 50 graus centígrados e os penachos das palmeiras se mantinham imóveis pela falta de vento, a tal

---

* *Cus-cus:* Tipo de prato marroquino, com frango, verduras, carneiro, frutos do mar etc. Seus ingredientes variam conforme a região. (N.T.)

ponto que se poderia pensar que não eram reais, mas que estavam pintados no céu.

A boca aberta e os rostos cobertos de suor, despenteados e desalinhados como bonecos sem vida, os homens roncavam, esmagados pelo bafo quente, incapazes mesmo de espantar as moscas que pousavam em suas línguas em busca de uma umidade qualquer. Alguém sonhou em voz alta, quase num lamento, e um cabo acordou de um pulo, os olhos dilatados de espanto, temendo, durante alguns angustiantes segundos, se asfixiar, porque o ar não chegava a seus pulmões.

Um negro esquelético, insone a um canto, olhou-o fixamente até que se tranquilizou de novo e, por sua vez, fechou os olhos, mas permaneceu desperto porque sua mente fervilhava desde o momento em que o sargento-mor lhe dissera, em segredo, que dentro de quatro dias empreenderiam a louca aventura de penetrar na mais inóspita das terras, para procurar uma caravana perdida. Provavelmente jamais retornaria com vida, mas isso era melhor que continuar empurrando areia todos os dias, até o momento em que chegasse a vez de empurrar areia sobre o próprio corpo.

Em sua barraca, o capitão Kaleb-el-Fasi também roncava, mas suavemente, sonhando talvez com a perdida caravana e suas riquezas, e tão profundo era o seu sono que não percebeu que uma alta sombra se destacava, por um instante, no vão da porta, para deslizar, em seguida, sem ruído, até o catre, deixar a seu lado, apoiado na parede, um velho e pesado rifle, lembrança da época em que os *senussi** se rebelaram contra franceses e italianos, e puxar uma longa e afiada *gumía* cuja ponta apoiou lentamente sob o queixo do adormecido.

Gacel Sayah sentou na beira do catre e pressionou levemente a arma enquanto a outra mão se apoiava, com força, sobre a boca do oficial.

A mão direita do capitão se lançou, automaticamente, em direção ao revólver que deixava sempre no chão, ao lado

---

* *Senussi:* Grupo de muçulmanos liderado pela família Senussi, que se rebelou contra o ex-rei da Líbia. (N.T.)

da cabeceira, mas o *targuí* o afastou suavemente com o pé, ao mesmo tempo que se inclinava ainda mais sobre ele.

Com firmeza, ele disse:

– Um grito e o degolo. Compreende?

Aguardou que os olhos do capitão lhe dissessem que sim, que tinha entendido, e então, muito devagar, lhe permitiu que respirasse, sem afrouxar em nada a pressão da *gumía*. Um fio de sangue começou a correr pelo pescoço do aterrorizado capitão, e logo foi se misturar com o suor que empapava seu peito.

– Sabe quem sou?

O oficial concordou com um gesto.

– Por que matou meu hóspede?

Engoliu a saliva. Por fim, com grande esforço e quase sem voz, disse:

– Eram ordens. Ordens escritas. O jovem devia morrer. O outro não.

– Por quê?

– Não sei.

A ponta da *gumía* se cravou com mais força.

– Por quê? – insistiu o *targuí*.

– Não sei, eu juro – quase soluçou. – Me dão uma ordem e preciso obedecer. Não tenho nenhuma condição de me negar.

– Quem deu a você aquela ordem?

– O governador da província.

– Como se chama?

– Hassán-ben-Koufra.

– Onde vive?

– Em El-Akab.

– E o outro?... O velho? Onde está?

– Como quer que eu saiba? Eles o levaram, isso é tudo.

– Por quê?

O capitão Kaleb-el-Fasi não respondeu. Talvez tenha compreendido que já falara demais; talvez tenha se cansado daquele jogo; talvez, de fato, não soubesse a resposta. Desesperadamente, procurou uma forma de se livrar do intruso, em cujos olhos lia uma obstinada decisão. Então se perguntou que diabos estariam fazendo seus homens que não vinham em seu socorro.

O *targuí* se impacientou. Cravou mais funda a *gumía,* e com a mão esquerda apertou o pescoço dele, afogando um grito de dor que lutava por escapar.

– Quem é aquele velho? – insistiu. – Por que o levaram?

– É Abdul-el-Kebir.

Disse-o como quem explica tudo, mas compreendeu que o nome do velho não significava nada para o intruso, que permaneceu em expectativa, aguardando um esclarecimento.

– Não sabe quem é Abdul-el-Kebir?

– Nunca ouvi falar nele.

– É um assassino. Um sujo assassino, e está arriscando a vida por ele.

– Era meu hóspede.

– Por isso não deixa de ser um assassino.

– Nem por ser assassino deixa de ser meu hóspede. Só eu tinha o direito de julgar.

Apertou o pulso e cortou a jugular do capitão de um só talho. Contemplou sua curta agonia, limpou as mãos no sujo lençol, recolheu o revólver e o rifle, e se aproximou da porta, de onde espiou o exterior.

A sentinela continuava tão adormecida como quando chegou; nem um sopro de vento ou hálito de vida agitava o palmeiral.

Deslizou o corpo de tronco em tronco até alcançar as dunas, pelas quais subiu com excepcional agilidade.

Cinco minutos depois, tinha desaparecido como que engolido pela areia.

Caía a tarde quando o ordenança descobriu o cadáver. Seus gritos, quase histéricos, espalharam-se pelo oásis e fizeram com que os homens atirassem ao chão suas pás e corressem para se amontoar na pequena barraca, da qual o sargento-mor teve de expulsá-los aos empurrões.

Quando, afinal, ficou só, diante do cadáver e da poça de sangue coberta de moscas, sentou em um tamborete e praguejou contra sua própria sorte. O filho da puta que tinha feito aquilo podia ter esperado quatro dias.

Não sentia pena alguma, o menor sinal de compaixão por aquele outro filho da puta, o maior dos filhos da puta, que jazia estendido à frente dele, embora tivessem compartilhado tantos anos de vida no inferno e fosse ele o único com quem tinha mantido algum diálogo medianamente coerente durante esse tempo. Sabia, com certeza, que o capitão Kaleb-el-Fasi merecia a morte, qualquer tipo de morte e em qualquer lugar do mundo. Não desejava, porém, que fosse ali e precisamente agora. Agora mandariam um novo comandante, nem melhor nem pior, simplesmente diferente, e passaria anos, talvez, antes que pudesse conhecê-lo a fundo, encontrar seus pontos fracos, conseguir manejá-lo tal como fizera com o defunto.

Preocupava-o, também, a complicada tramitação da Comissão de Investigação, pois nem mesmo ele, que melhor os conhecia, se sentia capaz de apontar o assassino naquele bando de assassinos que aguardavam, comentando, excitados, a cinco metros da entrada da barraca do capitão.

Todos eles pareciam suspeitos, e logo se deu conta de que até ele mesmo podia ser um deles, uma vez que tinha os mesmos motivos que qualquer outro para desejar a morte do homem que tornara a vida impossível a todos quantos serviram sob seu comando.

Tinha de encontrar o verdadeiro culpado antes que chegasse qualquer dos investigadores, e entregar o caso resolvido, se queria evitar problemas para si mesmo.

Fechou os olhos e, mentalmente, reviu os rostos de cada um de seus homens, procurando suspeitos, para perceber, ao final, que uma profunda sensação de desânimo o invadia. Não chegava a uma dúzia o número daqueles que ele se sentia capaz de afirmar como prováveis inocentes. Qualquer dos outros teria tido uma profunda sensação de prazer na hora de cortar o pescoço de seu comandante.

– Mulay! – berrou.

Imediatamente um homem largo, imenso e mal-encarado entrou e ficou muito quieto, pálido, desfigurado e quase trêmulo, junto à porta.

– Às ordens, meu sargento – balbuciou com esforço.

– Você estava de guarda, não é verdade?

– Sim, meu sargento.

– E não viu ninguém?

– Acho que peguei no sono em algum momento, meu sargento – quase soluçou o gigante. – Quem podia pensar que, em plena luz do dia...

– Você não, é claro. E o mais provável é que isto vá levar você, no fim, para a frente de um pelotão de fuzilamento. Se não aparecer o culpado, você é o responsável.

O homenzarrão engoliu saliva, respirou com dificuldade e avançou as mãos em um gesto de súplica:

– Mas não fui eu, meu sargento. Por que o faria? Dentro de quatro dias nós iríamos procurar aquela caravana...

– Se voltar a falar na caravana, eu me ocuparei pessoalmente de que o fuzilem. E negarei ter falado algum dia sobre ela. Será a sua palavra contra a minha.

– Entendo, meu sargento – desculpou-se Mulay. – Não

acontecerá outra vez. Só quero que compreenda que eu era dos poucos que queria o capitão vivo.

O sargento-mor Malik-el-Haideri levantou-se, pegou de cima da mesa o maço de cigarros do defunto e acendeu um com um pesado isqueiro de prata, que, tranquilamente, meteu no bolsinho da calça.

– Eu compreendo – admitiu. – Compreendo muito bem, mas compreendo também que você estava de guarda e sabia que sua obrigação era atirar contra quem se aproximasse desta barraca. Maldito seja! Tão logo descubra quem fez isto, juro que arranco o couro dele vivo!

Pôs um último olhar no cadáver, saiu da barraca e parou à sombra do seu telhado, de onde percorreu, um por um, os rostos dos seus subordinados. Estavam todos.

– Escutem-me bem! – disse. – Temos de resolver este assunto entre nós, se não queremos que mandem um monte de oficiais para nos complicar ainda mais a vida. Mulay estava de guarda, mas acho que não foi ele. Os outros, é de supor que dormiam no barracão. Quem não estava lá, e por quê?

Os soldados olharam-se, como se suspeitassem uns dos outros, conscientes da gravidade do problema e temerosos diante da possibilidade da chegada de uma comissão de investigação.

Afinal, um cabo disse, timidamente:

– Não me lembro que faltasse alguém, sargento. O calor estava insuportável. Seria muito estranho que alguém saísse do barracão em um dia assim.

Houve um murmúrio de aprovação unânime.

O sargento pensou um momento:

– Quem foi às latrinas?

Três homens levantaram o braço. Um deles protestou:

– Eu não estive lá nem dois minutos. Este aí me viu, e eu a ele.

Voltou-se para o terceiro:

– E você, quem foi que viu você?

O negro magro abriu passagem do fundo.

– Eu. Ele foi até as dunas e voltou sem se desviar. Vi também esses dois... Não estava dormindo; posso garantir, sargento, que ninguém abandonou o barracão por mais de três minutos. O único que estava fora era o Mulay. – Fez uma pausa e acrescentou, como se não tivesse nenhuma importância: – E o senhor, naturalmente.

O sargento-mor agitou-se desconfortavelmente, por frações de segundos perdeu a compostura e sentiu que um suor frio percorria suas costas. Virou-se para Mulay, que permanecia muito quieto, junto à porta, e o fulminou com o olhar.

– Pois se não foi nenhum deles, e eu também, e não há ninguém em cem quilômetros à volta, parece que você vai ter de... – interrompeu-se de repente, porque uma luz se acendera em seu cérebro: proferiu uma maldição que era, ao mesmo tempo, quase um grito de alegria. – O *targuí*! Com todos os diabos! O *targuí*!, Cabo!

– Diga, meu sargento.

– Que história foi aquela que me contou, sobre um *targuí* que não queria que vocês entrassem no acampamento dele? Você se lembra como era ele?

O cabo encolheu os ombros, com um gesto de dúvida:

– Todos os tuareg são iguais quando estão com o véu, meu sargento.

– Mas poderia ser o que acampou aqui ontem?

Foi o negro esquelético quem respondeu por ele.

– Podia ser, meu sargento. Eu também estive lá. Era alto, magro, e vestia uma *gandurah** azul, sem mangas, sobre outra branca, e tinha uma pequena bolsa, ou amuleto de couro vermelho, pendurado ao pescoço.

O sargento interrompeu-o com um gesto, e se poderia dizer que um suspiro de alívio escapava do mais fundo do seu corpo.

– É ele, não há dúvida – disse. – O grande filho da puta teve colhões para entrar aqui e degolar o capitão debaixo do

* *Gandurah*: Bata larga. (N.T.)

meu nariz. Cabo! Prenda o Mulay. Se ele fugir, mando fuzilar você! E depois me ligue com a capital. Ali!

– Às ordens, meu sargento – disse o negro.

– Prepare todos os veículos... Máximo abastecimento de água, combustível e provisões. Encontraremos esse porco, mesmo que se esconda nos infernos.

Meia hora depois, o Posto Militar de Adoras agitava-se em uma atividade que não se via igual desde os tempos de sua fundação, ou desde que nele faziam escalas as grandes caravanas procedentes do sul.

Não parou toda a noite, conduzindo pela corda a montaria, iluminado por uma tímida lua e milhares de estrelas que lhe permitiam distinguir o perfil das dunas e o sinuoso contorno das passagens entre elas: os *gassi,* caprichosos caminhos que o vento havia traçado, mas que, de quando em quando, se interrompiam bruscamente, obrigando-o então a iniciar a penosa ascensão sobre a macia areia, caindo, ofegando e puxando pela corda o *mehari,* que protestava furiosamente contra tal esforço e tão dura caminhada àquelas horas em que, pela lógica, lhe correspondiam um descanso e um tranquilo pastar pela planície.

Mas o descanso foi de apenas uns poucos minutos, quando afinal alcançaram o *erg* que se abriu entre eles, infinito, planície sem horizonte, composta por bilhões de negras pedras quarteadas pelo sol, e uma areia muito grossa, quase cascalho, que o vento não conseguia arrastar senão quando soprava enlouquecido, nas grandes tormentas.

Gacel sabia que agora não encontraria em seu caminho um único verde, uma só *grara,* nem mesmo o leito seco de um velho rio, tão frequentes quando se percorria a *hamada,* e que apenas o afundamento produzido por uma salina de beiras encarpadas conseguiria, talvez, quebrar a monotonia de uma paisagem na qual um ginete era tão visível como uma bandeira vermelha agitada na ponta de uma vassoura.

Gacel, porém, sabia que nenhum camelo podia competir com seu *mehari* em um terreno que, com suas infinitas pedras pontiagudas e cortantes, de até meio metro de altura, era, além disso, um obstáculo quase insuperável para veículos mecânicos. Sabia, também, que os soldados sairiam em sua perseguição em jipes e caminhões, pois não eram gente do deserto e não estavam acostumados às longas caminhadas, nem ao sacolejar no lombo de um camelo, durante jornadas inteiras.

O amanhecer surpreendeu-o já muito longe das dunas, que não eram mais que uma leve e sinuosa linha no horizonte, e ele calculou que nesse momento os soldados deveriam estar começando a se movimentar. Tardariam pelo menos duas horas em percorrer a pista que tinha aberto na areia até chegarem à planície, muito a este do ponto em que agora se encontrava, e, mesmo supondo que um dos veículos se encaminhasse diretamente ao *erg,* não chegaria à sua beira até bem entrada a manhã, quando o sol estivesse muito alto. Isso lhe concedia uma ampla margem de segurança. Por essa razão desmontou, acendeu um pequeno fogo em que assou os últimos restos do antílope, que começava a cheirar mal, fez suas orações da manhã, o rosto voltado para Meca, em direção ao este, que era por onde deviam chegar seus inimigos. Depois de cobrir completamente com areia os restos do fogo, comeu com apetite, puxou a corda do camelo e retomou a marcha quando o sol começava a aquecer suas costas.

Dirigia-se para oeste em linha reta, afastando-se de Adoras e de todas as suas terras conhecidas; afastava-se, também, de El-Akab, que ficava ao norte, à sua direita, e que, decidira, seria seu próximo destino. Gacel era um *targuí,* um homem do deserto para quem o tempo, as horas, os dias e até os meses careciam de importância. Sabia que El-Akab tinha estado ali há centenas de anos, e ali continuaria até que sua lembrança, e a de seus netos, fosse apagada da face do deserto. Teria tempo de voltar sobre seus passos, quando os soldados, sempre impacientes, se cansassem de procurá-lo.

“Agora estão furiosos”, disse a si mesmo. “Mas dentro de um mês, nem se lembrarão de que existo.”

Perto agora do meio-dia ele se deteve, obrigando o *mehari* a se ajoelhar em uma suave ribanceira, que em seguida cercou com pedras; cravou no chão a espada e o rifle, estendeu a manta que lhe servia de teto, proporcionando-lhe a sombra tão necessária a essa hora, e se encolheu sobre ela. Um minuto depois dormia, e ninguém teria podido descobri-lo a mais de duzentos metros de distância.

O sol despertou-o, batendo em seu rosto obliquamente, já posto sobre o horizonte. Espiou entre as pedras, distinguindo a leve coluna de pó que se levantava ao céu, às costas de um veículo que avançava, muito lentamente, à beira da planície, como se temesse perder a proteção das dunas e penetrar na inóspita imensidão do *erg*.

O sargento-mor Malik freou o veículo, desligou o motor e percorreu com o olhar, sem pressa, a interminável planície, onde se poderia dizer que a mão de um gigante se entretivera em semear negras pedras pontiagudas e que ameaçavam fazer em tiras os pneus ou estourar o cárter de um jipe ao menor descuido.

– Aposto a cabeça que esse filho da puta está aí dentro – disse, enquanto acendia, com extremo vagar, um cigarro. Logo estendeu a mão e o negro Ali depositou sobre ela os fones do rádio. – Cabo! – chamou. – Está me ouvindo?

A voz chegou de muitíssimo longe.

– Estou lhe ouvindo, meu sargento. Encontrou alguma coisa?

– Nada. E você?

– Nem rastro.

– Conseguiu estabelecer contato com Almarik?

– Há pouco tempo, meu sargento. Mas também não viram nada. Eu o mandei buscar Mubarrak. Com sorte, chega ao acampamento dele antes do anoitecer. Vai me chamar às sete.

– Entendido – replicou. – E você me chame logo depois de falar com ele. Câmbio e desligo.

Devolveu os fones ao negro Ali, pôs-se de pé sobre o assento, pegou o binóculo e percorreu de novo a planície pedregosa até fazer o corpo cansado voltar ao assento, sair do carro e, de costas para seus homens, urinar. Todos o imitaram.

– Eu também entraria nesse inferno – resmungou em voz alta. – Mas aí ele é mais rápido e pode avançar inclusive de noite, enquanto nós deixaríamos até o último dos parafusos pelo caminho. – Fechou a braguilha, recolheu o cigarro que deixara sobre o capô do jipe e deu uma longa tragada. – Se pelo menos tivéssemos uma ideia de para onde ele se dirige...

– Talvez volte para casa – disse Ali. – Mas está na direção contrária, para o sudeste.

– Casa! – exclamou irônico. – Desde quando esses malditos "Filhos do Vento" têm casa? A primeira coisa que fazem, ao menor sinal de perigo, é mudar acampamento e enviar a família a qualquer lugar remoto, a mil quilômetros de distância. Não – negou convencido. – Para esse *targuí* a casa está agora onde está seu camelo, da costa do Atlântico à do mar Vermelho. E essa é a sua vantagem sobre nós: não precisa de nada, nem de ninguém.

– Mas que vamos fazer, então?

Observou o sol que tingia o céu de vermelho e estava a ponto de desaparecer por completo. Sacudiu a cabeça de um lado a outro, pessimista.

– Agora, não faremos nada – explicou. – Montem acampamento e preparem o jantar. Quero um homem de guarda permanente; e aquele que dormir na guarda leva um tiro aqui mesmo. Está claro?

Não esperou pela resposta. Tirou um mapa do porta-luvas, desdobrou-o sobre a tampa do motor e começou a estudá-lo com atenção. Sabia que não podia confiar nele. As dunas mudavam de lugar constantemente, os caminhos desapareciam sob a areia, os poços ficavam cobertos. Sabia, também, por experiência própria, que os que traçavam aqueles mapas jamais penetravam no *erg* para medi-lo exatamente, limitando-se a desenhar seus contornos aproximados, sem se preocuparem com o fato de que faltavam ou sobravam cem quilômetros. E, na hora da verdade, esses cem quilômetros podiam ser exatamente a diferença entre a vida e a morte, sobretudo quando o jipe tivesse quebrado o eixo e fosse preciso continuar a pé.

Por um momento esteve tentado a mandar tudo ao diabo e a ordenar o regresso ao posto: afinal de contas, o capitão Kaleb-el-Fasi merecia mil vezes o fim que tivera. Se não tivesse conhecido o *targuí* ele o teria feito, limitando-se a enviar um comunicado a seus superiores dando por encerrada a questão. Mas, pessoalmente, ele se sentia enganado e ofendido; utilizado por um esfarrapado "Filho do Vento" que soubera enganá-lo, e que se rira dele sob seu sujo *lithan,* enquanto lhe contava toda aquela absurda história da "Grande Caravana" e seus tesouros.

– E eu o ajudei até a firmar a carga do camelo, garantir a água e tudo o mais para uma longuíssima viagem, quando na realidade já tinha planejado se esconder atrás das primeiras dunas e retornar naquele mesmo dia. – Pôs um novo olhar sobre a planície que começava a se converter em uma mancha cinzenta sem relevos. – Se eu pego você – resmungou para si mesmo –, juro que arranco sua pele em tiras.

Fez suas orações da tarde, atirou sobre o ombro uma sacola de couro com um punhado de tâmaras e as foi comendo lentamente, enquanto iniciava a marcha, sempre para o oeste, penetrando nas sombras que já se haviam apoderado da terra, sabendo que aquela noite de lento caminhar garantiria, apesar de tudo, uma distância irrecuperável entre ele e seus perseguidores.

O camelo bebera até se saciar no dia anterior; não o submetera a longas marchas ou a grandes esforços, por isso via-o gordo e forte, a corcunda cheia e reluzente, o que indicava que possuía reservas suficientes para mais de uma semana no mesmo ritmo. Um animal como aquele podia perder, tranquilamente, mais de cem quilos de peso antes de começar a se ressentir.

Para ele, por sua vez, acostumado a longas caçadas, aquela fuga não era mais que um passeio, semelhante a muitos outros, quando saía em busca de um animal ferido ou de um belo rebanho fugitivo. Sentia-se à vontade ali, sozinho no deserto, porque essa era a vida que, em verdade, amava, e, embora seguidamente pensasse na família e, à noite ou ao calor da tardinha, sentisse falta de Laila, sabia também que podia prescindir deles por todo o tempo que fosse necessário; o tempo de que precisasse para concluir a tarefa que se impusera: a de vingar a ofensa sofrida.

Agradeceu, mais tarde, pela saída da lua, que iluminou o seu caminho. À meia-noite, distinguiu a distância o prateado reflexo de uma *sebhka,* um grande lago salgado que se abria diante dele, como um mar petrificado, e do qual não conseguia ver a outra margem.

Desviou-se para o norte, contornando-o a certa distância, porque nas margens pantanosas e enlameadas daqueles lagos proliferam os mosquitos, formando autênticas nuvens, que, ao cair da tarde e nos amanheceres, chegavam a ocultar o sol e tornavam impossível a vida a homens e animais que deles se aproximassem. Gacel tinha visto camelos enlouquecerem de dor quando aqueles mosquitos atacavam, metendo-se em seus olhos, em suas bocas, fazendo-os romper rédeas, atirar ao chão suas cargas ou seus ginetes, e se perderem de vista para não regressar nunca.

A margem das *sebhkas* devia ser enfrentada a pleno dia, quando o sol estava alto e abrasava as asas dos mosquitos que ousassem levantar voo; por isso, permaneciam escondidos durante as horas de forte calor, e era como se não existissem, como se não constituíssem o maior castigo que Alá podia enviar sobre os já mil vezes castigados habitantes do deserto.

Gacel não conhecia aquele lago salgado, mas tinha ouvido muitos viajantes falarem dele, e aquele não se diferenciava grande coisa, exceto talvez no tamanho, de tantos outros que encontrara em sua vida.

Muitíssimos anos atrás, quando o Saara era um grande mar que se retirou, a água ficou aprisionada em milhares de buracos semelhantes, onde mais tarde se evaporou lentamente, amontoando no fundo uma capa de sal que, no seu centro, chegava a ter vários metros de espessura. Não era raro que correntes subterrâneas de águas salitrosas os alimentassem também quando chovia. Desse modo, perto das margens formava-se uma zona de areia úmida e salobra, pastosa, que o sol queimava até converter em uma crosta endurecida, como uma casca de pão recém-tirado do forno. Essa crosta oferecia o perigo de se rachar a qualquer momento, lançando o viajante a uma pasta que lembrava manteiga semiderretida e que o engolia em poucos minutos. Era mais perigosa ainda que o traidor *fesh-fesh**, o solo arenoso, sem apoio, onde, subitamente, homem e camelo desapareciam como se nunca tivessem existido.

Gacel temia o *fesh-fesh,* sempre imprevisível, que jamais avisava de sua proximidade ou presença, mas, pelo menos, o aceitava pela rapidez com que acabava com a vítima. Já a areia movediça da beira dos lagos salgados se entretinha com a presa igual o mel com a mosca, afundando-a centímetro a centímetro, sem a mínima possibilidade de escapar, na mais longa agonia que se pudesse imaginar.

Por esse motivo, Gacel avançava agora muito devagar, na direção do norte, procurando rodear aquela branca extensão, que parecia não ter limites, consciente de que aquele "mar" era outra das barreiras que a natureza interpunha entre ele e seus perseguidores. A salina engoliria qualquer veículo que pretendesse penetrá-la.

– Mubarrak morreu. Aquele filho da puta matou-o com sua espada. Almarik garante que foi um duelo limpo, e que os *sal*** não estão dispostos a iniciar uma guerra de tribos por sua causa. Para eles o problema está encerrado.

– Infelizmente, nós não podemos fazer o mesmo. Mantenha os seus homens com os olhos abertos até nova ordem.

– Entendido, sargento. Câmbio e desligo.

---

* *Fesh-fesh*: Areia movediça. (N.T.)

** *Sal*: Provável corruptela do nome da tribo sahl, habitante do Saara. (N.T.)

Malik virou-se para o negro.

– Preciso falar com o posto de Tidikén, com o tenente Razmán. Avise quando atender.

Afastou-se para passear sozinho na noite, contemplando as estrelas e a lua, que extraíam reflexos dourados das altas dunas levantadas às costas dele. Sentiu-se feliz por estar ali, à beira do *erg,* apesar da indiscutível dureza dos dias que o esperavam, mesmo comprometido na difícil aventura de dar caça a um homem que, sem dúvida, conhecia o deserto muito melhor do que ele jamais poderia conhecer, e brincaria com ele como uma lebre brinca com um camelo que quisesse pegá-la. Mas, de uma forma ou outra, era isso: uma caçada, e isso o fazia se sentir de novo em marcha, de novo ativo, de novo jovem talvez, como nos tempos em que espreitava oficiais franceses, nas esquinas da *Casba,* para cravar um punhal nas tripas deles e se perder rapidamente nas sombras de mil e um becos; ou quando atirava uma bomba no interior de um café do bairro europeu, no dia em que se lançaram à luta aberta, convencidos de que a liberdade estava próxima.

Era maravilhosa aquela vida, excitante e plena, tão diferente da monotonia do quartel, nascida da independência, e tão diferente daquele horror que era o desterro em Adoras, e sua inútil e eterna luta contra a invasão das areias.

"Quero pegar esse sujo *targuí*", disse a si mesmo. "E pegá-lo vivo, para arrancar seu véu, para ver sua cara, e para que ele possa ver a minha, e compreenda que não será ele o primeiro a rir de mim impunemente."

Passara toda uma longa noite acordado em seu catre, sonhando com a ideia de acompanhá-lo à "terra vazia", em busca da "Grande Caravana", imaginando as aventuras que viveriam juntos e quanto seria capaz de ensinar-lhe um homem como aquele, que pudera ir e voltar de lá não uma, mas duas vezes. Durante toda uma longa noite aquele *targuí* se transformara em seu amigo e lhe devolvera a esperança em um futuro possível, e de repente, em poucas horas, aquele mesmo *targuí* acabara com seus sonhos por duas vezes, impedindo-o de acompanhá-lo e degolando o capitão, justamente quando já conseguira convencer seu superior.

Não. Não tinha nascido ainda o "Filho do Vento" que pudesse enganá-lo como tinha sido enganado, e continuar vivo. Não tinha nascido.

– Sargento! O tenente na linha.

Correu até o jipe.

– Tenente Razmán?

– Sim, sargento. Pegaram o *targuí?*

– Ainda não, meu tenente. Mas tenho a impressão de que está agora atravessando o grande *erg* do sul de Tidikén... Se mandar seus homens, poderia impedir-lhe a passagem antes que alcance as montanhas de Sidi-el-Madia...

Fez-se um breve silêncio. Finalmente, chegou a voz hesitante do tenente:

– Mas isso está a quase duzentos quilômetros daqui, sargento...

– Eu sei – admitiu. – Mas, se ele chegar a Sidi-el-Madia, nem todos os exércitos do mundo poderão encontrá-lo. Aquilo é um labirinto.

O tenente Razmán pensou sua resposta. Desprezava o sargento Malik, como também desprezava o capitão Kaleb-el-Fasi, cuja morte havia, de certo modo, festejado, e a todos os que serviam em Adoras, a escória de um exército que gostaria de ver limpo e honesto, um exército onde canalhas daquela espécie não podiam ter lugar, nem mesmo para manter funcionando aquele maldito posto.

Se um *targuí* tivera a coragem de se meter naquele inferno, matar um capitão e escapar com a maior facilidade, em seu íntimo ele não o condenava, qualquer que fosse a razão que o animara. Compreendia, porém, que era o prestígio desse mesmo exército o que estava em jogo e que, se negasse o pedido de ajuda e o *targuí* escapasse, o sargento se valeria dessa omissão para responsabilizá-lo diante de seus superiores.

Em dois anos seria promovido a capitão e passaria a ser

a autoridade máxima da região. E se, além disso, prendesse o assassino de um oficial – por mais porco que esse oficial tivesse sido em vida –, esses dois anos podiam ser abreviados. Suspirou e concordou com a cabeça, como se o sargento pudesse vê-lo.

– Está bem, sargento – disse o oficial. – Sairemos ao amanhecer. Câmbio e desligo.

Deixou o microfone sobre a mesa, desligou o aparelho e permaneceu muito quieto, contemplando-o como se esperasse encontrar nele uma resposta.

A voz de Souad tirou-o da abstração, devolvendo-o à realidade:

– Essa missão não lhe agrada, não é verdade? – perguntou da cozinha, mostrando a cabeça pelo vão da porta.

– Não, é claro – admitiu. – Não nasci para policial nem para perseguir um homem pelo deserto simplesmente porque fez o que considera justo segundo sua lei.

– Essa não é mais a lei, e você sabe muito bem disso – ela disse, muito séria, enquanto se aproximava para se sentar à sua frente, no outro lado da escrivaninha. – Somos um país moderno e independente, no qual todos devemos ser iguais. Se cada um vivesse por seus próprios costumes, seríamos um povo ingovernável. Como conciliar os hábitos dos homens da costa com os das montanhas, dos beduínos com os tuareg do deserto? É preciso acabar com isso e começar tudo de novo, impondo uma legislação comum, ou nos precipitaremos no abismo. Compreende isso?

– Sim. Pode-se compreender isso quando se estudou em uma academia militar, como eu, ou em uma universidade francesa, como você. – Fez uma pausa, procurou um cachimbo curvo entre a meia dúzia dos que estavam pendurados em um suporte de madeira, na parede, e começou a enchê-lo com extremo cuidado. – Duvido, porém, que possa compreendê-lo quem passou toda a vida nos confins do deserto, sem que tenhamos nos preocupado de notificá-lo que a situação mudou. Temos o direito de obrigá-lo a aceitar, da noite para o dia, que sua vida, a de seus pais e a de seus antepassados de há dois mil anos já não devem ser mais como sempre foi? Por quê? Que foi que lhe demos em troca?

– Liberdade.

– É liberdade entrar em sua casa, matar um de seus hóspedes e sequestrar o outro? – espantou-se. – Está falando de uma liberdade política, tal como uma estudante a vê nos *campi* e nos bares, mas não como pode vê-la um homem que sempre se considerou autenticamente livre, governem os franceses, os fascistas, os comunistas... O coronel Duperey, apesar de ser considerado colonialista, teria sabido respeitar melhor as tradições desse *targuí* que o porco do capitão Kaleb, apesar de tudo o que lutou pela independência...

– Não pode dar o Kaleb como exemplo. Era um corrupto.

– Mas é esse tipo de corruptos que eles mandam para cá, para tratar com a nossa gente mais pura, que deveríamos tratar com todo cuidado, porque é a parte viva do melhor da nossa história e do nosso povo. São os Kaleb, os Malik e o governador Ben-Koufra que vêm a este deserto. Os franceses, apesar de tudo, mandavam para aqui a nata dos seus oficiais.

– Nem todos são como o coronel Duperey, e você sabe muito bem disso. Ou já esqueceu da Legião Estrangeira e seus assassinos? – Eles também causaram estragos em nossas tribos, eles as dizimaram, tiraram seus poços e seus pastos, e as empurraram para os pedregais.

O tenente Razmán acendeu o cachimbo, olhou para a cozinha e disse:

– A carne está queimando. Não... – acrescentou imediatamente. – Não esqueci da Legião nem de sua brutalidade. Mas me consta que agiam assim porque estavam em permanente guerra com as tribos rebeldes, e não pararam até dominá-las. Era sua missão, e a cumpriram, da mesma forma como, amanhã, vou cumprir a missão de prender esse *targuí,* porque se rebelou contra a autoridade estabelecida, qualquer que seja esta. – Calou-se e ficou observando como ela tirava a carne do fogo e servia os pratos, que levou à mesa em seguida. – Onde está então a diferença? Na guerra nós nos comportamos como colonialistas, na paz não somos capazes de imitá-los.

– Você os imita – disse Souad suavemente e com indiscutível amor no tom da voz. – Você se esforça por ajudar e compreender os beduínos; você se preocupa com seus problemas e, até mesmo, põe nisso o seu próprio dinheiro. – Sacudiu a cabeça, demonstrando preocupação. – Quanto devem a você e quando vão pagar? Faz meses que não vejo um centavo do seu soldo, embora fosse de imaginar que, aqui, iríamos economizar. – Interrompeu-o com um gesto. – Não. Não estou me queixando. Para mim, basta o que temos. Só quero fazer você compreender que não está em suas mãos solucionar todos os problemas. Não é mais que o tenente de um destacamento que sequer figura nos mapas. Vá com calma. Quando chegar, como Duperey, a coronel-governador do território e amigo íntimo do presidente da República, talvez possa fazer alguma coisa.

– Não acredito que, então, reste algo para proteger – retrucou, enquanto começava a mastigar lentamente a carne, dura e seca, de um velho camelo que mandara sacrificar antes que morresse. – Então teremos aniquilado, no transcurso de uma única geração como nação independente, tudo quanto conseguiu sobreviver durante séculos. O que dirá de nós a História? O que dirão nossos netos quando souberem o que fizemos com a nossa liberdade? – Quis acrescentar mais alguma coisa, mas um discreto bater na porta o interrompeu; voltou o rosto para a porta e pediu: – Entre!

Aberta a porta, destacou-se no vão a altíssima figura do sargento Ajamuk, que se perfilou, levando a mão ao turbante.

– Às ordens, meu tenente! – saudou. – Boa noite! – acrescentou, respeitoso. – Posto sem novidade. Alguma ordem, senhor?

– Sim. Entre, por favor – indicou. – Ao amanhecer sairemos rumo ao sul. Nove homens em três veículos. Eu irei na frente, você ficará aqui, no comando. Prepare tudo, por favor.

– Quantos dias?

– Cinco... Uma semana, no máximo. O sargento Malik suspeita que o *targuí* está atravessando o *erg* em direção a Sidi-el-Madia – percebeu a expressão de desagrado do outro. – Eu também não gosto nada disso, mas se supõe que é do nosso dever.

O sargento Ajamuk conhecia perfeitamente suas limitações, mas também conhecia o tenente Razmán e sabia que podia se permitir um comentário:

– Com todo respeito, senhor – disse. – Não deveria permitir que aquela gentalha de Adoras o envolvesse em seus problemas.

– São parte do exército, Ajamuk – disse ao sargento, como que para lembrá-lo. – Queiramos ou não... Mas, sente-se, por favor! Um doce?

– Obrigado, não queria incomodar.

Souad já se havia encaminhado para a cozinha com os pratos quase cheios – a carne estava praticamente intragável –, e retornava com uma bandeja de doces caseiros que fizeram brilhar os olhos do sargento.

– Vamos, sargento! – riu ela. – Nós o conhecemos bem. Saíram do forno há duas horas.

Uma das mãos do sargento se dirigiu aos doces como se estivesse dotada de vida própria, independente da vontade do dono.

– A senhora e esses doces são a minha perdição – admitiu Ajamuk. – Minha mulher, por mais que tente, não consegue fazer doces iguais a estes... – Cravou seus enormes e branquíssimos dentes na crocante massa de amêndoas e a saboreou deliciado. Ainda com a boca cheia, continuou: – Com sua licença, tenente, mas acho que deveria me permitir acompanhá-lo. Ninguém conhece melhor que eu aquela região.

– Alguém tem de ficar à frente disso aqui.

– Pode confiar no cabo Mohamed. E sua esposa, tenente, sabe operar o rádio. – Fez uma pausa enquanto engolia. – E, aqui, nunca acontece nada.

O tenente pensou enquanto Souad servia o chá, fervendo e doce, aromático e apetitoso. Gostava do sargento, de sua companhia, e sabia que ele era o único de seus homens que podia capturar o fugitivo. Talvez por isso, quase inconscientemente, tratava de deixá-lo afastado daquela missão, porque, no fundo do coração, continuava do lado do *targuí*. Olharam-se por cima dos copos de chá e se poderia dizer que adivinhavam o pensamento um do outro.

– Se alguém tem de pegá-lo – insistiu o sargento –, é melhor que esse alguém seja um de nós, não o Malik. Se ele o pega, não conversa, mata-o com um tiro, liquida logo com o assunto, para que ninguém se meta.

– Você também pensa assim?

– Tenho certeza, senhor.

– E pensa que ele terá melhor destino se o entregarmos ao governador?

Não obteve resposta, e acrescentou, certo do que dizia:

– O capitão Kaleb não teria se atrevido a matar aquele homem sem a proteção de Ben-Koufra. Mas o que estranho é que não mandasse também assassinar o Abdul-el-Kebir. – Notou o severo e preocupado olhar que a esposa lhe dirigia da porta da cozinha e suspirou com um ar de fadiga: – Muito bem... – sussurrou. – Este não é um assunto nosso. Eu concordo. Você virá comigo. Acorde-me às quatro.

O sargento Ajamuk levantou-se, como que impelido por uma mola, se perfilou, mas não pôde dissimular sua satisfação ao se encaminhar para a porta.

– Obrigado, tenente! Boa noite, senhora... E obrigado pelos doces.

Saiu, batendo a porta atrás de si; o tenente Razmán seguiu-o logo depois e foi sentar no alpendre, para contemplar a noite e o deserto que se estendia diante dele, até se perder de vista nas sombras.

Souad juntou-se a ele e, assim, permaneceram em silêncio bastante tempo, desfrutando do ar puro e fresco, após um dia inteiro de calor sufocante.

Por fim, ela falou:

– Não acho que você deva ficar preocupado. O deserto é muito grande. O mais provável é que nunca o encontre.

– Mas, se o encontro, talvez me promovam – retrucou Razmán, sem olhar para ela. – Já pensou nisso?

– Sim – admitiu ela, com naturalidade. – Já pensei.

– Então...?

– Mais cedo ou mais tarde será promovido, e é melhor que seja por alguma coisa de que se sinta orgulhoso, e não por bancar o cachorro policial. Eu não tenho pressa... Você tem?

– Gostaria de lhe dar uma vida melhor.

– Que importância tem uma estrela a mais e um aumento de soldo, se nunca usa a farda e continuará emprestando o seu soldo? Vão dever mais dinheiro a você, isso é tudo.

– Talvez me deem um posto fora daqui. Poderíamos voltar à cidade. Ao nosso mundo...

Ela riu, divertida:

– Ora, vamos, Razmán! – exclamou. – A quem quer enganar? Este é o seu mundo, você sabe muito bem disso. Ficará aqui por mais que o promovam. E eu ficarei com você.

Ele se voltou para olhá-la, e sorriu:

– Sabe...? – disse. – Gostaria de fazer amor como naquela noite... entre as dunas.

Ela se levantou, desapareceu na casa e voltou com um cobertor debaixo do braço.

Chegou à margem da salina quando o sol estava já muito alto, esquentava a terra e empurrava os mosquitos para seus refúgios, sob as pedras e as moitas.

Parou e observou a branca extensão que brilhava como um espelho a vinte metros de seus pés, ferindo seus olhos e obrigando-o a entrecerrá-los, pois o sal devolvia furiosamente a luz, ameaçando queimar-lhe as pupilas, embora acostumado, desde menino, à violenta luminosidade das areias do deserto.

Depois, procurou uma pedra grande, levantou-a com as duas mãos e a deixou rolar pela encosta, até o fundo. Como esperava, a pedra quebrou a crosta ressequida pelo sol e desapareceu, quase instantaneamente. Pelo buraco que tinha deixado, surgiu logo, borbulhando, uma massa pastosa de cor castanho-claro.

Continuou atirando pedras, cada vez a maior distância da escarpada margem, até que a uns trinta metros começaram a repicar no sal sem atravessá-lo. Abaixou-se sobre o declive, examinou cuidadosamente o terreno, buscou os pontos por onde a umidade podia se infiltrar.

Por último, empregou mais de uma hora para estudar a base, encontrar o ponto ideal para tentar a descida com um mínimo de risco. Quando teve a certeza de que sua escolha era correta, obrigou o *mehari* a se ajoelhar, pôs diante dele três punhados de cevada, montou seu acampamento e dormiu em seguida.

Quatro horas mais tarde, no momento em que o sol iniciava timidamente seu descenso, abriu os olhos, como se um despertador houvesse inesperadamente soado a seu lado.

Minutos depois, de pé, equilibrado na montaria, examinou o deserto que deixara para trás. Não distinguiu nenhuma coluna de pó se levantando no ar, mas sabia que a pesada areia grossa do *erg* não se elevava quando os veículos se viam obrigados a avançar muito devagar, por causa do piso crivado de pedras. Aguardou com paciência, e essa paciência deu frutos: um objeto metálico devolveu, muito longe, o reflexo de um raio de sol. Calculou a distância: precisariam de pelo menos seis horas até alcançar o ponto em que se encontrava.

Pulou à terra, pegou a corda do *mehari* e, apesar de seus sonoros protestos, conduziu-o à margem do declive e por aí desceram com infinitos cuidados, passo a passo, atentos, não só para não escorregarem e se precipitarem encosta abaixo, com o risco de quebrarem o pescoço, mas a cada pedra, a cada lasca de rocha, pois tinha sido informado de que, sob elas, ali, junto à salina, abrigavam-se milhares de escorpiões.

Respirou satisfeito quando alcançou o fundo; parou e estudou cuidadosamente a crosta que começava a quatro metros de distância. Avançou e a experimentou com o pé. Parecia dura e resistente. Deixou então a corda solta, em todo o seu comprimento, enrolando a extremidade no pulso, imaginando que, se afundasse, o *mehari* o arrancaria, arrastando-o do perigo.

Sentiu no joelho a picada do primeiro mosquito. O sol começava a amenizar sua força e logo aquela área se converteria em um verdadeiro inferno.

Pôs-se a andar. Pareceu-lhe ouvir o lamento da crosta sob seus pés, que em alguns pontos ondulou, sem chegar a se fender. O *mehari* seguia-o, obediente, mas logo adiante seu instinto deve tê-lo avisado do perigo. Deteve-se indeciso e soltou um barrito, embora isso pudesse ser considerado um protesto ao perceber a infinita extensão de sal na qual não se via uma só e triste moita.

– Vamos, estúpido! – resmungou. – Não pare!

Como resposta, um novo barrito. Um brusco puxão e dois estridentes palavrões decidiram-no. Avançou dez metros e pareceu sentir-se mais tranquilo à medida que a crosta salgada ia endurecendo até se formar um piso firme e seguro.

Andaram devagar, sempre ao sol, que agora se ocultava, e já entrada a noite montou o *mehari* e deixou que o animal continuasse o caminho, na certeza de que não se desviaria de sua rota enquanto cochilava, encolhido na alta sela, sacudindo--se como sobre um agitado mar, mas tão seguro e à vontade como se se encontrasse sob o teto de sua *jaima,* dormindo ao lado de Laila.

Foi a mais silenciosa das noites. Não chorava o vento, as aveludadas patas do dromedário não criavam o mais leve rumor ao pisar sobre o sal, e lá, no centro da imensa *sebhka,* não havia hienas nem chacais que uivassem, reclamando a presa. A lua, então, se levantou cheia, luminosa e limpa, produzindo brilhos prateados aos bilhões de espelhos da planície sem acidentes, sobre a qual a silhueta do *mehari* e seu ginete constituíam uma aparição irreal e fantasmagórica, saídos do nada da noite para o nada das sombras, pura expressão da solidão absoluta, pois provavelmente nenhum ser humano esteve nunca tão só como aquele *targuí* naquela salina.

– Está ali!

Passou o binóculo para o sargento Ajamuk, que, com ele, seguiu a direção indicada pela mão e o braço do tenente, ajustando lentamente seu foco e, de fato, distinguindo o ginete que avançava devagar sob o forte sol da manhã.

– Sim – admitiu. – Está ali, mas tenho a impressão de que ele também nos viu. Parou e está olhando para cá.

O tenente Razmán pegou novamente o binóculo e o enfocou no ponto em que, através do vapor que reverberava sobre a branca superfície, Gacel Sayah também os olhava, na margem da *sebhka.* Sabia que os olhos de falcão de um *targuí,* acostumados às grandes distâncias, equivaliam aos de um homem normal ajudado pelo binóculo.

Olharam-se, embora de verdade a distância não lhe permitisse distinguir senão a confusa silhueta de um animal e ginete, que pareciam ondular por efeito da reverberação; gostaria de saber em que estava pensando o *targuí* naquele momento, quando acabava de descobrir que fora apanhado no meio de uma armadilha de sal, que não lhe oferecia qualquer chance de escapar.

– Foi mais fácil do que eu pensava... – comentou Razmán.

– Ainda não o pegamos, senhor... – disse Ajamuk.

Virou-se para olhá-lo:

– Que está querendo dizer?

– O que disse, senhor – respondeu o sargento, com naturalidade. – Nossos veículos não podem descer à salina. Mesmo que encontrássemos uma encosta apropriada, afundaríamos no sal. E, a pé, nós nunca o pegaremos.

O tenente Razmán compreendeu que o sargento tinha razão, estendeu a mão e pegou os fones do rádio:

– Sargento! – chamou. – Sargento Malik! Está me ouvindo?

O aparelho emitiu um longo assobio, pigarreou, mas, afinal, chegou clara a voz de Malik-el-Haideri:

– Estou na escuta, tenente.

– Estamos no lado oeste da *sebhka* e já localizamos o fugitivo. Está vindo em nossa direção. Infelizmente, acho que ele já nos viu.

Razmán quase pôde ouvir a surda voz do sargento, praguejando. Malik, porém, recuperou a calma e disse:

– E eu não posso continuar. Encontrei um caminho para descer, mas essa crosta não suporta o peso do jipe.

– Então não vejo outra solução senão cercar a salina e esperar que a sede o obrigue a se entregar.

– Entregar-se? – A voz era uma mistura de espanto e incredulidade. – Um *targuí* que matou dois homens nunca se entregará, tenente. – Ajamuk fez um sinal de concordância, confirmando as palavras de Malik. – Ele se deixará morrer, não se renderá nunca.

– É possível... – admitiu. – Mas está claro que não podemos ir até onde está. Vamos esperar!

– O senhor manda, tenente!

– Mantenha-se na escuta. Câmbio e desligo!

Desligou o aparelho e se virou para Ajamuk:

– O que é que há com você? – resmungou. – Pretende que a gente saia por aí, atrás de um *targuí,* por essa imensa planície, para que ele brinque conosco ou nos acerte um tiro? – Fez uma pausa e gritou para um dos soldados: – Prepare uma bandeira branca – ordenou.

– Pretende parlamentar? – surpreendeu-se Ajamuk. – Vai ganhar o quê com isso, senhor?

Encolheu os ombros:

– Não sei. Mas farei o que estiver em minhas mãos para que não haja mais derramamento de sangue.

– Deixe-me ir, senhor – rogou o sargento. – Não sou *targuí,* mas nasci nestas terras e as conheço bem.

Razmán negou com firmeza:

– Agora sou a mais alta autoridade ao sul de Sidi-el--Madia – disse. – Talvez ele me ouça.

Pegou o cabo da pá em cuja extremidade o soldado amarrara um lenço branco e sujo, despojou-se da arma e começou a descer com cuidado o perigoso declive.

– Se me acontecer alguma coisa, assuma o comando, sargento – determinou. – Malik não deve assumi-lo sob nenhum pretexto. Está claro?

– Não se preocupe.

Aos tropeções, escorregando e quase se precipitando abismo abaixo, o tenente chegou ao chão de sal, observou desconfiado a leve crosta e, certo de que seus homens o observavam, se encheu de coragem para sair, com passos firmes, em direção à distante silhueta do ginete, implorando aos céus para que o solo não afundasse inesperadamente sob seus pés.

Quando se sentiu seguro, continuou sua marcha, bandeira ondulando sob um sol que começava a queimar como chumbo derretido, notando, porém, como, naquele imenso buraco sem um sopro de vento e abrasado pelo sol, a temperatura aumentava em cinco graus e o ar queimava ao chegar aos pulmões.

Observou como o *targuí* obrigava o *mehari* a se ajoelhar e o aguardava de pé, junto ao animal, rifle apontado; na metade do caminho se arrependeu de seu ato: o suor esguichava por todo corpo, empapando a farda, e as pernas pareciam a ponto de se negar a sustentá-lo.

O último quilômetro foi, sem qualquer dúvida, o mais longo de toda sua vida, e quando parou a dez metros de Gacel Sayah precisou de tempo para recuperar forças, acalmar-se e sussurrar:

– Tem água?

O *targuí* negou com a cabeça, sem deixar de apontar a arma na direção do peito do oficial.

– Preciso dela. Beberá quando voltar.

Sem outro remédio, Razmán concordou e passou a língua pelos lábios, onde não encontrou senão o gosto salobre do suor.

– Tem razão – disse. – Foi uma estupidez não ter trazido o cantil. Como pode suportar este calor?

– Estou acostumado... Veio me falar do tempo?

– Não. Vim pedir que se entregue. Não pode escapar!

– Isso, só Alá pode dizer. O deserto é muito grande.

– Mas não é grande esta salina. E meus homens a cercam. – Olhou para a *gerba,* pendurada à sela: estava murcha. – Tem pouca água. Não resistirá muito... – Fez uma pausa. – Se vem comigo, eu prometo um julgamento justo.

– Ninguém tem motivo ou razão para me julgar – afirmou Gacel, com naturalidade. – Matei Mubarrak em duelo, segundo os costumes da minha raça, e o militar, eu o justicei porque era um assassino, que não respeitou as sagradas leis da hospitalidade... Segundo a lei *targuí,* não cometi nenhum delito.

– Por que foge, então?

– Porque sei que nem os infiéis *rumi*, nem vocês, que copiaram deles absurdas leis, respeitarão as minhas, embora nos encontremos no deserto. Para você sou um sujo "Filho do Vento" que matou um dos seus, não um *inmouchar* do Kel-Talgimus, que fez justiça segundo um direito que vem de milhares de anos, muitíssimos anos antes que qualquer de vocês sonhasse com pisar estas terras.

O tenente Razmán deixou-se cair, com cuidado, sobre a dura casca de sal, ao mesmo tempo que sacudia a cabeça decididamente:

– Para mim você não é nenhum sujo "Filho do Vento". É um *imohag* nobre e valente, e compreendo suas razões. – Fez uma pausa. – E com elas me solidarizo. Provavelmente, eu teria reagido da mesma maneira, punindo uma ofensa como aquela. – Deixou escapar um sonoro suspiro. – Mas minha obrigação é entregar você às autoridades, evitando derramamento de sangue. Por favor! – suplicou. – Não torne as coisas mais difíceis.

Teria jurado que seu interlocutor sorria zombeteiramente sob o véu, quando replicou irônico:

– Difíceis para quem? – balançou a cabeça. – Para um *targuí* as coisas começam a ficar verdadeiramente difíceis no momento em que ele perde a liberdade. Nossa vida é muito dura, mas o fato de sermos livres compensa essa dureza. Se perdemos essa liberdade, perdemos a razão de viver. – Calou-se por um instante. – O que fariam de mim? Seria condenado a vinte anos de prisão?

– Não há por que uma pena tão alta...

– Não? Quantos, então? Cinco? Oito? – falava com voz firme. – Nem um só dia, escute-me bem! Já vi os seus cárceres, já me contaram como se vive neles, sei que não suportaria lá um só dia. – Com a mão, fez um gesto enérgico, indicando ao militar a volta à sua base. – Se quer me prender, venha me buscar...

Razmán levantou-se, com dificuldade, horrorizado pela ideia de retomar a longa marcha sob um sol que queimava, a cada instante, com mais furor:

– Não virei buscar você... Disso pode ter a certeza – foi tudo o que disse, antes de lhe dar as costas.

Gacel Sayah observou-o enquanto se afastava, trôpego, apoiando-se no cabo da pá que servira de haste à bandeira branca improvisada, duvidando que fosse capaz de alcançar a margem da *sebhka* sem ser vitimado pela insolação.

Enquanto isso, cravou no duro sal a *takuba* e o rifle, montou sobre eles um teto e sob ele se refugiou, disposto a aguardar, paciente, a passagem das mais difíceis horas do dia. Não dormiu, porém; olhos fixos no ponto em que os veículos lançavam ao sol reflexos metálicos, notava como, minuto a minuto, o vapor à sua frente se espessava e aumentava o calor ao ponto de quase ferver o sangue. E era um calor tão forte, opressivo e pesado que obrigou o *mehari* a protestar, apesar de, por sua natureza, estar acostumado às mais altas temperaturas.

Não poderia sobreviver muito tempo ali, no coração da salina, e sabia bem disso. Sobrava-lhe água para mais um dia. Depois, fariam sua aparição o delírio e a morte: a mais espantosa das mortes, aquela que os tuareg temiam desde o dia do nascimento, a morte pela sede.

Ajamuk calculou cuidadosamente a altura do sal e estudou, também detidamente, as margens da salina. Disse:

– Antes de meia hora os mosquitos vão nos comer vivos. Temos de nos afastar daqui.

– Acenderemos fogueiras.

O sargento não concordou:

– Não há fogueira nem proteção possível contra essa praga – insistiu. – Logo que começarem a atacar, os soldados sairão correndo, e eu não me comprometo a evitar isso – sorriu. – Eu também estarei correndo.

Ia dizer alguma coisa mais e um dos soldados o interrompeu, apontando para o centro da salina.

– Olhem! – gritou. – Vai embora!

O tenente pegou o binóculo e o enfocou no ponto indicado. De fato, o *targuí* levantara seu minúsculo acampamento e já se afastava, o camelo levado pela corda.

Razmán, pensativo, dirigiu-se ao sargento:

– Para onde irá?

Ajamuk encolheu os ombros:

– Quem pode saber o que pensa um *targuí?*

– Não gosto disso.

– Eu também não.

O tenente pensou alguns instantes, visivelmente preocupado.

– Imagino que tentará fugir com a noite – arriscou. – Você irá para o norte, com três homens, Saud para o sul... Eu cobrirei esta zona; Malik está com o seu pessoal no este...

– Balançou a cabeça, animado. – Se ficarmos com os olhos bem abertos, não sairá da salina.

O sargento não respondeu, mas era evidente que não compartilhava do otimismo do oficial. Era beduíno, conhecia bem os tuareg, e conhecia também os seus soldados, montanheses que cumpriam o serviço militar obrigatório em um deserto que não entendiam nem queriam entender. Admirava o tenente Razmán, apreciando os esforços que fazia por se adaptar àquelas terras, decidido, como estava, a ser um verdadeiro conhecedor da região, de seus habitantes e costumes. Compreendia, entretanto, que ainda lhe faltava muito por aprender. O Saara e sua gente não podiam ser entendidos em um ano, ou em dez, e o que jamais seria entendido completamente era a mentalidade de um daqueles ladinos "Filhos do Vento", aparentemente simples em sua maneira de viver, mas profundamente complicados em realidade.

Pegou o binóculo que descansava sobre o assento do jipe e o enfocou no homem que se ia transformando em um ponto cada vez mais diminuto, seguido pela bamboleante montaria. Por que penetrava de novo naquele forno abominável? Não o sabia, mas pressentia, quase podia jurar, que algum ardil se escondia atrás disso. Se um *targuí* com pouca água se movimentava e movimentava seu camelo, alguma poderosa razão havia.

Assobiaram em sua orelha, ele deu um pulo.

– Vamos! – gritou. – Os mosquitos!

Pularam para os veículos e já se davam tapas nas mãos e nos rostos quando arrancaram, afastando-se da beira da salina na velocidade que o acidentado terreno lhes permitia. Em seguida se separaram, tomando cada um direção diferente.

O tenente Razmán ordenou aos homens que permaneceram com ele que armassem acampamento e preparassem o jantar; pôs-se logo em contato com o sargento Malik-el--Haideri, notificando-o de seus movimentos e dos do fugitivo.

– Eu também não sei o que ele pretende, tenente – admitiu Malik. – Mas sei que esse *targuí* é muito esperto. – Fez uma pausa. – Talvez seja melhor entrar para procurá-lo...

– Provavelmente é o que ele deseja... – disse Razmán. – Mas, lembre-se, ele é famoso pela pontaria. Com um camelo e um rifle ali dentro, ele nos teria inteiramente à sua mercê. Vamos esperar...

E esperaram toda a noite, agradecendo à luminosidade da lua, as armas embaladas, atentos ao menor movimento suspeito. Não aconteceu nada, porém, e quando o sol subiu no horizonte retomaram à margem da salina, e puderam ver lá, quase no seu centro, o *mehari* ajoelhado e o homem dormindo, tranquilamente, à sua sombra.

Equidistantes dos quatro pontos cardeais, quatro binóculos o enfocaram durante todo o dia, sem que nem o homem ou o animal fizessem um único movimento perceptível. Quando de novo começou a cair a tarde, antes que os mosquitos abandonassem o seu refúgio, o tenente Razmán manteve linha aberta com seus homens.

– Não se mexeu – disse-lhes. – O que pensam disso?

O sargento Malik lembrou-se das palavras do *targuí*: "É preciso viver como uma pedra, cuidando para não fazer um único movimento que consuma água... E até mesmo de noite a gente deve se mexer tão devagar quanto um camaleão, e assim, se conseguir ser insensível ao calor e à sede, e sobretudo vencer o pânico, conservar a serenidade, aí então se tem uma remota possibilidade de sobreviver".

– Está poupando as forças – disse. – Esta noite ele se movimentará. Só não se sabe para onde...

– Precisará de pelo menos quatro horas para alcançar a margem da *sebhka* – interveio Ajamuk. – E uma hora mais para subir, com essa escuridão, e chegar aonde estamos – calculou. – Devemos estar atentos aí pela meia-noite. Se esperar mais, logo não terá tempo de se afastar, mesmo que conseguisse passar.

– O camelo disparará – lembrou Suad, do extremo sul. – Aqui os mosquitos formam uma verdadeira nuvem e há uma entrada de água. Se ele se aproximar, afundará fatalmente.

O tenente Razmán estava convencido de que o *targuí* preferiria que as areias o engolissem a se deixar capturar com vida, mas não fez qualquer comentário. Limitou-se a dar instruções:

– Quatro horas de descanso – disse –, mas, depois, todo mundo atento.

A noite foi igualmente longa e igualmente tensa, sob uma lua que ainda iluminava com força a planície. O amanhecer surpreendeu-os vencidos pelo sono e a fadiga, os olhos vermelhos de perscrutar a escuridão, os nervos destroçados pela tensão.

Então, quando se aproximaram de novo da margem da salina, eles puderam vê-lo, no mesmo ponto, em idêntica posição, sem que, parecia, houvesse feito um único gesto.

A voz do tenente soou nervosa através do rádio.

– Que é que acham disso?

– Ele ficou louco! – respondeu Malik, mal-humorado. – Não pode ter mais água. Não pode resistir mais um dia nesse forno.

Nenhum outro deu resposta. Mesmo para eles, fora daquele imenso buraco de sal, com água suficiente nos galões, a ideia de mais um dia sob aquele sol era insuportável. Apesar disso, porém, o *targuí* parecia disposto a deixar passar outra jornada sem se mexer.

– É um suicídio... – murmurou para si o tenente. – Um suicídio, e jamais pensei que um *targuí* fosse capaz de se suicidar. Está buscando a condenação eterna.

Nenhum dia foi tão longo.

Nem tão quente.

O sal lançava sobre ele os reflexos do sol, multiplicando sua força, quase que inutilizando seu minúsculo refúgio, aniquilando-o e aniquilando o *mehari,* amarrado pelas quatro patas, logo que o teve ajoelhado. Doía-lhe na alma causar àquele animal um sofrimento que não merecia, depois de tantos anos conduzindo-o através de areias e pedregais.

Fez suas orações como que em sonhos, e entre sonhos deixou passar as horas, imóvel, sem sequer o gesto de espantar um inseto. Lutava por se converter em pedra, esquecendo-se de seu corpo e de suas necessidades, consciente de que não lhe restava uma só gota de água nas *gerbas,* e sentindo como a pele se secava e a impressão estranha de que o sangue se espessava nas veias, fluindo cada vez mais devagar.

Passado o meio-dia, perdeu o conhecimento e permaneceu apoiado no corpo do animal, a boca muito aberta, incapaz de aspirar um ar que se tornara quase denso e parecia, teimosamente, se negar a descer a seus pulmões.

Delirou, mas sua seca garganta e sua língua arroxeada não puderam emitir som algum. Logo, um estremecimento do *mehari* e um lamento que nascia do fundo de suas entranhas devolveram-lhe a vida. Abriu os olhos, mas teve de fechá-los de novo, vencido pelo branco fulgor da salina.

Nenhum dia, nem mesmo aquele em que seu primogênito agonizou, cuspindo sangue e lançando à areia pedaços de pulmão, devorado pela tuberculose, lhe pareceu tão longo.

Nem tão quente.

Logo chegou a noite. A terra começou a se esfriar muito devagar, o ar chegou mais facilmente a seus pulmões e ele pôde, então, abrir os olhos sem experimentar a sensação de que cravavam punhais em suas retinas. O *mehari* também saiu do seu letargo e se agitou, inquieto, barrindo sem forças.

Amava aquele animal e lamentava sua morte inevitável. Vira-o nascer e desde o primeiro momento soube que seria um animal brioso, resistente e nobre. Tratou dele com carinho e o ensinou a obedecer a sua voz e o contato do seu calcanhar no pescoço; uma linguagem muito particular, que só eles entendiam. Jamais, em todos aqueles anos, tivera de bater nele. E o animal nunca tentou mordê-lo ou atacá-lo, nem mesmo nos dias do cio, na primavera, quando outros machos ficavam histéricos e intratáveis, rebelando-se contra seus donos, atirando ao chão, muitas vezes, sua carga e seus ginetes.

Era, na verdade, uma bênção de Alá aquele belo animal, mas tinha chegado sua hora e Gacel o sabia.

Aguardou que a lua fizesse sua aparição sobre o horizonte, e a luz que vinha dela, devolvida pelo sal, transformasse a noite quase em dia. A essa luz ele puxou a afiada *gumía* e cortou, de um só talho, cruel, forte e profundo, o branco pescoço.

Rezou a oração ritual e recolheu o sangue que manava aos borbotões em uma das *gerbas*. Quando ficou cheia, bebeu-o devagar, ainda morno e quase palpitante, o que, de imediato, o confortou. Esperou uns minutos, recuperou o ânimo e examinou cuidadosamente a barriga do camelo que, amarrado como estava, não se mexera nem mesmo ante a chegada da morte, limitando-se a abater a cabeça. Quando se certificou do lugar desejado, limpou a *gumía* no puído cobertor da sela, cravando-a com força, profundamente, revolvendo-a uma e outra vez, procurando aumentar a ferida ao máximo. Quando retirou a lâmina, saiu um pouco de sangue e depois um jorro de água esverdeada e fedorenta, com que encheu, até transbordar, a segunda *gerba.* Por último, tapou o nariz com dois dedos, fechou os olhos e colou os lábios na ferida, bebendo diretamente aquele líquido repugnante, do qual sabia, com certeza, depender sua vida.

Consumiu até a última gota aquele líquido, embora sua sede já tivesse sido aplacada e seu estômago ameaçasse estourar.

Conteve, depois, as ânsias de vômito, esforçando-se para pensar em outra coisa e esquecer o cheiro e o sabor de uma água que já estava há mais de cinco dias no ventre do camelo, e precisou de toda sua vontade de *targuí,* decidido a sobreviver, para consegui-lo.

Depois, dormiu.

— Está morto – sussurrou o tenente Razmán. – Tem de estar morto. Há quatro dias que não se mexe. Pode-se dizer até que virou uma estátua de sal.

– Quer que vá ver, senhor? – ofereceu-se um dos soldados, convencido de que o oferecimento podia lhe garantir a promoção a cabo. – O calor já está diminuindo.

Negou, repetidamente, enquanto acendia o cachimbo com a ajuda de um isqueiro de longa e grossa corda, isqueiro de marinheiro, os mais práticos naquelas terras de areia e vento.

– Não confio nesse *targuí* – comentou. – Não quero que mate você no escuro.

– Mas não podemos passar a vida aqui... – disse-lhe o soldado. – Só temos água para três dias.

– Eu sei... – admitiu. – Amanhã, se tudo continuar igual, mandarei um homem de cada lado. Não vou me arriscar estupidamente.

Quando ficou sozinho, porém, se perguntou se o maior risco não era justamente aquele de se manter na expectativa, fazendo o jogo do *targuí,* incapaz de adivinhar suas intenções, porque não aceitava a ideia de que houvesse decidido se deixar morrer de calor e sede sem lutar. Pelo que sabia de Gacel Sayah, ele era um dos últimos tuareg autenticamente livres, um nobre, *inmouchar,* quase um príncipe entre os de sua raça, capaz de ir e voltar à "terra vazia" e, igualmente, de enfrentar um exército para vingar uma ofensa. Não era lógico que um homem assim se deixasse morrer no momento em que se sentia sem saída. O suicídio não estava no espírito dos tuareg, assim como não costuma estar no espírito da maioria dos maometanos, que acreditam que aquele que atenta contra a própria vida não pode aspirar a alcançar o Paraíso. Talvez o fugitivo, como muitos outros do seu povo, não fosse, na verdade, um devotado crente e conservasse grande parte de suas velhas tradições, mas ainda assim não podia imaginá-lo se dando um tiro, cortando os pulsos ou deixando que o sol e a sede o consumissem.

Tinha um plano, disso estava certo. Um plano maquiavélico e, ao mesmo tempo, muito simples, e pelo qual deviam desempenhar um papel importante os elementos que o rodeavam, e que um *targuí* aprendera a usar em seu favor. Por mais que forçasse o cérebro, entretanto, não conseguia descobri-lo. Pressentia que estava apostando no cansaço dos soldados e no dele, e na convicção de que nenhum ser humano podia suportar tanto tempo sem beber naquele verdadeiro forno. Estava, decerto, tentando levar ao espírito de seus homens, quase ao seu subconsciente, a certeza de que vigiavam um cadáver, o que fazia com que, mesmo sem se darem conta, eles relaxassem a vigilância. Nesse momento ele escorregaria por entre os dedos de seus homens como um fantasma e desapareceria engolido pela imensidão do deserto.

Era um raciocínio lógico, tinha plena consciência disso. Quanto mais convencido estava, porém, de que não se enganava, ele se lembrava do insuportável calor que tivera de suportar quando desceu à salina, calculava a água que um ser humano devia consumir, por mais autêntico *targuí* que fosse, para se manter com vida em um lugar como aquele. Compreendia que todas as suas teses desabavam, pois não havia esperança alguma de que o fugitivo continuasse com vida.

– Está morto... – repetiu, furioso com a própria impotência. – Esse grande filho da puta tem de estar morto!

Mas Gacel Sayah não estava morto.

Imóvel, tão imóvel como tinha permanecido durante quatro dias e quase quatro noites, viu o sol se ocultar no horizonte, anunciando que as sombras chegariam em rápida transição, e compreendeu que era aquela a noite em que, afinal, teria de agir.

Foi como se sua mente ressurgisse de um estranho torpor, no qual conscientemente ele se esforçara por mergulhá-la, na esperança de se tornar um ser inanimado: uma planta leitosa, uma pedra do *erg* ou um grão de sal entre os milhões de grãos de sal da *sebhka,* superando assim sua necessidade de beber, transpirar e urinar.

Era como se os poros de sua pele estivessem fechados, como se sua bexiga deixasse de se comunicar com o exterior, e seu sangue se transformasse em uma massa pastosa e lenta, a circular *au ralenti*,* impulsionado por um coração que reduzira ao mínimo suas batidas.

Para isso, precisou deixar de pensar, de imaginar e de se lembrar, porque sabia que corpo e mente dependiam inexoravelmente um do outro, e o simples fato de pensar em Laila, em um poço de águas claras, ou o sonho de escapar daquele inferno, faria com que seu coração batesse mais depressa, abortando suas chances de se converter em "homem-pedra".

Ele, porém, tinha conseguido. Agora despertava de um longo transe, contemplava a tarde e fazia sua mente trabalhar, tirando-a do sono, para ativar o corpo, fazer o sangue e cada um dos músculos recuperar a força e a flexibilidade de que iriam precisar.

Com as sombras, quando teve absoluta certeza de que agora ninguém mais podia vê-lo, começou a se mexer, primeiro um braço, depois outro, e afinal as pernas e a cabeça, para então se arrastar para fora do refúgio e se pôr de pé, o que fez apoiando-se no cadáver do camelo, que começava a emanar um fedor azedo e muito forte.

Procurou a *gerba* e recorreu, uma vez mais, a toda sua incrível força de vontade para engolir aquele líquido verdoso e repugnante, semiespesso, como se fosse a mistura de clara de ovo com bile. Depois, procurou a *gumía,* afastou a sela e cortou a pele da corcova do animal, de onde extraiu uma

---

* *Au ralenti:* Em francês no original – devagar, diminuindo o ritmo. (N.T.)

gordura esbranquiçada, um sebo frio que logo apodreceria. Ele o levou à boca, mastigou-o, consciente de que aquilo era a única coisa que lhe podia devolver as forças.

Mesmo depois de morto, o fiel *mehari* lhe prestava um serviço inestimável: sangue de suas veias e água do seu estômago para lutar contra a sede, e sua preciosa reserva de gordura para lhe devolver a vida.

Uma hora mais tarde, noite fechada, dirigiu ao animal um último olhar agradecido, pegou as armas e a *gerba,* e empreendeu, sem pressa, a marcha para o oeste.

Desfizera-se da *gandurah* azul, mantendo apenas a de baixo: era uma branca mancha deslizando em silêncio sobre a planície branca, e nem mesmo quando apareceu a lua, desenhando no solo um primeiro traço de sombra atrás de si, podia ser distinguido a mais de vinte metros de distância.

Avistou o talude quando os primeiros mosquitos já se apresentavam. Enrolou-se todo no turbante, cobrindo com o *lithan* os olhos e deixando que a barra de sua veste se arrastasse pelo chão, para impedir que os insetos se metessem por ali para picar suas pernas.

Zumbiam aos milhões, ameaçadores, em menor número, é claro, que no entardecer ou no amanhecer, mas impressionantes, ainda assim, por sua ferocidade. Precisou se golpear nos braços e no pescoço porque alguns, de grande tamanho, conseguiam picá-lo através da veste.

Sentiu que a crosta de sal começava a ficar mais fina e mais perigosa sob seus pés; compreendeu, porém, que naquela escuridão não podia fazer nada mais que se encomendar a Alá e esperar que ele guiasse seus passos. Respirou fundo ao sentir o duro contato do primeiro pedaço de pedra desprendido do alto do talude e procurou um ponto de apoio para subir, sem se preocupar agora com as possíveis tocas de escorpiões, convencido de que já tinha preocupações demais.

A uns trezentos metros à esquerda encontrou o melhor lugar para subir, e, quando mostrou a cabeça à imensidade do *erg* e um levíssimo sopro de vento bateu em seu rosto, ele se deixou cair sobre a areia, esgotado, bendizendo o Criador que lhe permitira escapar da armadilha do sal, embora tivesse passado ali momentos de quase desespero, convencido de que jamais o conseguiria.

Descansou bastante, procurando esquecer o zumbido dos mosquitos. Em seguida, se arrastou metro a metro, com a paciência de um camaleão à espreita de um inseto, até se afastar quase meio quilômetro da beira da salina. Nem uma única vez levantou a cabeça muito acima das pedras, nem gesto fez quando uma diminuta serpente passou correndo diante de seus olhos.

Virou-se, a cara para o céu, observando as estrelas, calculou quanto faltava para o amanhecer. Examinou o solo à sua volta e encontrou o lugar apropriado: três metros quadrados de areia grossa, quase completamente cercados por pequenas pedras negras. Puxou a *gumía* e começou a cavar, em silêncio, afastando cuidadosamente a areia, até abrir uma fossa do comprimento de seu corpo e dois quartos de fundura. Clareava quando se introduziu na fossa, e o primeiro raio de sol já deslizava sobre a planície quando terminou de se cobrir com o cascalho escuro, deixando à mostra só os olhos, o nariz e a boca, que nas piores horas da manhã e da tarde estariam protegidos pelas sombras de duas rochas.

Alguém poderia ter urinado a três metros de distância sem sequer imaginar que ali, quase sob seus pés, escondia-se um homem.

A cada manhã, quando o jipe se aproximava da margem da *sebhka,* era possível dizer que dois sentimentos travavam uma luta feroz em seu interior: o temor de distinguir a figura imóvel do homem no mesmo lugar e o temor de não distingui-la.

A cada manhã, o tenente Razmán experimentava primeiro uma sensação de raiva e impotência, o que o induzia a amaldiçoar, em voz alta, aquele sujo "Filho do Vento" que tentava enganá-lo.

E a cada manhã compreendia que, no fundo, se sentia intimamente satisfeito ao comprovar que não se enganara a respeito do *targuí*.

– É preciso ter muita coragem para se deixar morrer de sede e só para evitar a cadeia – admitiu. – Muita coragem... Mas agora deve estar morto.

Pelo rádio, chegou, impaciente, a voz do sargento Malik:

– Escapou, tenente... – notava-se que estava furioso. – Daqui tudo parece igual, mas tenho a certeza de que escapou.

– Para onde? – perguntou, relutante, o oficial. – Para onde pode ir um homem sem água e sem camelo? Ou aquilo lá não é um camelo?

– Claro que é – admitiu o sargento. – E aquilo que está do lado parece um homem, mas também pode ser um boneco. – Fez uma breve pausa e continuou: – Respeitosamente, peço permissão para ir até lá.

– Concedida – disse o tenente de má vontade. – Esta noite.

– Agora!

– Escute, sargento! – disse o oficial, fazendo com que sua voz soasse bastante autoritária. – O responsável sou eu! Sairão ao anoitecer, e quero que estejam de regresso quando amanhecer. Está claro?

– Sim, senhor.

– E para você também, Ajamuk?

– Eu o ouvi, tenente.

– Saud...?

– Mandarei um homem ao pôr do sol.

– De acordo, então – concluiu. – Amanhã quero voltar a Tidikén... Já estou cheio desse *targuí,* desse calor e desse lugar absurdo. Se não está morto nem quiser se entregar, acabem com ele a tiros.

Quase instantaneamente ele se arrependeu de ter dado essa ordem. Compreendeu, entretanto, que não devia voltar atrás, embora soubesse que o sargento Malik se esforçaria por tomar suas palavras ao pé da letra e acabar de uma vez por todas com o *targuí*. No fundo, devia admitir que, talvez, aquela fosse a melhor solução, uma vez que o *targuí* tinha demonstrado que preferia a morte a um imundo presídio.

Tentou imaginar aquele homem alto, de gestos nobres e falar pausado, que agia com a convicção de que não fizera mais que cumprir com o dever que exigiam dele velhas tradições, convivendo com a chusma que lotava os cárceres do país, e compreendeu que ele não suportaria a reclusão.

Seus compatriotas eram, em grande parte, gente selvagem e primitiva, e Razmán conhecia bem essa situação. Durante cem anos tinham vivido sob o poder dos colonizadores franceses, que se esforçaram por manter o povo na ignorância. Embora agora se considerassem livres e independentes, esses anos de independência não tinham produzido uma população melhor ou mais culta. Pelo contrário, frequentemente a liberdade fora mal-interpretada por muitos, considerando que o fato de se livrarem dos franceses significava fazer o que lhes desse na veneta, para se apoderarem, pela força, de tudo o que os colonizadores deixaram em sua retirada.

O resultado tinha sido a anarquia, a crise e uma constante agitação política, quando o poder mais parecia uma pressa cobiçada por todos os que pretendiam enriquecer rapidamente, que uma forma de conduzir a nação a seu destino.

Quando a sombra da rocha deixou de protegê-lo, o sol bateu de cheio em seu rosto. Grossas gotas de suor correram livremente por sua testa. Abriu os olhos e, sem se mexer, olhou à volta.

Dormira sem fazer um único gesto nem mexer um grão da capa da areia que o cobria, insensível ao calor, às moscas e, até mesmo, ao lagarto que, momentos antes, passara correndo sobre seu rosto. Verde e branco, aquele lagarto ainda estava ali, a menos de um metro de seu nariz, erguido sobre a pedra, observando-o com seus olhinhos redondos, escuros e espertos, desconfiado daquele desconhecido animal, só olhos, nariz e boca, que tinha invadido seus domínios.

Escutou. O vento não trazia rumor de vozes humanas, e o sol, muito alto, caindo verticalmente, indicou-lhe que era a hora da *gaila,* quando poucos homens resistiam ao torpor e à necessidade de dormir. Levantou a cabeça, quase sem mexer o corpo, e olhou para além das rochas. A pouco mais de um quilômetro, em direção ao sul, na margem da salina, distinguiu um veículo servindo de suporte a um toldo de lona, que caía inclinado e retesado, amarrado por cordas a duas pedras, de modo a oferecer uma aceitável sombra a meia dúzia de pessoas.

Pôde ver apenas um sentinela, que, de costas, vigiava a *sebhka;* não fazia ideia, porém, de quantos dormiam a sesta. Sabia, porque já tinha visto antes, que os outros veículos e seus ocupantes estariam muito longe dali. Não tinha por que se preocupar com os outros.

A presa estava ali, diante dele, e ali continuaria até que, ao cair da tarde, a empurrassem, mais uma vez, para o interior do *erg*.

Sorriu, tentando imaginar que cara fariam aqueles homens se suspeitassem que ele os tinha ao alcance de seu rifle e que, àquela hora, podia deslizar como um réptil, de pedra em pedra, aproximar-se por trás do toldo, degolar o sentinela e, imediatamente, de igual modo e sem perigo, todos os que dormiam.

Não o fez, porém, limitando-se a mexer um pouco o corpo e a ajeitar uma das pedras para obter melhor proteção do sol. O calor aumentava, a capa de cascalho isolava-o, corria uma leve brisa que fazia o ar respirável, diferente da insuportável opressão do interior da salina. O *erg* era parte do seu mundo, e eram incontáveis os dias que passara assim enterrado, aguardando uma manada de gazelas. Deixava que se aproximassem lentamente, pastando nas *graras* até quase poder cuspir no seu focinho. No momento preciso, levantava o braço armado para desfechar o tiro mortal.

E foi assim também que acabou com o enorme guepardo que lhe devorava as cabras, um animal feroz, sanguinário e astuto, que parecia pressentir o perigo ou estar protegido por uma sorte maléfica, atacando sempre que um pastor desarmado cuidava das cabras e desaparecendo, como que engolido pela terra, logo que Gacel acudia com seu rifle. Durante três dias, ele se enterrou na areia, antes que o mais velho dos seus filhos voltasse ao curral com o rebanho, aguardando, paciente, que a fera resolvesse aparecer.

Ele a viu chegar, rastejando, tão grudada à terra e tão silenciosa que nem o rapazinho nem os animais perceberam sua aproximação. Só quando a fera se dispôs a dar o bote, ele a abateu com um tiro na cabeça, antes mesmo que afastasse as patas do solo. A pele daquele guepardo era um de seus motivos de orgulho, chamava a atenção de quantos visitavam sua *jaima*, e o modo como ele o matou contribuíra para a sua fama de caçador.

Os quatros homens empreenderam a marcha ao mesmo tempo, cada um de sua base, com a ordem expressa de, à meia-noite, se lançarem juntos sobre o *targuí,* liquidá-lo se não houvesse outro remédio, e reiniciarem a marcha para estar de volta ao amanhecer.

O sargento-mor Malik-el-Haideri não permitiu que nenhum soldado fosse em seu lugar, e, antes que os mosquitos acordassem, seguiu as pegadas que o fugitivo deixara na margem da *sebhka,* e nela penetrou, com fuzil a tiracolo, embora convencido, como estava, de que o sujo "Filho do Vento" desaparecera. Quando, ou onde se encontrava agora, ele não sabia, e se perguntava, a toda a hora, como é que ele se arranjaria para fugir a pé e sem água do imenso *erg,* se o poço mais próximo ficava a mais de cem quilômetros, perto já do sopé das montanhas de Sidi-el-Madia.

"Qualquer dia seu cadáver aparecerá consumido pelo sol, se não for encontrado antes pelas hienas e os chacais", disse a si mesmo, mas no fundo não estava absolutamente convencido disso. Aquele homem lhe confessara que tinha ido duas vezes à "terra vazia", e a esse respeito, sim, sabia que não mentira. Para o *targuí,* cem quilômetros de *erg* não deviam ser, provavelmente, uma barreira insuperável, embora não contasse com o fato de que, se não o encontrasse na salina, ele, Malik, iria esperá-lo no poço.

Para o sargento-mor aquela caçada se transformara em um assunto pessoal, em que estava em jogo alguma coisa mais que o desejo de resolvê-lo antes que as autoridades interviessem. O *targuí* o enganara no oásis, degolara o capitão debaixo de seu nariz, obrigava-o a correr como um louco de um lado a outro do deserto e, por último, o mantivera cinco dias ali, parado, esperando, sem saber exatamente o que esperava.

Seus homens murmuravam, e ele sabia o que diziam. De volta a Adoras comentariam que o tão temido sargento-mor fora enganado por um *targuí* analfabeto, e não era nada fácil dominar aquela tropa. Sem a ajuda do terror que conseguira implantar, qualquer daqueles homens tentaria a fuga através do deserto, acreditando que, se tinha sido possível matar um capitão e escapar impunemente, pela mesma razão podiam liquidar um sargento e desaparecer. Partindo desse princípio, sua vida não valeria agora um punhado de tâmaras.

Ao entardecer, o tenente Razmán ordenou a retirada para o interior, longe das investidas da praga dos mosquitos. Enquanto seus homens desmontavam a lona que lhes servia de refúgio, pôs um último olhar no cabo, que se afastava com passos firmes para o coração da salina, e concentrou, depois, o foco do binóculo no ponto daquele imenso vazio que já o obstinava.

Os soldados que permaneciam com ele não fizeram um só comentário, convencidos da inutilidade de perguntar, uma vez mais, se o *targuí* se mexera. Era evidente que os mortos não costumam se mexer, e nenhum deles tinha a menor dúvida quanto à morte do *targuí*. O "Filho do Vento" tivera a coragem de permitir que o sol o torrasse e, com o tempo, o sal cobrisse seu corpo, mumificando-o junto a seu camelo. E assim, talvez algum dia, centenas de anos depois, alguém o descobriria incorrupto, para se perguntar por que estranha razão fora aquele homem morrer em um lugar tão remoto.

O tenente Razmán sorriu interiormente, pensando que ele podia se transformar no espírito dos tuareg para os séculos vindouros, quando sua estirpe houvesse desaparecido para sempre da face da Terra. Um orgulhoso *inmouchar,* esperando impassível a morte, à sombra de seu *mehari,* acossado pelos inimigos, convencido de que essa morte era muito mais nobre e digna que a rendição e a prisão.

"Ele se converterá em uma lenda", disse a si mesmo, "uma lenda como a de Omar Muktar ou Hamodú... Uma lenda que orgulhará os da sua raça, lembrando-os que, em algum tempo, todos os *imohag* foram assim."

A voz de um dos seus homens devolveu-o à realidade.

– Quando quiser, tenente...

Olhou mais uma vez a salina, pôs o jipe em marcha e se afastaram novamente da região dos mosquitos, para montar acampamento no mesmo lugar de todas as noites.

Enquanto um dos soldados começava a preparar a frugal refeição sobre um pequeno fogareiro de petróleo, ligou o rádio e chamou a base.

Souad respondeu imediatamente:

– Você o pegou? – perguntou com ansiedade.

– Não. Ainda não.

Fez-se um longo silêncio, quebrado por Souad:

– Eu mentiria se dissesse que estou aborrecida... Volta amanhã?

– Que remédio! Nossa água está acabando.

– Cuide-se!

– Alguma novidade no acampamento?

– Estivemos de parto, ontem à noite... Uma fêmea.

– Ora, muito bem. Até amanhã.

Desligou e permaneceu alguns instantes com os fones na mão, contemplando pensativo a planície, que começava a se cobrir com um manto cinza. Tinha nascido uma camela e ele, ali, perseguindo um *targuí.* Tratava-se, sem dúvida, de uma semana de excepcional atividade no Posto Militar de Tidikén, onde os meses passavam sem que acontecesse absolutamente nada.

Perguntou-se, ainda uma vez, se era isso o que queria quando ingressou na Academia Militar, ou o que sonhou ao ler a biografia do coronel Duperey, desejando imitar suas façanhas e se transformar em um novo redentor das tribos nômades, embora não houvesse mais tribos nômades nos arredores de Tidikén, pois seu povo evitava o posto e qualquer contato com os militares, depois de lamentáveis experiências em Adoras.

Era triste reconhecê-lo, mas os militares nunca souberam atrair os nativos, que os viam como estrangeiros desonestos, requisitando seus camelos, molestando suas mulheres.

A noite se fechara sobre a planície pedregosa, a primeira hiena riu longe e tímidas estrelas piscaram em um céu que, logo, estaria todo tomado por elas, no belíssimo espetáculo que nunca se cansava de admirar. Eram essas estrelas, das noites de paz, talvez, que o ajudavam a persistir, após um longo dia de calor, tédio e desesperança. "Os tuareg espetam as estrelas com suas lanças para, com elas, iluminar os caminhos..." Um belo ditado do deserto, nada mais que uma frase, mas quem a inventou conhecia bem aquelas noites e aquelas estrelas, e sabia também o que significava contemplá-las horas a fio, de tão perto. Três coisas o fascinavam desde criança: o fogo, o mar arrebentando contra as rochas e as estrelas em um céu sem nuvens. Olhando o fogo, esquecia-se de pensar; olhando o mar, afundava nas lembranças da infância; contemplando a noite, sentia-se em paz consigo mesmo, com o passado, o presente e até quase em paz com seu próprio futuro.

Mas, subitamente, nasceu de entre as sombras – e o brilho metálico do cano de um rifle foi a primeira coisa que puderam distinguir – um esguio e alto vulto.

Olharam-no incrédulos. Não estava morto, não era uma estátua de sal no meio da *sebhka.* Estava ali, de pé, diante deles, a arma firmemente empunhada, e um revólver oficial na cintura. E os olhos, só o que permitia ver de seu rosto, mostravam claramente que apertaria o gatilho ao menor sinal de perigo.

– Água! – ordenou.

O tenente fez um gesto, concordando, e um dos soldados estendeu-lhe o cantil com mão trêmula. O *targuí* recuou dois passos, levantou um pouco o véu e, sem deixar de olhar para o grupo, segurando o rifle com uma só mão, bebeu sofregamente.

O tenente tentou um tímido movimento em direção ao coldre, que descansava sobre o assento do jipe; interrompeu-o ao perceber que o buraco do cano apontava imediatamente para ele e que o dedo no gatilho se retesava. Permaneceu então muito quieto, arrependido do gesto, convencido de que não valia a pena arriscar a vida para vingar a do capitão Kaleb.

– Pensei que estava morto – disse.

– Eu sei – admitiu o *targuí,* quando acabou de beber. – Eu também pensei assim em algum momento... – Estendeu a mão, livre do cantil, pegou o prato das mãos de um dos soldados e começou a comer, com os dedos, mal levantando o *lithan.* – Mas eu sou um *imohag* – disse. – O deserto me respeita.

– Estou vendo. Qualquer outro teria morrido. O que pensa fazer agora?

Gacel apontou para o jipe com um gesto de cabeça.

– Você me levará às montanhas de Sidi-el-Madia. Lá ninguém me encontrará.

– E se me negar?

– Terei de matá-lo, e um deles me levará.

– Não o farão se eu ordenar que não o façam.

O *targuí* olhou-o por algum tempo, como que avaliando a estupidez do que acabava de ouvir.

– Não o escutarão se já estiver morto – sentenciou. – Não tenho nada contra eles... – acrescentou. – Nem contra você. – Fez nova pausa e disse com tranquilidade: – Mas é bom saber quando se ganha e quando se perde. Você perdeu.

O tenente concordou com um gesto de mão:

– Tem razão – admitiu. – Eu perdi. Tão logo amanheça, eu o levarei a Sidi-el-Madia.

– Quando amanhecer, não! Agora!

– Agora? – espantou-se o tenente. – Noite escura?

– Logo sairá a lua.

– Está louco – exclamou Razmán. – Até de dia é difícil andar pelo *erg*... as pedras rasgam os pneus, quebram os eixos. Não avançaremos um quilômetro à noite.

O *targuí* custou a responder. Tomara o prato de um

segundo soldado e agora, sentado no chão, as pernas cruzadas e a arma apoiada no joelho, engolia vorazmente, sem saborear, quase que se engasgando.

– Escute... – advertiu ao oficial. – Se chegarmos ao poço de Sidi-el-Madia, você viverá. Se não, eu o matarei, ainda que não tenha culpa. – Deixou que Razmán pensasse no que acabava de dizer, e acrescentou: – Lembre-se de que sou um *inmouchar,* sempre cumpro com minha palavra.

Um dos soldados, dos mais jovens, disse ao oficial:

– Tenha cuidado, tenente. Ele está louco, acho que é capaz de fazer o que diz.

O *targuí* não fez qualquer comentário. Limitou-se a olhá-lo firmemente. Por último, apontando-lhe a arma, gritou:

– Tire a roupa! – ordenou.

– O que foi que disse? – perguntou, incrédulo, o rapaz.

– Para tirar toda a roupa. – E apontou a arma a outro dos soldados. – E você também.

Hesitaram. Tentaram protestar, mas havia tanta autoridade na voz do *targuí* que pareceram compreender que não lhes restava outra opção. Então, começaram lentamente a se desfazer das fardas.

– As botas também.

À medida que se despiam, punham tudo à frente de Gacel, e este atirava essas peças na parte de trás do jipe. Acomodou-se ali e fez um gesto para Razmán.

– A lua já saiu... – disse. – Vamos!

O tenente olhou seus homens, despidos, e foi tomado por um profundo sentimento de rebeldia. Por alguns instantes esteve a ponto de se opor àquela desesperada ação e chegou a tentar, com olhares, que seus homens tomassem a iniciativa. Ambos se negaram, e o mais jovem disse, com voz desanimada:

– Não se preocupe com a gente, tenente... Ajamuk virá nos buscar.

– Mas até amanhecer morrerão de frio... – Razmán encarou Gacel, e pediu: – Dê a eles, pelo menos, um cobertor.

O *targuí* pareceu a ponto de concordar, mas se negou, e o tom de sua voz era irônico ao afirmar:

– Que se enterrem na areia. Estarão protegidos do frio, e é bom para emagrecer.

Razmán levou a mão à cabeça em uma continência desanimada, ligou o motor e acendeu as luzes. Imediatamente o cano do rifle de Gacel afundou em suas costelas:

– Sem luzes!

Apagou-as, sacudiu a cabeça com pessimismo:

– Você está louco! – murmurou desesperado. – Completamente louco.

Esperou que seus olhos se habituassem de novo à escuridão e, finalmente, arrancou, devagar, avançando o corpo contra a direção, na tentativa de avistar obstáculos. Durante as três primeiras horas andaram muito lentamente, até que Gacel lhe dissesse que podia acender as luzes e, assim, puderam andar com maior rapidez. Essa velocidade, porém, quase em seguida, acabou com um pneu furado.

O tenente suou e praguejou para trocá-lo, sempre vigiado pelo cano da arma. Precisou se esforçar para não aproveitar a ocasião, atirar sobre o *targuí* a chave-inglesa e provocar um corpo a corpo que pusesse fim de uma vez àquela embaraçosa situação. Compreendeu, porém, que o *targuí* era mais alto e mais forte, e, mesmo no caso improvável de que pudesse arrebatar o rifle dele, o inimigo contava ainda com o revólver, uma espada e uma *gumía.*

Só lhe restava se despedir de uma rápida promoção e rogar para que as coisas não se complicassem mais do que estavam. Deixar-se matar aos vinte e oito anos, por alguém com cujas ideias estava de acordo, era uma tremenda estupidez, e sobre isso ele não tinha nenhuma dúvida.

À meia-noite em ponto os quatro homens se encontraram no lugar onde jazia o camelo. Para nenhum deles constituiu uma surpresa constatar que a presa havia desaparecido, e o sargento-mor Malik-el-Haideri aproveitou a ocasião para desabafar, usando o mais torpe do seu vocabulário de quartel, amaldiçoando o *targuí* e, de passagem, com maior veemência, o "estúpido tenentinho" que se deixara enganar como um recruta.

– O que vamos fazer agora? – perguntou, desconcertado, um dos soldados.

– O tenente, não sei, mas eu, com a permissão dele ou sem ela, vou ao poço de Sidi-el-Madia. Por mais *targuí* que seja aquele filho da puta, não pode suportar tantos dias sem beber.

Um veterano, que estivera examinando o cadáver do *mehari* com a ajuda de uma lanterna, apontou para a ferida no ventre.

– Água tem... – comentou. – Uma água nojenta, que poderia matar qualquer pessoa. Mas os tuareg são capazes de sobreviver com isso. Ele bebeu também o sangue do camelo. – Fez uma pausa e acrescentou, convencido: – Não o encontraremos nunca.

O sargento-mor Malik-el-Haideri não disse nada. Pôs um último olhar no animal morto, deu meia-volta e começou a voltar ao jipe. Pelo estado de decomposição, calculou que o camelo estava há mais de quarenta e oito horas morto, o que significava que o *targuí* devia tê-lo sacrificado duas noites antes. Se tivesse iniciado a marcha imediatamente, coisa que duvidava, sua vantagem era quase insuperável; mas, se tinha deixado passar um dia antes de iniciar a fuga, para fazê-los confiar e relaxar a vigilância, não andaria muito longe, e talvez ainda houvesse tempo para capturá-lo.

Não confiava na ideia de alcançá-lo no *erg,* porque, sem um camelo, ele se enterraria na areia logo que percebesse um veículo, mas a água já quase digerida do estômago do animal não resistiria outro dia sem apodrecer, e o fugitivo precisava inapelavelmente de uma nova provisão. Os *atankor** dos vales e planícies do maciço montanhoso, onde cavando muito

---

* *Atankor*: Espécie de terreno cuja composição indica ao beduíno a existência de água subterrânea, ainda que em pequena quantidade. (N.T.)

se podia obter, às vezes, uns goles de um líquido terroso e salobre, não bastavam para sobreviver e constituíam apenas uma ajuda para o viajante que ousasse penetrar no labirinto de seus infinitos contrafortes rochosos.

Dominar o poço significava, portanto, obrigar o *targuí* a se render, ou condená-lo a perecer. Inconscientemente, apressou o passo e se surpreendeu quase correndo, em sua ânsia de chegar ao jipe o quanto antes. A lua se escondeu no horizonte, mas seu senso de orientação era quase tão bom quanto o de um nômade, depois de tantos anos vivendo naqueles desertos. Ainda faltava uma hora para o amanhecer quando subiu, atropeladamente, pela ladeira da margem da salina, praguejando contra os mosquitos que se lançavam sobre ele furiosamente, e correu até onde estavam seus homens, berrando.

Eles o cercaram assustados.

– Que foi que aconteceu, sargento? – perguntou o negro Ali.

– Ora, o que aconteceu... Escapou. E você não acreditava.

– O que vamos fazer agora?

O sargento não respondeu. Tinha ligado o rádio e chamava insistentemente.

– Tenente! Está me ouvindo, tenente?

Depois de ter insistido cinco vezes, sem obter resposta, blasfemou e ligou o motor do jipe:

– É tão estúpido, que pode estar até dormindo... Vamos!

Pôs o jipe em movimento; aos saltos contornaram a salina rumo ao nordeste; seus homens precisaram se agarrar aos assentos para não serem cuspidos.

Ao amanhecer, o tenente Razmán parou para reabastecer, esvaziou o galão e o entornou para que Gacel comprovasse que não mentia.

– Está acabando... – disse ao *targuí.*

Gacel não respondeu. Sentado no banco traseiro do jipe, examinava o horizonte a tomar formas e a linha negra que se desenhava diante deles, desigual e inarmônica. O maciço de Sidi-el-Madia se levantava de repente na planície, vermelho e ocre, fruto de um imenso cataclismo, provavelmente anterior ao nascimento do homem, como se uma mão monstruosa o houvesse empurrado das profundezas da Terra, colocando-o ali por artes de bruxaria.

O eterno vento do deserto tinha varrido seus cumes durante milhões de anos, despojando-os de todo rastro de terra, areia ou vegetação, e sua aparência era a de uma infinita rocha nua, reluzente, castigada pelo sol e fraturada pelas brutais diferenças de temperatura entre o dia e a noite. Os viajantes, que em algum tempo haviam atravessado aquelas montanhas, garantiam que nos amanheceres se ouviam vozes, gritos e lamentos, embora se tratasse, na realidade, do estalido das pedras aquecidas, quando a temperatura baixava bruscamente.

Era, em verdade, um lugar inóspito, no coração de uma região inóspita; região onde, era possível pensar, o Supremo Criador se empenhara em atirar todo lixo de sua obra, amontoando confusamente pedras, salinas, areias e "terras vazias".

Aos olhos de Gacel, o maciço de Sidi-el-Madia não aparecia agora como uma região amaldiçoada pelos deuses, mas como um labirinto que poderia esconder todo um exército.

– Quanta gasolina ainda temos? – perguntou.

– Para mais duas horas... três, no máximo. A esta velocidade, e nesse terreno, se consome muito. – Fez uma pausa e acrescentou preocupado: – Não chegaremos ao poço.

Gacel fez que não com a cabeça.

– Não vamos ao poço – disse.

– Foi você quem disse.

O *targuí* concordou:

– Sei o que disse – admitiu. – Você ouviu, e seus homens também ouviram... e contarão aos outros. – Interrompeu-se por um momento. – Nestes dias, sozinho na salina, eu me perguntei como era possível que tenham me alcançado se minha vantagem era tão grande. Ontem, porém, vi como você falava por esse aparelho, e compreendi. Como se chama?

– Rádio.

– É isso... rádio. Meu primo Suleimán comprou um. Dois meses carregando tijolos para comprar uma coisa que fazia barulho. Foi por isso que me encontraram, não é verdade?

O tenente Razmán concordou com a cabeça. Gacel estendeu a mão, pegou os fones, arrancou-os e os atirou longe. Em seguida, com a coronha da arma, destruiu o aparelho.

– Não é justo – disse. – Eu estou sozinho, contra muitos. Não é justo que, além disso, usem métodos franceses.

O tenente baixara as calças e, de cócoras, defecava a uns três metros do jipe.

– Às vezes acho que você não percebe qual é a realidade – disse com naturalidade. – Não se trata de uma luta entre você e nós. Trata-se de que você cometeu um delito e tem de pagar por isso. Ninguém pode assassinar impunemente.

Gacel o imitara; deixando o jipe, acocorou-se a certa distância do veículo, mas não abandonou o rifle.

– Foi o que eu disse ao capitão – replicou. – Não devia ter assassinado meu hóspede... – Fez uma pausa. – E ninguém o castigou pelo que fez. Tive de fazê-lo eu.

– O capitão cumpria ordens.

– De quem?

– Ordens superiores, imagino... Do governador.

– Mas quem é o governador para dar essas ordens? Que autoridade tem ele sobre mim, minha família, meu acampamento e meus hóspedes?

– A autoridade que lhe dá o fato de ser o representante do governo na região.

– Que governo?

– O da República.

– Que é uma república?

O tenente respirou fundo, procurou à sua volta uma pedra e se limpou com ela. Levantou-se, vestiu lentamente as calças.

– Não quer que eu explique agora como funciona o mundo...

O *targuí* também procurou uma pedra, limpou-se e, imediatamente, atirou um punhado de areia no ânus, esperou alguns instantes, e se levantou.

– Por que não? – quis saber. – Você quer dizer que cometi um delito, mas não me explica por quê. Acho isso um absurdo.

Razmán se aproximara do galão de água e se serviu na pequena tigela, pendurada por uma corrente, na traseira do jipe; bochechou e lavou as mãos.

– Não a desperdice – disse o *targuí.* – Vou precisar dela.

O tenente obedeceu e se virou para olhá-lo.

– Pode ser que tenha razão... – admitiu. – Acho que deveria explicar que não somos mais uma colônia, e que, assim como tudo mudou para os tuareg quando os franceses chegaram, voltou a mudar agora que eles se foram...

– Se já se foram, o lógico é que voltemos a nossas antigas tradições.

– Não. Não é lógico. Estes cem anos não passaram em vão. Aconteceram muitas coisas... o mundo; o mundo todo se transformou.

Gacel fez um largo gesto com a mão, indicando o mundo à sua volta.

– Aqui nada se transformou. O deserto continua sendo o mesmo, e assim continuará por mais cem vezes cem anos. E ninguém veio aqui para me dizer "tome água, comida, munições ou remédios, os franceses foram embora. Não podemos respeitar, por mais tempo, os costumes, leis e tradições que vêm dos antepassados dos seus antepassados; em troca, vamos dar a vocês outras melhores, e fazer com que a vida de vocês no Saara seja mais fácil, tão fácil que não precisarão mais desses costumes...".

O tenente pensou um instante, cabeça baixa, examinando as botas; parecia, no fundo, sentir-se culpado. Encolhendo os ombros, sentado no estribo do jipe, disse:

– É verdade... Deveriam ter dito isso a vocês, mas somos um país jovem, que acaba de conquistar a independência. Precisaremos de alguns anos para adaptá-lo todo à nova situação.

– Nesse caso – disse o *targuí,* medindo as palavras –, enquanto não estiverem capacitados a adaptar todo o país a essa nova situação, o melhor será respeitar o que já existe. É uma estupidez destruir sem haver construído antes.

A lógica de Gacel Sayah parecia indiscutível. Razmán compreendeu que não tinha respostas. Na verdade, nunca tivera respostas, nem mesmo para si próprio, quando as perguntas se amontoavam em sua mente, nos momentos em que assistia, entristecido, à deterioração da sociedade em que nascera.

– Será melhor que esqueçamos isso – disse o oficial. – Nunca chegaremos a um acordo. Quer comer alguma coisa?

Gacel fez que sim com a cabeça. O tenente abriu uma grande caixa de madeira, que guardava as provisões. Abriu um enlatado de carne, que repartiu e comeram com biscoitos e pedaços de um queijo duro e ressequido, enquanto o sol se levantava no horizonte, aquecendo a terra e tirando reflexos das negras rochas de Sidi-el-Madia, desenhando-se agora com maior perfeição.

– Para onde vamos? – perguntou o tenente.

Gacel apontou para um ponto à sua direita:

– Lá está o poço. Nós vamos até aquele rochedo, à esquerda.

– Já passei por ali uma vez. Não se pode subir por aquele rochedo.

– Eu posso. As montanhas do Huaila são como essas. Talvez piores. E eu vou caçar muflões nelas. Uma vez matei cinco. Tivemos carne-seca por um ano, e meus filhos dormem sobre suas peles.

– Gacel, *o Caçador!* – exclamou o tenente, sorrindo. – Você se sente orgulhoso de ser quem é e de ser *targuí*, não é verdade?

– Se não fosse assim, mudaria. Por acaso você também não se sente orgulhoso de ser quem é?

Sacudiu a cabeça.

– Não muito... – disse, com sinceridade. – Em ocasiões como esta, preferiria estar do seu lado. Mas não é assim que se constrói um país.

– Se construírem o país cometendo tantas injustiças, vão se dar mal muito cedo – disse, com convicção, o *targuí*. – É melhor que continuemos. Já falamos demais.

Retomaram o caminho, outro pneu furado, e duas horas depois o motor começou a ratear, engasgou e parou por completo, a uns cinco quilômetros do ponto em que se levantava, a montante, o alto rochedo em que ia morrer o grande *erg* de Tidikén.

– Muito bem, aqui estamos – disse Razmán, olhando atentamente a lisa parede, negra e reluzente, semelhante ao muro de um castelo de cíclopes. – Pensa, realmente, subir por ali?

Gacel concordou sem palavras. Pulou para fora do jipe e começou a encher as mochilas dos soldados com comida e munição. Descarregou as armas, certificou-se de que nos tambores não havia uma só bala, e examinou os fuzis oficiais, escolhendo o melhor e deixando o seu velho rifle sobre o assento.

– Foi meu pai quem me deu, quando era menino – comentou. – Nunca usei outro. Mas já está velho, cada dia fica mais difícil conseguir munição para ele.

– Eu o guardarei como uma peça de museu – disse o tenente. – Porei uma placa nele: "Pertenceu a Gacel Sayah, o bandido-caçador".

– Não sou bandido.

Sorriu, tranquilizando-o:

– É só uma brincadeira...

– As brincadeiras são boas para as noites, junto ao fogo, e entre amigos. – Fez uma pausa. – Agora vou lhe dizer uma coisa: não me persiga mais. Se tornar a encontrá-lo, eu o matarei.

– Se me ordenarem, terei de o perseguir – disse o oficial.

O *targuí* interrompeu o trabalho de esvaziar e limpar a velha *gerba,* e sacudiu a cabeça incrédulo.

– Como pode viver dependendo do que lhe ordenam? – perguntou. – Como pode se sentir homem, e livre, sempre dependendo da vontade dos outros? Se lhe dizem: "Persiga um inocente", você o persegue. Se lhe dizem: "Deixe em paz um assassino", como o capitão, você o deixa em paz. Não o entendo...

– A vida não é tão simples como parece aqui no deserto.

– Pois, então, não tragam essa vida para o deserto. Aqui está claro o que é bom ou o que é mau, justo ou injusto – acabou de encher a *gerba* e se certificou de que os cantis dos soldados também estavam cheios. O galão ficou vazio.

O tenente perguntou, preocupado:

– Você me deixará sem água? Pelo menos um cantil.

Gacel negou, com firmeza.

– Um pouco de sede fará você compreender o que senti na salina – respondeu. – E é bom aprender a passar sede no deserto.

– Mas eu não sou *targuí* – protestou Razmán. – Não posso voltar a pé ao meu acampamento. Está muito longe, eu me perderia. Por favor...

Negou de novo:

– Não deve sair daqui – aconselhou. – Quando eu tiver chegado às montanhas, pode pôr fogo aos cobertores e às roupas dos soldados. Verão a fumaça e virão buscá-lo. – Fez uma pausa e perguntou: – Tenho sua palavra de que esperará até que eu chegue lá em cima?

O tenente concordou em silêncio e viu, sem deixar o assento, como o *targuí* recolhia mochilas, cantis, a *gerba* e as armas. Demonstrava não sentir todo aquele peso. Quando começou a andar, ele o fez com passadas firmes e rápidas. O calor não o afetava.

Estava a mais de cem metros quando Razmán fez soar insistentemente a buzina, obrigando o *targuí* a se voltar:

– Boa sorte! – gritou o tenente.

O *targuí* acenou para ele, deu meia-volta e continuou seu caminho.

"As palmeiras amam ter a cabeça no fogo e os pés na água", garantia um velho provérbio. Diante dos olhos dele, a plena confirmação: estendendo-se até quase se perderam de vista, levantavam seus penachos ao céu mais de vinte mil palmeiras, sem se importarem com o calor escaldante, porque suas raízes se afundavam firmemente na água clara e fresca de cem mananciais e inumeráveis poços.

Era, de fato, um maravilhoso espetáculo, até porque o sol estava a prumo, vertical e implacável, desolador e opressivo, enquanto lá dentro, no imenso gabinete escuro, protegido do exterior por grossos vidros e suaves cortinas imaculadamente brancas, o ar-condicionado mantinha sempre, dia e noite, todo o ano, a mesma temperatura, quase gélida, que o governador Hassán-ben-Koufra exigia, sem a menor possibilidade de discussão, para trabalhar à vontade.

O Saara, visto dali, com uma taça de chá na mão e um Davidoff-Ambassatrice na boca, ficava de certo modo suportável. Às vezes, nos entardeceres, quando o sol parecia se deter para descansar um pouco sobre o leito de copas das palmeiras – o único horizonte de El-Akab –, antes de se esconder por completo à altura do minarete da mesquita, podia se considerar autenticamente paradisíaco.

Embaixo, ao pé de suas sacadas, no jardim interno que, segundo a lenda, foi desenhado pelo coronel Duperey, quando mandou construir o palácio, os canteiros de rosas e cravos disputavam espaço às macieiras e limoeiros, à sombra de altos ciprestes nos quais arrulhavam milhares de pombas, descansavam codornas, concluídos seus longuíssimos voos migratórios.

El-Akab era maravilhoso, não há dúvida; o mais maravilhoso oásis do Saara, desde Marrakech às margens do Nilo. Por isso tinha sido escolhido para ser a capital de uma província que era, por si só, maior que muitos países europeus.

E, daquele gelado gabinete palaciano, o "exótico" governador Hassán-ben-Koufra dirigia seu império com o poder absoluto de um vice-rei de mão firme, gestos medidos, voz autoritária.

– O senhor é um incapaz, tenente – disse e se voltou para olhá-lo com um sorriso mais adequado a uma felicitação que a um insulto. – Se uma dúzia de homens não lhe bastam para capturar um fugitivo, armado de um velho rifle, de que mais precisa? Uma divisão?

– Não quis arriscar vidas, Excelência. Já o disse. Com seu velho rifle ele nos teria abatido, um por um, sem nos permitir a aproximação. Sua pontaria é lendária, nossos homens, pelo contrário, não dispararam mais que quarenta balas em toda sua vida. Temos ordens para não desperdiçar munição.

– Eu sei – admitiu o governador, afastando-se da janela e retornando à majestosa mesa de despacho. – Eu próprio dei essa ordem. Se não corremos o risco de uma guerra, considero uma tolice transformar em atiradores de primeira uns recrutas que, em um ano, voltarão para suas casas... Basta que saibam apertar o gatilho.

– Mas o que treinaram não foi o bastante, Excelência. E desculpe o meu atrevimento. No deserto, quase sempre, a vida de um homem depende de sua pontaria. – Engoliu saliva. – E este, justamente, era um desses casos – concluiu.

– Escute, tenente... – disse Hassán-ben-Koufra, mantendo sua compostura, o que jamais ninguém recordava tê-lo visto perder. – E leve em consideração que posso dizer isso com toda liberdade, porque não sou militar. Respeitar a vida dos soldados me parece muito louvável, mas há casos, e este é um deles – explicou pausadamente –, em que os soldados devem cumprir com seu dever, acima de qualquer outra consideração, porque o que está em jogo é a honra do exército ao qual pertencem. O fato de haverem permitido que um beduíno matasse um capitão e um dos nossos guias, despisse dois soldados e se fizesse conduzir por um tenente através do deserto, constitui um descrédito para os senhores, como forças armadas, e para mim, como autoridade máxima da província.

O tenente Razmán concordou com seu silêncio e conteve, como pôde, um calafrio, pois seu leve uniforme não era adequado à temperatura daquele gabinete.

– Solicitaram minha ajuda para capturar um homem e submetê-lo a julgamento, Excelência – disse, procurando conferir força e serenidade a suas palavras. – Não para matá-lo como se fosse um cão. Para agir como policial, devia ter recebido ordens superiores, muito claras e definitivas. Quis colaborar, mas reconheço que minha atuação não foi feliz. Acredito, porém, sinceramente, que pior teria sido retornar com cinco cadáveres.

Lentamente o governador sacudiu a cabeça, atirando-se para trás na cadeira, como quem dá por encerrado o diálogo.

– Isso quem tinha de decidir era eu, e, pelas informações que me chegam, mais nos teriam valido os cadáveres. Teríamos herdado o respeito imposto pelos franceses entre as tribos nômades, e agora, pela primeira vez, e graças a esse beduíno e à incapacidade que o senhor demonstrou, esse respeito se quebra. Isso não é bom – sentenciou. – Não. Não é bom.

– Eu o lamento.

– E vai lamentar mais ainda, tenente, eu lhe garanto. A partir de hoje está transferido para o Posto de Adoras. Vai substituir o capitão Kaleb-el-Fasi.

O tenente Razmán sentiu que um suor frio o invadia, sem que o ar-condicionado tivesse agora qualquer responsabilidade. Suas pernas tremeram, a ponto de quase baterem uma na outra.

– Adoras! – repetiu, incrédulo. – Mas isso é uma injustiça, Excelência. Posso ter cometido um erro, não um delito.

– Adoras não é uma prisão – fez-lhe notar o governador, com calma. – É apenas um posto avançado. Tenho autoridade para enviar a Adoras todo aquele a quem julgar conveniente.

– Mas todo mundo sabe que Adoras é um lugar reservado a bandidos... à escória do exército!

O governador Hassán-ben-Koufra encolheu os ombros indiferente e passou a examinar um processo que tinha sobre a mesa, fingindo profundo interesse. Sem olhar o tenente, comentou:

– Essa é uma opinião, não um fato oficialmente aceito... O senhor tem um mês para resolver seus problemas e preparar sua transferência.

O tenente Razmán quis dizer alguma coisa, mas compreendeu que era inútil. Prestou uma rígida continência e se encaminhou para a porta, implorando aos céus para que o tremor de suas pernas cessasse e não desse àquele filho de uma cadela a satisfação de vê-lo cair no chão.

Fora do gabinete, precisou apoiar a cabeça em uma das colunas de mármore e aguardar alguns instantes, pois não se sentia capaz de descer as majestosas escadarias de mármore, sob o olhar de duas dezenas de atarefados funcionários, sem rolar por seus degraus até o jardim e seus canteiros.

Um daqueles funcionários passou silenciosamente atrás de Razmán, tocou três vezes na porta do gabinete, entrou e a fechou quase sem ruído.

O governador, que já deixara de fingir que estudava o processo e contemplava o minarete da mesquita através dos amplos janelões, sem se mexer da cadeira, levantou a cabeça para o recém-chegado que, respeitoso, se detivera à beira do tapete. E perguntou:

– O que é, Anuhar?

– Nenhuma notícia do *targuí*, Excelência. Desapareceu.

– Não estranho... – admitiu. – Em um mês, um desses "Filhos do Vento" é capaz de percorrer o deserto de ponta a ponta. Deve ter voltado para os seus. Pelo menos sabemos quem é ele?

– Gacel Sayah, um *inmouchar* do Kel-Talgimus. Costuma vaguear por um território vastíssimo, perto das montanhas do Huaila.

O governador Hassán-ben-Koufra olhou para o grande mapa na parede e sacudiu a cabeça, com pessimismo.

– As montanhas do Huaila! – repetiu. – Isso fica bem em cima da fronteira...

– A fronteira, naquela área, é praticamente inexistente, Excelência. Ninguém a determinou com exatidão.

– Nada está determinado ali com exatidão, Anuhar. – Levantou-se e andou devagar pelo imenso gabinete. – Procurar um *targuí* fugitivo naquelas solidões é como buscar um peixe no mar. – Voltou-se para olhar de frente o funcionário. E ordenou: – Arquive o assunto.

Anuhar-el-Mojkri, eficiente secretário, há mais de oito anos trabalhando com o governador, permitiu-se o luxo de gesticular, mostrando seu descontentamento:

– Os militares não vão gostar, Excelência... O *targuí* assassinou um capitão...

– Eles desprezam o capitão Kaieb-el-Fasi – lembrou o governador. – Era uma fera... – Procurou outro Davidoff e o acendeu muito devagar e cuidadosamente. – Assim como o sargento El-Haideri.

– Esse tipo de gente é a única que sabe lidar com aquele bando de Adoras...

– Isso agora caberá ao tenente Razmán.

– Razmán? – espantou-se El-Mojkri. – Transferiu Razmán para Adoras, Excelência? Não durará três meses. – Sorriu, divertido. – Por isso estava a ponto de desmaiar lá fora. Aquela gente acabará violando o tenente, antes de lhe cortar o pescoço.

O governador deixou-se cair pesadamente em uma das poltronas do conjunto de couro negro a um canto do gabinete, atirou para cima uma comprida baforada e fez que não com um gesto de mão.

– Talvez não... – disse. – Talvez ele melhore, fique mais despachado, lute por sua vida e compreenda que não se pode vir para cá só para ler o *Beau Geste* e imitar o Duperey. – Fez uma longa pausa. – Deram-me uma missão: varrer da região todo resquício de velho romantismo decadente e de paternalismo doentio. Esta província e esta gente têm de trabalhar para o bem comum. Aqui há petróleo, ferro, cobre, fosfatos e riquezas incalculáveis, de que muito precisamos, se quisermos um dia, ser uma nação poderosa, progressista e moderna. Não é com homens como o tenente Razmán que poderei cumprir essa missão, mas com gente como o Malik ou o capitão Kaleb. É difícil admitir, mas os tuareg já não têm razão de existir em pleno século XX, assim como os índios da Amazônia, e também os peles-vermelhas norte-americanos. Será possível imaginar agora os sioux cavalgando pelos campos do meio-oeste, perseguindo manadas de búfalos entre os poços de petróleo ou as centrais atômicas? Há formas de vida que cumprem um ciclo histórico e estão condenadas a desaparecer; queiramos ou não, isso ocorre com os nossos nômades. Devemos integrá-los ou exterminá-los.

– Soa muito duro, Excelência.

– Soava também duro quando começamos a dizer que era preciso expulsar os franceses que conviviam conosco há cem anos. Muitos deles eram, inclusive, meus amigos pessoais, tínhamos frequentado juntos a escola, e eu os conhecia intimamente. Tinha, porém, chegado o momento de acabar com eles sem pensar em sentimentalismos, e foi o que fizemos. Há coisas que têm de estar acima da moral burguesa, e esta é uma delas. – Interrompeu o seu discurso e permaneceu, por algum tempo, pensativo. – O presidente deixou esta questão muito clara para todos nós. E ele me disse: "Hassán, os nômades são, pela lógica, uma minoria na iminência de extinção. Vamos transformá-los em trabalhadores úteis, ou apressemos o seu desaparecimento, para lhes evitar sofrimentos e, para nós, problemas".

– Apesar disso, em seu último discurso... – atreveu-se, timidamente, Anuhar.

– Ora, vamos, Anuhar... – repreendia-o como a um menino. – Essas não são coisas que se podem dizer em público, quando parte desses nômades estão escutando, e o mundo tem os olhos postos no nosso caminho como país independente. Os norte-americanos, por exemplo, só se converteram em grandes defensores dos direitos humanos depois que acabaram com os direitos dos seus índios.

– Eram outros tempos.

– Mas idênticas as circunstâncias. Uma nação que há pouco se tornou independente, que precisa exportar a sua riqueza e se desfazer da pesada carga humana irrecuperável... e nós lhes daremos, pelo menos, a oportunidade de se integrarem à vida comum. Nós não vamos exterminá-los a tiros, nem os prenderemos em "reservas"...

– E os que não quiserem se integrar? Os que continuarem acreditando, como esse Gacel, que seus velhos costumes é que devem reger a vida no deserto? Que é que vamos fazer com eles? Persegui-los a tiros, como aos peles-vermelhas?

– Não, é claro... Vamos, simplesmente, expulsá-los. Você mesmo disse que, no deserto, as fronteiras não estão delimitadas, e eles não as respeitam. Pois que as atravessem, que saiam, que busquem os irmãos de outros países... – agitou a mão acima da cabeça. – Mas, se ficarem, deverão se adaptar à nossa forma de vida, ou assumir as consequências.

– Não se adaptarão – disse Anuhar-el-Mojkri, com convicção. – Nos últimos tempos, tenho mantido contatos frequentes com eles. E me consta que, ainda que alguns tenham renunciado, a maioria continuará aferrada a suas areias e a seus costumes. – Apontou para fora, para a distante torre onde um *muecín** chamava os fiéis. – É a hora da oração... Vai à mesquita, Excelência?

O governador disse que sim, aproximou-se da mesa de despachos, apagou o havana, esmagando a ponta acesa em um pesado cinzeiro de vidro e, a seguir, voltou a folhear o documento que estivera examinando.

---

* *Muecín*: Mouro que anuncia, em voz alta, do alto dos minaretes, a hora das preces. (N.T.)

– Vamos, mas voltaremos logo aqui. Dê ordens para que uma secretária nos espere. Isso deve sair amanhã para a capital.

– Vai jantar em casa, Excelência?

– Não. Avisem minha esposa.

Saíram. Anuhar deu algumas ordens à saída do gabinete e correu, escada abaixo, para alcançar o governador no momento em que este entrava no carro preto, em que o motorista já ligara o ar-condicionado na potência máxima. Fizeram em silêncio o curto trajeto e oraram, um ao lado do outro, rodeados por respeitosos beduínos. Fora da mesquita, o governador contemplou, com prazer, o palmeiral em sombras. Gostava daquela hora. Era, sem dúvida, a mais bela do oásis, como eram os amanheceres os momentos mais belos do deserto. A essa hora, agradava-lhe passear devagar pelos jardins e os poços, observando como centenas de aves chegavam, de muito longe, para passar a noite na copa das árvores.

Podia-se dizer que a essa hora, também, despertavam os odores de seu letargo, após um dia de esmagamento pelo sol; livre agora o perfume das rosas, dos jasmins e dos cravos, esse milagre de odores fazia o governador Hassán-ben-Koufra confirmar sua crença de que em nenhum outro lugar do mundo eram tão cheirosas as flores como naquela terra quente e rica.

O governador dispensou o motorista e tomou, lentamente, o estreito caminho, esquecendo-se, por alguns minutos, dos mil problemas que significava governar uma região desolada e uma porção de homens semisselvagens.

O fiel Anuhar seguia-o como sua sombra, sabedor de que nesses momentos preferia o silêncio, conhecedor de cada um dos pontos em que se deteria, a hora em que acenderia um havana ou o canteiro em que colheria um botão de rosa para a mesinha de cabeceira de Tamat. Aqueles passeios eram um ritual quase diário, e, só se o calor apertasse muito, ou o trabalho fosse excessivo, Sua Excelência renunciaria àquilo que constituía seu único exercício e distração.

A noite chegava com a rapidez com que sempre caía sobre os trópicos, como se não quisesse que o homem desfrutasse por mais tempo da beleza e da placidez dos entardeceres. Aos dois, porém, não importava a escuridão que, em minutos, se apoderaria dos jardins e do palmeiral, pois conheciam às cegas cada caminho e fonte, e as luzes do palácio, longe, bastavam para orientá-los.

Desta vez, porém, e antes que as trevas tomassem conta de tudo, uma sombra inesperada nasceu de uma palmeira, ou talvez do solo mesmo, e ainda sem tê-la distinguido por inteiro, e sem perceberem claramente que empunhava um pesado revólver, os dois compreenderam que se tratava dele, e ele os estava esperando.

Anuhar quis gritar, mas o negro buraco do cano se deteve a um palmo dos seus olhos.

– Silêncio! – ordenou. – Não quero lhes fazer mal.

O governador Ben-Koufra não se alterou.

– Que quer, então?

– Meu hóspede. Sabe quem sou?

– Imagino... – disse o governador, para acrescentar: – Mas eu não tenho o seu hóspede.

Gacel Sayah examinou o homem à sua frente e compreendeu que não mentia.

– Onde está? – perguntou.

– Muito longe. – Fez uma pausa. – Mas é inútil. Nunca o encontrará.

Acima do véu, os escuros olhos do *targuí* brilharam intensamente alguns momentos. Apertou com força a coronha do revólver:

– Isso é que veremos... – disse, e logo apontou a arma para Anuhar-el-Mojkri. – Pode ir embora – ordenou. – Se em uma semana Abdul-el-Kebir não estiver, em boa saúde, livre e só, no *guelta,* ao norte das montanhas de Sidi-el-Madia, cortarei a cabeça de seu amo. Compreendeu?

Anuhar-el-Mojkri não se sentiu capaz de responder, e foi Hassán-ben-Koufra quem o fez:

– Se aquele a quem procura é Abdul-el-Kebir, mais vale que me dê um tiro aqui mesmo, e nos evitemos novos incômodos – disse, em tom firme, o governador. – Nunca o entregarão a você.

– Por quê?

– O presidente não o consentirá.

– Que presidente?

– Ora, quem há de ser? O presidente da República.

– Nem mesmo em troca de sua vida?

– Nem mesmo em troca de minha vida.

Gacel Sayah encolheu os braços e se voltou, tranquilamente, para Anuhar-el-Mojkri:

– Limite-se a transmitir minha mensagem. E advirta esse presidente, quem quer que ele seja, que, se não devolver meu hóspede, eu também o matarei.

– Está louco?

– Não. Sou *targuí* – agitou o revólver. – E agora, vá embora; mas lembre-se bem: em uma semana, no *guelta,* ao norte das montanhas de Sidi-el-Madia. – Cravou o cano da arma no rim do governador e o empurrou para frente. – Por aqui! – comandou.

Anuhar-el-Mojkri deu alguns passos na direção oposta e se voltou a tempo de vê-los desaparecer entre as sombras do palmeiral.

Em seguida, correu até as luzes do palácio.

– Abdul-el-Kebir foi o artífice de nossa independência, um herói nacional, o primeiro presidente da nação. Mas é mesmo possível que você nunca tenha ouvido falar dele?

– Nunca.

– Onde tem andado todos estes anos?

– No deserto... Ninguém foi lá me contar o que acontecia.

– Não passam viajantes por seu acampamento?

– Poucos... E, depois, sempre temos coisas mais importantes a fazer do que falar. O que aconteceu com Abdul-el-Kebir?

– O atual presidente o derrubou. Afastou-o do poder, mas, como o respeita, não se atreveu a mandar matá-lo. Tinham lutado juntos e juntos estiveram muitos anos nos cárceres franceses. – Sacudiu a cabeça para negar: – Não. Ele não podia mandar matá-lo. Nem a consciência dele, nem o povo, o teriam perdoado.

– Mas o prendeu, não é verdade?

– Deportou-o para o deserto.

– Onde?

– No deserto, já disse.

– O deserto é muito grande.

– Eu sei. Mas não tão grande a ponto de que um dos partidários dele não o encontrasse e o ajudasse a fugir. E foi assim que ele chegou a sua *jaima.*

– Quem era o jovem?

– Um fanático. – Contemplou longamente o fogo, que se consumia devagar, e pareceu afundar em pensamentos. Quando voltou a falar, não olhou para o *targuí,* e era como se o fizesse para dentro de si mesmo. – Um fanático que queria nos conduzir à guerra civil. Se Abdul conseguisse a liberdade, organizaria, no exílio, a oposição e acabaríamos afundados em um banho de sangue. Os franceses, que tanto o perseguiram, o apoiariam agora. – Interrompeu-se, voltou a falar: – Eles o preferem a nós...

Levantou o rosto e passeou o olhar, muito devagar, pela apertada caverna, para depois detê-lo sobre Gacel, enquanto este, recostado na saliência de uma rocha, não afastava os olhos do seu prisioneiro. A voz do governador voltou a se ouvir.

– Compreende por que repito, insistentemente, que está perdendo tempo? Eles nunca me trocarão por Abdul, e eu não os culpo. Não sou mais que um simples governador de província; um funcionário fiel e útil, que faz seu trabalho o melhor que pode, mas por quem ninguém se arriscaria a uma guerra civil. Muitos anos terão de passar para que a lembrança de Abdul-el-Kebir se dilua no nada e perca seu carisma... – Pegou cuidadosamente, com os pulsos amarrados como os tinha, o copo de chá e o levou à boca, sorvendo-o também com cuidado, para não se queimar. – E as coisas não têm andado muito bem – continuou. – O governo tem cometido muitos erros, erros próprios de todas as nações que conquistaram há pouco sua independência e dos governos novos. Há muita gente, porém, que não pensa assim, e está descontente. Abdul soube prometer coisas, coisas que o povo espera que nós cumpramos, mas que jamais poderemos lhe dar, porque são, de fato, utópicas.

Calou-se, depositou o copo sobre o chão de areia, perto do fogo, distinguindo os olhos do *targuí,* cravados nele, aparecendo por cima do *lithan.* Pareciam querer penetrar no fundo da mente de Ben-Koufra.

– Tem medo dele – sentenciou, por fim, Gacel. – Você e os seus, um medo espantoso, não é verdade?

O governador concordou sem nenhuma palavra. Instantes depois, voltou a falar, como que se explicando:

– Nós tínhamos jurado fidelidade a Abdul, e, embora eu não tenha participado da conjura, e só soubesse quando tudo já tinha acontecido, não me atrevi a protestar – sorriu com tristeza. – Compraram meu silêncio com a nomeação para governador, com todos os poderes, de um imenso território. Aceitei agradecido. Mas você tem razão; no fundo, ainda o temo. Todos nós o tememos, porque dormimos com a certeza de que um dia voltará para nos cobrar velhas contas. Abdul sempre volta.

– Onde está agora?

– No deserto, outra vez.

– Em que parte do deserto?

– Eu nunca lhe direi.

O *targuí* olhou-o fixamente, energicamente, e no tom de voz demonstrou que estava convencido do que podia.

– Se quiser, você me dirá – garantiu. – Meus antepassados eram famosos por sua capacidade de torturar seus prisioneiros. E, mesmo que não usemos hoje os velhos métodos, eles foram se transmitindo, de boca em boca, como simples curiosidade. – Pegou o bule e encheu de novo os copos. – Escuta: talvez não entenda, porque não nasceu nesta terra, mas eu não poderei dormir em paz enquanto não souber esse homem tão livre como no dia em que apareceu à porta de minha *jaima*. Se para isso tenho de matá-lo, destruir ou torturar, eu o farei, mesmo lamentando. Não posso devolver a vida ao homem que mandou assassinar, mas posso devolver a liberdade ao outro.

– Não pode.

Olhou-o com estranha determinação.

– Tem certeza?

– Absoluta. Em El-Akab só eu sei onde está Abdul, e, por mais que me torture, não direi.

– Você está enganado – disse Gacel. – Alguém mais também sabe.

– Quem?

– Sua esposa.

Ficou alegre ao constatar que acertara; o rosto de

Hassán-ben-Koufra se alterou e, pela primeira vez, perdeu a serenidade. Quis, então, protestar timidamente, mas Gacel interrompeu-o com um gesto brusco.

– Não tente me enganar – pediu. – Há quinze dias que vigio você, e o vi com ela. É uma dessas mulheres com quem o homem compartilha todos os segredos, e com absoluta confiança. Ou não é assim?

Ben-Koufra observou-o com atenção.

– Às vezes eu me pergunto se você é um simples *targuí* ignorante, nascido e criado no mais imundo dos desertos, ou se atrás desse véu está escondido outro homem.

O *targuí* sorriu suavemente:

– Dizem que nossa raça já era inteligente, culta e poderosa, lá na ilha de Creta, nos tempos dos faraós. Tão inteligente e poderosa que tentou invadir o Egito, mas uma mulher os traiu e eles perderam a grande batalha. Alguns deles fugiram para o este, se estabeleceram junto ao mar e formaram o povo dos fenícios, que dominaram os oceanos. Outros fugiram para o oeste, e se estabeleceram sobre as areias, dominando o deserto. Milhares de anos depois, vocês chegaram, os bárbaros árabes, a quem Maomé acabava de tirar da mais negra ignorância...

– Sim, já ouvi essa lenda, que proclama os tuareg descendentes dos *garamantes**. Mas não acredito nela.

– Pode ser que não seja verdadeira, mas é verdade que estamos aqui muito tempo antes de vocês, e que sempre fomos mais inteligentes, ainda que menos ambiciosos. Gostamos da vida que temos, e não aspiramos a mais. Preferimos deixar que pensem o que quiserem de nós, mas quando nos provocam, reagimos. – Quase sem interrupção, mudou o tom de voz, endurecendo-o: – Você me dirá onde está Abdul-el-Kebir ou terei de perguntar a sua esposa?

O governador Hassán-ben-Koufra se lembrou do que o ministro do Interior lhe recomendara, na véspera da partida para El-Akab: "Não confie nos tuareg", dissera ele. "Não se deixe enganar por sua aparência, dizem que têm o cérebro

* *Garamantes*: Antigo povo da Líbia. (N.T.)

mais analítico e a mais rara astúcia entre os homens deste continente. São uma raça à parte, que, se o desejassem, nos dominariam, aos da costa ou da montanha. Um *targuí* pode entender o que é o mar sem tê-lo visto nunca, ou compreender um problema filosófico do qual nem você nem eu entenderíamos sequer os termos da exposição. A cultura deles é muito antiga, e, embora como grupo social eles tenham se deteriorado com a mudança daquilo que os cerca, perdendo seu espírito guerreiro, como indivíduos continuam sendo particularmente notáveis. Cuide-se deles!"

– Um *targuí* nunca faria mal a uma mulher – disse Ben-Koufra. – E não acredito que você seja exceção. O respeito à mulher é para vocês quase tão importante como a lei da hospitalidade. Quebrará uma lei para cumprir outra?

– Não, é claro – admitiu Gacel. – Não precisarei fazer mal algum a ela. Se ela compreende que a vida do esposo depende de que me diga onde está Abdul-el-Kebir, ela me dirá.

Hassán-ben-Koufra pensou em Tamat, nos treze anos do seu casamento e nos dois filhos. Teve a certeza de que o *targuí* sabia bem o que estava fazendo. E não podia culpar a mulher, porque ele próprio agiria assim, se Tamat estivesse ameaçada. E, depois, confessar onde estava preso Abdul-el-Kebir não significava libertá-lo.

– Está no fortim de Gerifíes – disse, finalmente.

Gacel sentiu que o governador dizia a verdade; imediatamente, antes de dizer qualquer coisa, calculou a que distância estava do fortim.

– Precisarei de três dias para chegar lá, e um para conseguir camelos e provisões... – continuou a fazer cálculos e a traçar hipóteses, e a voz dele assumia agora um tom divertido: – Então isso quer dizer que quando me prepararem uma emboscada no *guelta* de Sidi-el-Madia eu já estarei em Gerifíes. – Bebeu muito devagar o chá, com enorme prazer. – Vão nos esperar lá um dia, dois, no máximo, antes de compreenderem a verdade e mandarem um aviso para que me esperem... Tenho tempo! – afirmou. – Sim, acho que tenho tempo.

– E o que fará comigo? – perguntou o governador, com um leve tremor da voz.

– Deveria matá-lo, mas deixarei água e comida para dez dias. Se me disse a verdade, mandarei alguém até aqui. Se mentiu, e Abdul-el-Kebir não está naquele lugar, morrerá de fome e sede, porque ninguém pode romper as amarras de couro de camelo.

– Como posso saber que, de verdade, mandará alguém para me buscar?

– Não pode sabê-lo, mas eu o farei. Tem dinheiro?

O governador Hassán-ben-Koufra apontou, com o queixo esticado, a carteira que guardava no bolso de trás da calça, e o *targuí* a pegou. Tirou dela as notas de maior valor e as rasgou, cuidadosamente, pela metade. Guardou uma dessas metades, deixou a outra na carteira, que abandonou, junto ao fogo.

– Vou procurar um nômade e lhe darei esta metade do dinheiro. E lhe explicarei onde pode encontrar a outra. – Sorriu, debaixo do véu, com ar superior. – Por tanto dinheiro, qualquer beduíno passaria um mês em cima de um camelo. Não se preocupe – tranquilizou-o. – Virão por você. Agora tire a calça.

– Por quê? – assustou-se.

– Vai passar dez dias nesta caverna, de pés e mãos amarrados. Quando urinar e se sujar, sem poder se limpar, vão sair feridas – fez um gesto expressivo com as mãos, apontando para as pernas e a bunda. – Ficará melhor com ela de fora...

Sua Excelência, o governador Hassán-ben-Koufra, autoridade suprema e incontestável de um território maior que a França, pretendeu protestar. Entretanto, pareceu ter pensado melhor, engoliu seu orgulho e sua ira, e a muito custo abriu o cinturão e abaixou a calça.

Gacel ajudou-o a tirá-la, amarrou seus pés cuidadosamente por último, despojou-o do relógio e de um anel com um grande brilhante.

– Isto pagará os camelos e as provisões – disse. – Sou

pobre, tive de matar meu camelo. Era um belo *mehari*. Nunca encontrarei outro igual.

Em seguida, recolheu suas coisas, deixou uma *gerba* de água e um saco de frutas secas apoiados na parede. Apontou para eles disse:

– Cuide deles – aconselhou. – Sobretudo da água. E não tente se livrar. Isso o faria suar e precisaria beber; nesse caso talvez a água não dure para dez dias. Procure dormir, isso é o melhor que pode fazer. Dormir não consome energias.

Saiu. Fora, a noite estava escura, sob um negro céu sem lua e salpicado de estrelas, que ali, nas montanhas, pareciam ainda mais perto, quase roçando as cristas que se levantavam sobre sua cabeça. Permaneceu uns instantes pensativo, orientando-se, talvez, ou traçando mentalmente o caminho que havia de seguir até um distante forte. Precisava, especialmente, de camelos, grande quantidade de provisões, e *gerbas* onde armazenar toda a água que pudesse, pois sabia que nos arredores do *erg* de Tikdabra não havia poços, e mais ao sul se abria a grande "terra vazia", da qual ninguém conhecia exatamente os limites.

Andou toda a noite, naquele passo rápido e largo, um passo que esgotaria qualquer um, mas que para um *targuí* constituía algo consubstancial com a vida. O amanhecer o surpreendeu no cume de uma colina que dominava um vale e por onde, milhares de anos atrás, deve ter corrido um rio. Os nômades sabiam que naquele vale bastava cavar meio metro para que um *atankor* oferecesse água suficiente para cinco camelos; por esse motivo, era passagem obrigatória para as caravanas que, vindas do sul, se dirigiam ao grande oásis de El- Akab.

Gacel Sayah pôde distinguir três acampamentos espalhados pela extensão daquilo que tinha sido um rio. Com a primeira claridade, os nômades lá embaixo começavam a reavivar seus fogos e a recolher seus animais que pastavam nas ladeiras, preparando-se para retomar a marcha. Observou atentamente aquele movimento, sem se deixar ver e até que teve absoluta certeza de que não havia soldados entre eles. Só então se decidiu a descer, e andou até chegar à frente da maior das *jaimas* que encontrou no caminho. Nela, quatro homens tomavam chá da manhã.

– *Metulem, metulem!*

– *Aselam, aleikum* – foi a resposta unânime. – Sente-se e tome o chá conosco. Biscoitos?

Agradeceu os biscoitos, o queijo, quase rançoso, mas forte e saboroso, e sumarentas tâmaras, com que acompanhou um chá gordurento, doce e muito açucarado, que aqueceu seu corpo, espantando o frio do amanhecer no deserto.

O homem que parecia liderar o grupo, um beduíno de barba rala, olhos astutos e que o olhavam fixamente, perguntou, sem qualquer entonação na voz:

– Você é Gacel? Gacel Sayah, do Kel-Talgimus? – Diante da muda concordância do recém-chegado, acrescentou: – Procuram você.

– Eu sei.

– Você matou o governador?

– Não.

Olharam-no interessados, tinham deixado de mastigar, esforçando-se provavelmente para verificar se o *targuí* falava ou não a verdade. Afinal, com naturalidade, o mesmo beduíno lhe disse:

– Precisa de alguma coisa?

– Quatro *meharis,* água e comida. – Tirou de uma bolsinha de couro vermelho, pendurada ao pescoço, o relógio e o anel, mostrando-os na palma da mão: – Pagarei com isto.

Um ancião esquálido, de longas e delicadas mãos de *majarrero**, pegou o anel e o estudou com ar de quem conhece seu ofício, enquanto o de barba rala examinava o pesado relógio.

O artesão passou o anel a seu chefe:

– Vale, no mínimo, dez camelos – garantiu. – A pedra é boa.

---

* *Majarrero:* Provável forma espanhola da palavra árabe *jauaheri* ou *jauaherji,* que designa os homens que fazem ou comerciam joias. (N.T.)

O outro concordou, guardou o anel e estendeu a mão, em direção a Gacel, para devolver o relógio.

– Leve quanto necessitar em troca do anel – sorriu. – Mas isso pode fazer falta.

– Não sei usá-lo.

– Eu também não, mas, quando quiser vendê-lo, pagarão bem. É de ouro.

– Oferecem dinheiro por sua cabeça – comentou o *majarrero,* sem demonstrar maior interesse no que dizia. – Muito dinheiro.

– Sabe de alguém que pretenda recebê-lo?

– Ninguém dos nossos – disse, categórico, o mais jovem dos beduínos, aquele que tinha estado contemplando o *targuí* com indiscutível admiração. – Precisa de ajuda? Posso acompanhá-lo.

O chefe, provavelmente pai do jovem, desaprovou-o.

– Não precisa de ajuda. Seu silêncio lhe basta. E, depois, não devemos nos meter neste assunto. Os militares estão furiosos e já temos tido muitos problemas com eles. – Voltou-se para Gacel e disse: – Sinto muito, mas devo proteger os meus.

Gacel concordou.

– Eu compreendo. Já faz bastante em me vender os camelos. – Dirigiu um olhar de simpatia ao jovem. – E tem toda a razão; não preciso de ajuda, só de silêncio.

O rapaz inclinou a cabeça, como que lhe agradecendo a confiança, e se levantou.

– Escolherei para você os melhores camelos, e tudo o mais de que precisar. Vou também encher as *gerbas.*

Afastou-se com passo rápido, seguido pelo olhar dos outros. Via-se que o chefe se sentia orgulhoso dele.

– É valente e generoso, e admira suas façanhas – comentou. – Você está a caminho de se converter no homem mais famoso do deserto.

– Não é isso o que procuro – respondeu com firmeza. Não pretendo senão viver em paz com minha família. E que as nossas leis sejam cumpridas.

– Nunca mais poderá viver em paz com sua família – advertiu-o o *majarrero*. – Terá de sair do país.

– Há uma fronteira ao sul das "terras vazias" de Tikdabra – disse o chefe – e outra ao este, a umas três jornadas das montanhas de Huaila. – Sacudiu a cabeça, negando. – As fronteiras do oeste estão longe, muito longe. Nunca cheguei até elas. Ao norte estão as cidades e o mar. Também nunca fui até lá.

– De que modo posso saber que atravessei uma fronteira e estou a salvo? – perguntou Gacel.

Os outros se entreolharam, demonstrando sua incapacidade de responder. O homem que ainda não falara até aquele momento, um negro *akli*, filho de escravos, encolheu os ombros.

– Ninguém sabe com certeza. Ninguém – repetiu, seguro do que dizia. – No ano passado desci com uma caravana até o Niger, mas nem na ida nem na volta sabíamos em que país estávamos.

– Quanto tardou para chegar ao rio?

O negro pensou a resposta, como quem puxa pela memória. Por fim, não muito convencido, tentou:

– Um mês? – estalou a língua, e parecia querer expulsar pensamentos ruins. – Quase o dobro na volta. Veio a seca, os poços se esgotaram, tivemos de fazer uma grande volta para evitar Tikdabra. Quando eu era criança, a gente encontrava bons poços e lençóis de água muitos dias antes de chegar ao rio. Agora, as areias ameaçam suas margens, os poços se esgotaram e os últimos vestígios de verde desapareceram. Planícies onde antes pastava o gado dos *peuls* não são boas nem para os camelos mais esfaimados, e de povoados oásis que ofereciam descanso aos viajantes não resta nem a lembrança – estalou a língua novamente. – E não sou velho. Não. Não sou velho. É o deserto que avança muito depressa...

– Eu não me importo com que o deserto avance e engula outras terras – disse Gacel. – Estou bem aqui. O que me preocupa é que o deserto já não seja suficientemente grande para que nos permitam viver em paz. Quanto mais cresça, melhor. Talvez assim, algum dia, se esqueçam de nós.

– Não se esquecerão... – afirmou o *majarrero*. – Eles encontraram petróleo. E petróleo é o que mais interessa aos *rumí*. Sei porque trabalhei dois anos na capital, e lá todas as conversas giram sempre, de um modo ou de outro, em torno do petróleo.

Gacel examinou o ancião com renovado interesse. Os *majarreros*, como todos os artesãos, fosse por trabalhar a prata e o ouro, como aquele, o couro ou a pedra, eram considerados pelos tuareg como uma casta inferior, situada na metade do caminho entre o *imohag* e o *ingad** ou vassalo, e, até mesmo, algumas vezes, entre o *ingad* e o escravo *akli*. Embora assim classificados, os tuareg reconheciam que os *majarreros* constituíam provavelmente a classe mais culta de todo o sistema social, uma vez que muitos deles sabiam ler e escrever e alguns tinham viajado para além das fronteiras do deserto.

– Certa vez estive em uma cidade... – disse Gacel. – Mas era muito pequena, e os franceses ainda mandavam. Mudaram muito as coisas desde então?

– Muito – admitiu o ancião. – Naquele tempo, de um lado estavam os franceses, do outro, nós. Agora lutamos entre irmãos, uns querem isso, outros aquilo. – Sacudiu, pesaroso, a cabeça. – Porque, quando os franceses foram embora, dividiram os territórios, criaram fronteiras, traçando linhas em mapas, separando tribos, famílias, que agora podem pertencer a mais de um país. Se o governo é comunista, comunista; se é fascista, fascista; se é governado por um rei, a gente deve ser monarquista...

Interrompeu-se para estudar detidamente seu interlocutor. E perguntou a ele:

– Sabe o que significa ser comunista?

Gacel negou.

– Nunca ouvi falar deles. São uma seita?

---

* *Ingad*: Nome de um dos povos cujo conjunto de tribos ocupava uma situação intermediária no conceito dos tuareg, entre os líderes e os escravos. (N.T.)

– Mais ou menos, mas não religiosa. Política.

– Política? – repetiu, sem compreender.

– Pretendem que todos os homens devem ser iguais, com iguais deveres e direitos, e que as riquezas sejam repartidas entre todos...

– Pretendem que sejam iguais o esperto e o bobo, o *imohag* e o escravo, o trabalhador e o preguiçoso, o guerreiro e o covarde... ? – perguntou, espantado. – Estão loucos! Se Alá nos fez diferentes, por que pretendem que sejamos iguais? – deixou escapar um suspiro. – De que me valeria, então, ter nascido *targuí?*

– É mais complicado que isso – sentenciou o ancião.

– Faço ideia – admitiu. – Deve ser muito mais complicado, pois uma tal loucura não admite nem sequer discussão. – A pausa que fez serviu para encerrar aquele tema, não para se calar. – Alguma vez ouviu falar em Abdul-el-Kebir?

– Todos ouvimos falar dele – interveio o chefe dos beduínos, antecipando-se ao *majarrero.* – Foi ele quem expulsou os franceses e governou nos primeiros anos.

– Que tipo de homem é ele?

– Um homem justo – disse o beduíno. – Equivocado, mas justo.

– Por que equivocado?

– Todo aquele que confia nos outros, até o ponto de deixar que lhe arrebatem o poder e o aprisionem, é um homem equivocado.

Gacel voltou-se para o ancião:

– Ele é um desses que pretendem que todos devemos ser iguais? Como é mesmo que eles se chamam?

– Comunistas? – perguntou o *majarrero.* – Não. Não acredito que fosse exatamente comunista. Diziam que era socialista.

– E isso que é?

– Outra coisa.

– Parecida?

– Não sei muito bem.

Procurou explicação no rosto dos outros, mas estes se limitaram a encolher os ombros, mostrando a mesma ignorância. Resolveu-se, então, a também encolher os ombros, convencido de que não chegaria a parte alguma fazendo aquele tipo de perguntas.

– Devo ir-me – disse isso e se levantou.

– *Aselam aleikum.*

– *Aselam aleikum.*

Encaminhou-se até onde acabavam de instalar a carga no lombo de seus camelos, examinou com olhar experiente se tudo estava em ordem, montou no mais rápido deles e, antes de obrigá-lo a se levantar, pegou um punhado de notas e as entregou ao jovem.

– Encontrará as metades que faltam em uma caverna das gargantas de Tatalet, a meio dia de marcha. Você a conhece?

– Conheço-a – afirmou. – Escondeu lá o governador?

– Junto ao dinheiro – respondeu. – Dentro de uma semana, quando passar por aqui, voltando de El-Abak, ponha-o em liberdade.

– Confie em mim.

– Obrigado. Mas, lembre-se: dentro de uma semana. Não antes.

– Não se preocupe. Que Alá o acompanhe!

O *targuí* bateu com os calcanhares no pescoço *do mehari,* que se levantou, os outros o seguiram, se afastaram sem pressa até desaparecerem por completo atrás de um grupo de rochas.

Só então o jovem voltou, sentou-se novamente à porta da *jaima.* O pai sorriu suavemente para ele:

– Não se inquiete por ele – disse. – É *targuí,* e não há no mundo ninguém capaz de pegar um tuareg solitário no deserto.

A luz e o silêncio o despertaram.

O sol penetrava a jorros pela janela gradeada, iluminando as longas fileiras de livros e tirando reflexos prateados do cinzeiro de latão, repleto de pontas de cigarro. Apesar do avançado da hora, não ouviu ruídos no pátio e estava certo de que não havia soado, como em cada amanhecer, o toque de alvorada.

Aquele silêncio o inquietou. Os anos o acostumaram a uma rotina militar e rígida, na qual cada um de seus atos era regido por um horário espartano; perceber, de repente, que esse horário se alterava e não o tinham feito sair da cama às seis em ponto, com meia hora para a higiene pessoal, antes de lhe servirem a primeira refeição, produzia nele uma inexplicável irritação.

E o silêncio.

O insuportável silêncio no pátio, sempre movimentado àquela hora, com a conversa dos soldados antes dos grandes calores, obrigou-o a pular do catre, vestir a calça, aproximar-se da janela...

Não viu ninguém. Nem junto ao poço nem nas ameias do lado oeste, o único pedaço do muro visível dali.

– Ei! – chamou, ligeiramente angustiado. – O que está acontecendo aqui? Onde estão todos?

Não obteve resposta. Insistiu, mas o resultado foi o mesmo; então se assustou de verdade.

"Eles me abandonaram", foi a primeira coisa em que pensou. "Foram embora e me deixaram aqui fechado, para morrer de fome e sede..."

Correu até a porta e se surpreendeu por encontrá-la entreaberta. Saiu ao pátio e um sol violento feriu os seus olhos, devolvido pelos brancos muros mil vezes caiados por soldados que nenhuma outra obrigação tinham, durante dias, meses e anos, senão a de mantê-los absolutamente imaculados.

Mas nenhum deles estava à vista. E nenhum deles montava guarda nas guaritas dos quatro lados, ou junto à porta, através da qual ele podia ver agora o deserto sem limites, e nenhum soldado.

– Ei! – gritou mais uma vez. – O que está acontecendo aqui? O que está acontecendo?

O silêncio. O maldito silêncio; nenhum sopro de vento trazia um rumor de vida ou alterava a quietude de um lugar que parecia petrificado, esmagado e destruído por um sol que começava a esquentar com força.

Desceu com dois pulos os quatro degraus e caminhou em direção ao poço, gritando para os escritórios, o comedor e os alojamentos da tropa.

– Capitão! Capitão! Que brincadeira é esta? Onde se meteram?

Uma sombra escura nasceu do meio das sombras da cozinha. Era um *targuí* alto, muito magro, com um escuro *lithan* cobrindo-lhe o rosto, um fuzil na mão e uma longa espada na outra.

Deteve-se sob o alpendre.

– Estão mortos – disse.

Olhou-o, incrédulo.

– Mortos? – repetiu, espantadíssimo. – Todos?

– Todos.

– Quem os matou?

– Eu.

Aproximou-se sem acreditar no que estava ouvindo.

– Você? – perguntou, e sacudia com força a cabeça, como se desejasse afastar aquela possibilidade. – Pretende me dizer que você, sem a ajuda de ninguém, matou doze soldados, um sargento e um oficial?

Concordou, com naturalidade:

– Dormiam.

Abdul-el-Kebir, que tinha visto morrerem milhares de pessoas, que tinha ordenado a execução de tantas outras, e que desprezava cada um de seus carcereiros, experimentou, apesar disso, uma insuportável sensação de angústia e vazio na boca do estômago. Apoiou-se na coluna de madeira que sustentava o alpendre, para não perder o equilíbrio.

– Você os assassinou enquanto dormiam? – perguntou. – Por quê?

– Porque eles assassinaram meu hóspede. – Fez uma pausa. – E porque eram muitos. Se um deles gritasse, você teria morrido de velho entre quatro paredes...

Abdul-el-Kebir observou-o em silêncio e fez, com a cabeça, um gesto afirmativo. Parecia ter compreendido alguma coisa que achara obscura no começo.

– Agora me lembro de você... – admitiu. – É o *targuí* que nos deu hospitalidade... Eu vi você quando eles me prenderam.

– Sim – concordou. – Sou Gacel Sayah, e você era meu hóspede. Tenho a obrigação de levá-lo ao outro lado da fronteira.

– Por quê?

Gacel olhou-o sem compreender. Finalmente, disse:

– É o costume... Você pediu minha proteção, devo protegê-lo.

– Matar catorze homens para me proteger não é um excesso? Não acha?

O targuí não se dignou a responder. Caminhou em direção à porta aberta.

– Trarei os camelos – disse. – Prepare-se para uma longa viagem.

Enquanto aquele homem alto e magro se afastava, perdendo-se de vista ao ultrapassar os portões abertos de par em par, Abdul-el-Kebir se sentiu deprimido por estar só no fortim abandonado. Deprimiu-se e se assustou, mais do que quando o viu pela primeira vez, abrigando a certeza de que jamais sairia vivo dele, e aqueles muros se converteram a um tempo em sua prisão e seu túmulo.

Permaneceu alguns instantes muito quieto, tentando ouvir, embora soubesse que não havia nada a escutar, pois o vento e os homens eram os únicos capazes de provocar algum ruído, e aquele era um dia sem vento e os homens tinham morrido.

Catorze!

Lembrava-se de seus rostos, um por um, do comprido rosto intensamente pálido do capitão, que odiava o sol e amava a penumbra de seu gabinete, às suarentas e avermelhadas bochechas do cozinheiro, passando pelos grandes bigodes insolentes do sempre sujo cabo, que lhe limpava a cela e lhe trazia a comida.

Conhecia também cada sentinela e cada ajudante de cozinheiro; jogara dados ou escrevera cartas para os familiares deles, lera para eles romances nas infinitas noites do deserto. De fato, com frequência, considerava impossível determinar quem, entre todos eles, era o verdadeiro prisioneiro naquele fortim dos confins do deserto.

Conhecia-os todos; agora todos estavam mortos.

Perguntou a si mesmo que tipo de homem era esse, que admitia ter matado catorze seres humanos enquanto dormiam, sem a mais leve alteração na voz, sem uma desculpa, sem o menor sinal de arrependimento.

Era um *targuí*, naturalmente, e na universidade lhe ensinaram que aquela raça nada tinha a ver com as demais raças do mundo, e sua moral ou seus costumes nenhum ponto de contato com a moral ou os costumes do resto dos mortais.

Era um povo altivo, indomável e rebelde, que se regia por leis próprias, mas ninguém lhe dissera que tais leis contemplavam a possibilidade de assassinar friamente aos que dormiam.

"A moral é uma questão de costumes, nunca devemos julgar, segundo o nosso critério, os atos daqueles que têm, por seus costumes ancestrais, uma visão e um critério diferentes da vida."

Lembrava-se da imagem e das palavras do "Grande Velho" como se os anos não tivessem passado: instalado atrás de uma grande mesa, as mãos de um branco-giz emergindo das mangas de um escuro casaco, tentando convencê-los de que todas as outras etnias que compunham o que algum dia seria um país livre não deviam lhes parecer inferiores pelo fato de terem tido menos contato que eles com os franceses.

"Um dos grandes problemas do nosso continente", afirmava sempre, "é o fato, inegável, de que grande parte dos povos africanos é ainda mais racista que os povos das nações capitalistas. Tribos vizinhas, quase irmãs, se odeiam e se desprezam, e agora, alcançada a independência, demonstra-se claramente que o negro não tem pior inimigo que o negro que fala outro dialeto. Não devemos cometer o mesmo erro. Vocês, que algum dia governarão esta nação, devem ter bem presente que os beduínos, os tuareg ou os cabilas das montanhas não são inferiores, mas simplesmente diferentes..."

Diferentes.

Nunca hesitou no momento de ordenar um atentado contra um daqueles cafés em que os franceses se reuniam, sem se preocupar com o fato de que tais ordens podiam significar a destruição de muitos inocentes. Nunca hesitou, também, ao empunhar a metralhadora e atirar contra paraquedistas e legionários, porque a morte tinha estado desde a adolescência no seu caminho. E foi assim que continuou, nos primeiros anos de mandato, quando precisou enviar dezenas de colaboracionistas à forca. Não tinha, portanto, razão nenhuma para se assustar com a morte de catorze carcereiros, embora os conhecesse um por um, soubesse seus nomes e seus gostos.

Atravessou devagar o pátio, chegou ao pé da larga janela da barraca; com as mãos em concha protegeu os olhos dos reflexos de luz e espiou o seu interior. Não eram senão volumes, de dois em dois metros, sobre os catres, cobertos por lençóis tão sujos que não lhe permitiam distinguir sequer as manchas de sangue que empaparam os grossos enxergões. Lá dentro, nenhuma respiração, nenhum suave ronco, nenhuma voz saída dos sonhos, nem mesmo o rumor de alguma unha dura arranhando a pele crestada de sol e areia.

Apenas o silêncio e algumas moscas, que se chocavam nos vidros como se tivessem se enfarado de sangue e lutassem para estar à luz e ao ar puro.

Dez metros adiante, empurrou a porta da barraca do capitão e o sol penetrou, pela primeira vez, em torrentes, na ampla peça empoeirada, indo parar junto à grande cama do fundo, onde um corpo miúdo e muito magro estava coberto por um lençol muito branco.

Fechou a porta e percorreu, lentamente, cada canto do fortim, sem descobrir, nem nas guaritas nem diante do portão de entrada, qualquer outro cadáver, como se o *targuí,* por um estranho rito, tivesse preferido arrastá-los até as camas para, depois, cobri-los.

Retornou a sua cela, recolheu as cartas, as fotografias dos filhos e o sovado exemplar do Corão, que o acompanhava desde menino; enfiou tudo, com suas escassas roupas, em uma bolsa de lona. Em seguida, sentou-se para esperar à sombra do alpendre, perto do poço, quando já caía o sol, vertical e aterrorizante, apagando do chão todas a sombras.

O calor opressivo afundou-o em uma sonolência inquieta, um arremedo de sono, do qual despertou sobressaltado, mas sobressaltado por aquele mesmo silêncio, aquela quietude e aquela angustiante sensação de vazio, suando abundantemente e sentindo uma quase dor nos ouvidos, como se o tivessem afundado, de repente, em um universo oco, até o ponto em que murmurou algumas palavras, com o único objetivo de escutar a si mesmo e comprovar que ainda existiam sons na terra.

Que lugar podia haver mais silente que aquele grande panteão em que se convertera o velho fortim dos confins do Saara em um dia sem vento como aquele?

Por que o haviam construído ali no centro da planície, longe dos poços conhecidos e das rotas das caravanas, longe dos oásis e das fronteiras, no próprio coração do nada mais absoluto? Quem poderia saber?

O fortim de Gerifíes, pequeno e inútil, só valia pela razão de que convinha manter um apoio logístico e um ponto de descanso para as patrulhas nômades. Tão bom era, portanto, aquele lugar quanto qualquer outro em quinhentos quilômetros quadrados à volta. Cavou-se ali um poço, levantaram seus baixos muros caiados, trouxeram móveis usados, sem dúvida restos de velhos quartéis desativados, e condenaram alguns homens a vigiar um pedaço do deserto, tão deserto que a tradição contava que jamais um único viajante se aproximou nunca de Gerifíes. Essa mesma tradição contava, também, que a guarnição da legião francesa demorou três meses para ser informada de que já não eram forças coloniais, mas estrangeiros derrotados.

Seis túmulos anônimos podiam ser vistos do lado de fora do muro traseiro. Houve um tempo em que contaram com uma cruz e um nome, mas o cozinheiro fora obrigado a queimá-las quando a lenha acabou. Muitas vezes Abdul-el-Kebir se perguntara quem eram os cristãos que morreram ali, tão distante da pátria, e que estranha história os obrigara a se alistar na legião e a acabar seus dias na solidão sem horizontes do Saara.

"Um dia cavarão minha sepultura junto à deles", pensava sempre. "Serão sete, então, os túmulos anônimos, e a partir desse momento meus guardiães poderão abandonar Gerifíes... O herói da independência descansará até a eternidade junto a seis desconhecidos mercenários..."

Mas não tinha sido assim, e agora eram necessários catorze novos túmulos, túmulos sobre os quais ninguém escreveria nunca os nomes, pois a ninguém interessaria saber onde jazia um punhado de incompetentes carcereiros.

De novo, instintivamente, voltou o rosto para a janela do barracão e custou a crer que ali começavam a apodrecer, sob o seco calor insuportável, os corpos daqueles que, até bem pouco, tinham dado vida, com suas vozes e sua presença, àquele lugar.

Quantas vezes se sentira tentado a estrangular algum deles. Durante os anos de cativeiro, a maioria o tratou com respeito; outros, porém, o fizeram vítima de todo tipo de humilhações, em especial nos últimos tempos, a partir de sua recaptura. O castigo pela fuga prejudicara toda a guarnição, privada que foi da concessão de licenças por um ano, e muitos chegaram a admitir um "acidente" que acabasse com ele de uma vez por todas, livrando-os daquele homem que agora significava, para todos, uma prisão compartilhada.

Espantava-o a ideia de empreender uma longa fuga, uma infinita caminhada por areias e pedregais, sempre debaixo de um sol incansável, sem saber para onde se dirigir ou se aquela planície desolada tinha realmente fim em algum lugar do mundo. Lembrava-se, espantado, do tormento da sede e da dor insuportável de cada um dos seus músculos em cãibras. Então se perguntava por que continuava ali sentado, à sombra, com seu farnel, aguardando a volta de um homem, um assassino, que queria conduzi-lo de novo às areias e aos pedregais.

E esse homem apareceu a seu lado, nascido como sempre do nada, silencioso apesar dos quatro camelos carregados que o seguiam sem um rumor sequer, como se estivessem contaminados pelo silêncio do dono, ou os espantasse o fato, que o instinto animal percebia, de que tinham penetrado em um mausoléu.

Apontou para o barracão com a cabeça e perguntou:

– Por que levou os sentinelas para a cama? Acredita que estão melhor lá que onde os matou? Que importância pode ter isso agora?

Gacel olhou-o um instante, como se não compreendesse o que dizia, e, afinal, encolheu os ombros:

– Uma ave de rapina descobre um cadáver ao ar livre em duas horas – disse. – Mas antes de três dias o cheiro da morte não atravessará essas paredes. Então, já estaremos a caminho da fronteira.

– Que fronteira?

– Por acaso não são boas todas as fronteiras?

– A do sul e a do este, sim. Mas, se atravessar a fronteira do oeste, me enforcam na hora.

Gacel não respondeu, empenhado como estava na tarefa de tirar água do poço e dar de beber aos insaciáveis animais. Quando acabou, notou a bolsa de lona de Abdul-el-Kebir.

– Não leva mais que isso? – perguntou.

– É tudo o que tenho.

– Não é muito para quem foi presidente de um país. – Fez um sinal com a mão, apontando para o interior do prédio. – Vá até a cozinha e traga provisões e todos os recipientes para levar a água que encontrar. A água será o nosso problema nesta viagem.

– No deserto a água sempre é o problema. Não é verdade?

– Sim, mas, para onde vamos, é problema maior que em nenhum outro lugar do mundo.

– E para onde vamos, se é que posso saber?

– Para onde ninguém possa nos seguir: para a "grande terra vazia" de Tikdabra.

— Para onde pode ter se dirigido?

Não obteve resposta. O ministro do Interior, Alí Madani, um homem alto, forte, cabelo liso e olhos miúdos, que tentava ocultar, com suas intenções, atrás de grossas lentes muito escuras, percorreu um por um os rostos dos presentes, e, ao não obter resposta à sua pergunta, insistiu:

– Vamos, senhores! Não fiz uma viagem de mil e quinhentos quilômetros para me sentar aqui e olhá-los. Supõe-se que os senhores são peritos em temas saarianos e em costumes dos tuareg. Repito: para onde pode ter se dirigido?

– A qualquer parte... – arriscou-se, convencido, um coronel de fisionomia melancólica. – Saiu em direção ao norte, mas em busca de uma região rochosa, onde seu rastro se perdeu. Daí em diante, todo o deserto é dele.

– Pretende me fazer entender – resmungou o ministro, em voz muito baixa, porque tentava abafar a indignação – que um beduíno, um beduíno sozinho, pode penetrar em um dos nossos fortes, degolar catorze homens, libertar o mais perigoso inimigo do Estado e desaparecer com ele em um deserto que, pelo visto, "é dele"? – Sacudiu a cabeça, incrédulo. – Eu supunha que o deserto era "nosso", coronel. Que o país inteiro estava sob a jurisdição do exército e das Forças da Ordem.

– O país é formado por noventa por cento de deserto, Excelência – interveio o general, comandante em chefe da região, em tom igualmente desconfortável. – Mas, apesar disso, a costa, que representa os dez por cento restantes, absorve todas as riquezas e todos os esforços. Tenho de controlar uma região tão grande quanto meia Europa com os restos de um exército e um mínimo de manutenção. A proporção é de menos de um homem por mil quilômetros quadrados, aquartelados em oásis e fortes espalhados aqui e ali, sem qualquer racionalidade. Acredita, de verdade, Excelência, que assim é possível considerar que o deserto nos pertença? Nossa penetração e influência são tão nulas que esse *targuí* ainda não sabia, mais de vinte anos depois, que somos uma nação independente... Ele é o "dono" do deserto – insistiu, com veemência. – O único "dono" do deserto.

O ministro Madani pareceu aceitar as razões do general, ou pelo menos preferiu não ter de respondê-las diretamente. Voltou-se para o tenente Razmán, que permanecia respeitosamente em pé, a um canto, ao lado do sargento-mor Malik-el-Haideri.

– E o senhor, tenente, que é, pelo visto, a pessoa que mais contato teve com esse *targuí,* o que acha dele?

– Que é muito esperto, senhor. De algum modo ele se arranja, para fazer sempre aquilo que não esperamos que faça.

– Descreva.

– É alto e magro.

O ministro permaneceu em expectativa; diante do silêncio do tenente, insistiu:

– E o que mais?

– Nada mais, Excelência. Anda sempre totalmente coberto. Dele só se podem ver os olhos, escuros, e as mãos, fortes...

O ministro blasfemou:

– Com todos os diabos! – exclamou, batendo com um lápis na mesa. – Estamos enfrentando um fantasma? Alto, magro, olhos escuros, mãos fortes... É isso tudo o que sabemos do homem que mantém em xeque o exército, preocupa o presidente, sequestra o governador e tira Abdul-el-Kebir do cárcere? Isso é coisa de loucos!

– Não, Excelência... – falou novamente o general. – Não é coisa de loucos. As leis, aqui, autorizam os tuareg a ocultar o rosto segundo suas tradições. A descrição corresponde, portanto, a um *targuí.* Levando em conta que se calcula que existem uns trezentos mil tuareg, dos quais um pouco mais da terça parte habita este lado das nossas fronteiras, devemos aceitar que a descrição coincide com a de cinquenta mil homens adultos, pelo menos.

O ministro não disse nada. Tirou os óculos, deixou-os a um lado da mesa e esfregou os olhos que, agora, mostravam sua profunda preocupação. Nas últimas quarenta e oito horas mal dormira e a longa viagem e o calor de El-Akab o extenuaram. Sentia-se, porém, incapaz de ir descansar, porque compreendia que se não recuperasse imediatamente Abdul-el-Kebir seus dias à frente do Ministério estariam contados, e ele se transformaria em um obscuro funcionário sem futuro.

Abdul-el-Kebir era uma bomba-relógio. Em menos de um mês faria explodir governo e sistema, principalmente se alcançasse a fronteira e chegasse a Paris, onde os franceses lhe proporcionariam os meios que lhe negaram no passado. Entre o dinheiro francês e seu prestígio popular, não haveria força alguma capaz de se opor a ele, e aqueles que o haviam traído teriam tempo apenas de fazer as malas e empreender um longo êxodo, na permanente expectativa de que a vingança os alcançaria onde quer que se ocultassem.

Era preciso encontrar Abdul-el-Kebir, e era preciso acabar com ele de uma vez por todas, principalmente porque se sentia incapaz de suportar de novo uma tal angústia. Se o presidente o tivesse ouvido, fuzilando-o quando fugiu a primeira vez, nada daquilo teria acontecido; agora, tinha o firme propósito de liquidar aquele "problema" definitivamente, "doa a quem doer", dizia a si mesmo.

– É preciso encontrá-lo – falou mais alto. – Peçam o que for preciso: homens, aviões, tanques, seja o que for! Mas encontrem os fugitivos... É uma ordem!

– Senhor...

Levantou os olhos para o homem que tinha falado:

– Sim, sargento...

– Senhor – repetiu, com um fiapo de voz, o sargento Malik. – Eu estou convencido de que eles penetraram na "terra vazia" de Tikdabra.

– Na "terra vazia"? Deveriam estar loucos... O que o faz pensar assim?

– Vi as pegadas que saíam do fortim de Gerifíes. Quatro camelos muito carregados. E no fortim não sobrou um só recipiente capaz de conter água. Se esse *targuí* quisesse fugir rapidamente, não levaria quatro camelos, nem os levaria tão carregados.

– Mas as pegadas, sargento, se dirigiam para o norte... E a "terra vazia" fica ao sul, se não estou enganado.

– Não, não está enganado, Excelência. Mas esse *targuí* já nos enganou muitas vezes. Bem que pode perder um dia inteiro no rumo do norte para ocultar suas pegadas, e voltar imediatamente na direção de Tikdabra. Do outro lado estará a salvo.

– Nenhum ser humano jamais atravessou aquela região... – disse o coronel. – Foi escolhida para fronteira por isso mesmo. Não precisa de proteção.

– Nenhum ser humano sobreviveria sem água, durante cinco dias, no centro de uma salina, mas eu vi como aquele *targuí* sobreviveu, meu coronel – argumentou Malik. – Com todo respeito, quero que saiba que não é um homem comum. Sua capacidade de resistência está acima do que se possa imaginar.

– Mas agora ele não está sozinho. E Abdul-el-Kebir é quase um ancião, enfraquecido pela aventura da última fuga e por todos os anos que passou no cárcere. Será possível imaginá-lo suportando trinta dias de sede a mais de sessenta graus de temperatura? Se são tão insensatos para tentar uma fuga assim, eu lhe garanto que não teremos de voltar a nos preocupar com eles.

O sargento-mor Malik-el-Haideri não se atreveu a, mais uma vez, contradizer alguém de patente tão mais elevada que a sua; foi, porém, o ministro que falou:

– Talvez seja um despropósito – aceitou. – Mas o sargento e o tenente estão aqui porque são os únicos dos nossos homens que tiveram contato com esse selvagem. Logo, a opinião deles tem um interesse especial... Que pensa disso, tenente?

– Gacel é capaz de qualquer coisa, senhor... Inclusive de manter com vida um ancião à custa do próprio sangue. Para ele, proteger seu hóspede é a coisa mais importante, mais importante que a própria existência, ou a da família. Se considerar que Tikdabra lhe oferece um refúgio seguro, irá à "terra vazia".

– De acordo. Vamos, então, procurá-los lá também... Muito bem – fez uma curta pausa –, o senhor mencionou a família dele. Que sabe dela? Se a encontrarmos, talvez sirva para lhe propor uma troca...

– A família abandonou suas zonas de pastoreio... – A voz do general denotava desagrado e desconforto. – E não me parece digno envolver nessa história mulheres e crianças. Que opinião teriam do nosso exército, se precisássemos lançar mão de tais métodos para resolver problemas como esse?

– O exército pode ficar à margem, general. Meu pessoal tratará desse assunto. Embora – acrescentou intencionalmente – não acredite que o exército possa ficar em uma situação pior que a atual.

O general dispôs-se a responder com energia, mas fez um esforço e se conteve. Sabia que Alí Madani era, no momento, a mão direita do presidente e o segundo homem mais influente do país, enquanto ele continuava sendo um simples militar, há pouco promovido. O que estava acontecendo devia ser atribuído mais à incapacidade dos políticos, como esse, que à ineficácia das Forças Armadas, mas não era essa a hora, nem o lugar, para se meter em uma discussão que só lhe poderia proporcionar desgostos. Mordeu os lábios e permaneceu em expectativa. Afinal de contas, provavelmente o ministro já teria desaparecido da cena política quando ele fosse promovido a general de brigada.

– Quantos helicópteros temos? – ouviu-o perguntar, dirigindo-se ao coronel.

– Um.

– Farei vir mais três. Aviões?

– Seis. Mas não podemos afastá-los daqui. A maioria dos postos só podem ser reabastecidos pelo ar.

– Trarei uma esquadrilha. Quero que rastreiem toda a área de Gerifíes. – Fez uma pausa. – E quero que estacionem dois regimentos do outro lado da "terra vazia" de Tikdabra.

– Mas aquele lado está fora de nossas fronteiras! – protestou o coronel. – Essa operação será considerada uma invasão de país vizinho...

– Deixe tais problemas para o ministro de Assuntos Exteriores, coronel, e se preocupe, apenas, em cumprir minhas ordens.

Interrompeu-se, com ar aborrecido, porque batiam à porta do gabinete. Um ordenança entrou e cochichou ao ouvido do secretário Anuhar-el-Mojkri, que permanecera em silêncio durante toda a reunião, e a expressão de seu rosto se alterou visivelmente. Fez um gesto de concordância, esperou pela saída do ordenança, fechou a porta e disse:

– Perdoe, Excelência, mas me comunicam que o governador acaba de chegar.

– Ben-Koufra? – surpreendeu-se Madani. – Vivo?

– Sim, Excelência. Em mau estado, mas vivo... Ele o espera em seu gabinete.

O ministro levantou-se de um salto e sem se despedir dos presentes abandonou a sala, atravessou a alta galeria, seguido por Anuhar-el-Mojkri e os assustados olhares dos funcionários civis, e entrou no amplo gabinete em penumbra do governador, deixando do lado de fora o secretário, que, praticamente, se chocou contra a pesada porta.

Com barba de dez dias, sujo, enfraquecido, olheiras fundas, o governador Hassán-ben-Koufra era uma sombra do homem orgulhoso, altivo e seguro que deixara, em um fim de tarde, aquele mesmo gabinete, a caminho da mesquita. Desabado em uma das pesadas poltronas, contemplava, sem ver, através das cortinas, o bosque de palmeiras. Podia se dizer que a mente dele estava muito longe dali, provavelmente na caverna onde sofrera a mais traumatizante experiência de sua vida. Não levantou os olhos, nem mesmo quando Madani entrou, e precisou se colocar diante dele para que notasse sua presença.

– Não esperava voltar a ver você.

Os olhos, avermelhados pelo cansaço e dilatados pelo terror, se levantaram lentamente. Teve alguma dificuldade para reconhecer o homem que entrara. Afinal, murmurou com voz rouca, quase inaudível:

– Eu também não... – mostrou os pulsos feridos, em carne viva: – Olhe!

– É melhor que estar morto... Mas, por culpa sua, catorze homens foram assassinados e o país está em perigo.

– Nunca imaginei que ele conseguiria... Estava certo de que o mandava a uma armadilha, porque em Gerifíes acabariam com ele. Tínhamos lá a nossa melhor gente.

– A melhor? – exclamou. – Ele os degolou como se degola uma galinha, um por um. Agora Abdul está livre. Percebe o que isto significa?

Hassán-ben-Koufra concordou em silêncio. Depois disse:

– Nós o pegaremos.

– Como? Agora não o acompanha um jovem fanático e incapaz, mas um *targuí* que conhece esta terra como jamais a conhecerá qualquer um de nós. – Alí Madani sentou-se à frente do governador, em um sofá, e ficou um momento alisando os cabelos com gestos mecânicos. – E pensar que fui eu quem indicou você para este posto, e insisti em seu nome...

– Eu lamento...

– Você lamenta? – soltou uma curta gargalhada, de amargura e desprezo. – Se pelo menos estivesse morto, poderia dizer que o torturaram até limites inumanos... Mas você está aqui, vivo e se orgulhando de umas feridas que cicatrizarão em quinze dias. Qualquer estudante rebelde resiste mais a meus homens do que você àquele *targuí*. Você já foi duro, Hassán.

– Quando moço, e eram paraquedistas franceses os que torturavam... Então acreditávamos em alguma coisa, a causa era boa. Talvez não esteja convencido de que é justo manter Abdul preso pelo resto de sua vida.

– Mas, na certa, era justo enquanto proporcionou a você este gabinete e uma nomeação de governador – lembrou-o Alí Madani. – E parece justo quando decidimos o que fazer com ele. Então não era Abdul, era o inimigo, o diabo, o homem que levava o país ao caos porque estava nos afastando, a nós, os seus íntimos, do governo. Não, Hassán – negou, decididamente –, não tente me enganar, que eu o conheço há muito tempo. A verdade é que o poder, os anos e o conforto fizeram de você um mole e um medroso. Era possível ser herói e resistir quando não havia nada a perder senão a esperança em um futuro melhor. Mas não quando se vive em um palácio e se tem uma conta na Suíça, como a sua... Não o negue – interrompeu-o, porque o governador se dispunha a contestá-lo. – Lembre-se de que minha obrigação é estar informado, e sei quanto as companhias de petróleo pagam pela colaboração que você dá a elas.

– Menos que a você, provavelmente.

– Provavelmente – admitiu Alí Madani, sem se escandalizar. – Mas agora é você quem está em dificuldade, não eu... – Levantou-se e se dirigiu à janela para observar o *muecín*, que chamava os fiéis do minarete da mesquita, e comentou, sem se voltar para olhar Hassán: – Ore para que se possa consertar o que estragou, ou perderá algo mais que um cargo de governador.

– Isso quer dizer que me destituiu?

– Naturalmente! – respondeu o ministro. – E garanto que, se não encontrar Abdul, farei com que o julguem por traição.

O governador Hassán-ben-Koufra não disse nada, distraído que estava em examinar as feridas que as tiras de couro de camelo produziram em sua carne. Pensava também que, dias atrás, naquele mesmo gabinete, tinha agido como Alí Madani, julgando dura e inapelavelmente um homem por culpa daquele *targuí,* uma verdadeira obsessão para todos.

Evocou as horas e os dias de pura ansiedade e inquietação que viveu na cova, perguntando-se, a cada instante, se realmente o *targuí* mandaria alguém buscá-lo ou o deixaria morrer como um cão, de fome, terror e sede.

Evocou, igualmente, a maneira como o *targuí* tinha demonstrado ser mais inteligente que ele, descobrindo, sem maior esforço, qual era o seu ponto fraco, e de que modo podia obter sua colaboração, sem a necessidade de lhe tocar.

Compreendeu, então, que odiava o *targuí* por tudo isso, mas o odiava ainda mais porque fora capaz de cumprir sua promessa, enviando alguém para salvá-lo.

– Por quê? – perguntou Alí Madani, voltando-se para olhá-lo, como se houvesse estado lendo o pensamento dele. – Por que um homem que mata com tal frieza deixou você livre?

– Ele tinha prometido.

– E um *targuí* sempre cumpre suas promessas, eu sei... Mesmo assim, custo a admitir que exista uma mente que admita que é lícito degolar um punhado de desconhecidos que dormem, mas não é lícito descumprir a promessa feita a um inimigo. – Sacudiu a cabeça e voltou a se sentar atrás da pesada mesa, na cadeira que tinha sido ocupada pelo governador. – Às vezes eu me pergunto como é possível que vivamos no mesmo país, se temos tão poucas coisas em comum... – continuou, como se falasse consigo mesmo. – É parte da herança que devemos agradecer aos franceses: eles nos misturaram para fazer esse gigante *puding,* e nos cortaram, depois, em fatias, dividindo-nos à sua vontade. Agora, vinte anos depois, aqui estamos sentados, tentando inutilmente entender alguma coisa uns dos outros.

– Mas nós sabíamos que aconteceria isso – afirmou Hassán-ben-Koufra, cansado. – Todos nós tínhamos chegado a essa conclusão, mas ninguém pensou em renunciar à parte que lhe cabia, para nos conformar com um país menor e homogêneo. – Abriu e fechou as mãos, repetidamente, como se isso lhe custasse fazer, contendo um gesto de dor. – A ambição nos cegava, e teríamos desejado mais, mais território, embora sabendo que não saberíamos governá-lo. Por esse motivo, a atual política: se não conseguimos que os beduínos se adaptem à nossa vida, devemos destruí-los. O que teria acontecido, o que teríamos feito se os franceses tivessem tentado nos destruir, anos atrás, porque não nos adaptávamos a sua maneira de ser e viver?

– E o que fizemos, afinal: nós conquistamos a independência... Talvez seja esse o futuro dos tuareg: a independência.

– E você os imagina independentes?

– Por acaso os franceses, alguma vez, nos imaginaram independentes, até que começamos a atirar bombas contra eles e a demonstrar que podíamos sê-lo? Esse Gacel Sayah, ou como quer que ele se chame, já demonstrou que pode nos vencer. Se todos os tuareg se unissem, eu garanto que nos expulsariam do deserto. E meio mundo estaria disposto a ajudá-los em troca do petróleo da terra deles... Não – afirmou com toda convicção –, não devemos dar a eles a oportunidade de comprovar que poderiam transformar seus camelos em cadillacs de ouro.

– Para isto é que você veio?

– Para isso, e para acabar de uma vez com Abdul-el-Kebir.

Era um mar de corpos de mulheres despidas, deitadas ao sol, a pele dourada, algumas vezes bronzeadas e até mesmo vermelha, nas mais antigas protuberâncias. Eram corpos imensos, com peitos de duzentos metros de altura, traseiros de um quilômetro de diâmetro, e longas pernas, inacabáveis pernas, inacessíveis pernas, pelas quais ascendiam pesadamente os camelos, escorregando, barrindo e mordendo, ameaçando a cada instante fraquejar e desabar até o pé da duna para não se levantarem e acabarem devorados pela areia.

Os *gassi,* as passagens entre uma e outra duna, se transformavam em um tortuoso labirinto, e eram inexistentes na maioria das vezes, ou voltavam ao ponto de partida, e só o inacreditável senso de orientação de Gacel Sayah e a confiança no seu critério davam a eles a segurança para avançar até o sul, dia após dia, sem o menor recuo.

Abdul-el-Kebir, que se orgulhava de conhecer a fundo um país que tinha governado durante anos, que vivera no coração do deserto, jamais pôde imaginar, nem nos piores sonhos, que existisse sobre a terra um mar de dunas como esse: uma superfície tão extensa, um *erg* do qual não se via o fim nem mesmo subindo à mais elevada das *ghourds.*

Areia e vento era tudo quanto ali existia, nos confins da "grande terra vazia", e ele se perguntava como era possível que o *targuí* garantisse que existia algo "ainda pior" que aquele verdadeiro oceano petrificado.

Gacel e Abdul deixavam transcorrer as horas do dia ao abrigo do vento e à sombra de uma tenda de lona, que dividiam com os camelos, para reiniciar a marcha logo que a tarde começava a declinar, e continuá-la toda a noite, à luz da lua e das estrelas, surpreendidos sempre por amanheceres portentosos, quando as sombras pareciam deslizar, de cresta em cresta dos *sifs* em forma de sabres e sobre cujos fios se poderia pensar que os grãos de areia se mantinham unidos, grudados uns aos outros.

– Quanto ainda falta? – quis saber Abdul, no quinto daqueles amanheceres, quando as primeiras luzes lhe permitiram comprovar que também não era capaz de distinguir no confim do horizonte o começo da grande planície.

– Não sei. Ninguém jamais voltou deste lugar. Ninguém nunca contou os dias de areia, nem os dias de "terra vazia".

– Vamos para a morte, então?

– O fato de que ninguém tenha conseguido não quer dizer que não se possa consegui-lo.

Incrédulo, Abdul-el-Kebir sacudiu a cabeça:

– Acho maravilhosa essa fé que tem em você mesmo – disse. – Eu começo a sentir medo.

– O medo é o principal inimigo no deserto – disse o *targuí*. – O medo conduz o homem ao desespero e à loucura, e a loucura leva ao embrutecimento e à morte.

– Você nunca tem medo?

– Do deserto? Não. Nasci aqui e aqui passo minha vida. Temos quatro camelos, as fêmeas ainda darão leite, hoje e amanhã, e não há sinais de *harmatan**. Se o vento nos respeita, temos esperança.

– Quantos dias de esperança? – insistiu Abdul.

Adormeceu tentando calcular quantos dias de esperança restavam, e quantos ainda para sofrer naquele martírio. Ao meio-dia, um zumbido distante o acordou. Abriu os olhos e a primeira coisa que viu foi Gacel, cuja silhueta se destacava na entrada da tenda, ajoelhado na areia e vigiando o céu.

– Aviões... – disse o *targuí*, apontando para o céu, sem se voltar.

Arrastou-se até o lado do *targuí* e distinguiu um peque-

---

* *Harmatan:* Nome de um vento forte do deserto. (N.T.)

no avião de reconhecimento traçando círculos a uns cinco quilômetros de distância. O avião aproximava-se lentamente.

– Pode nos ver – perguntou Abdul.

Gacel negou, mas se aproximou dos camelos, manietou suas patas, unindo dianteiras e traseiras, para lhes impedir qualquer tentativa de se levantarem.

– O ruído assusta os camelos – disse. – E se correrem, nos delatarão.

Quando acabou de amarrar os animais, esperou, paciente, que, em um de seus círculos, o cume da duna mais próxima se interpusesse entre o avião e eles, e só então saiu ao exterior e cobriu com uma capa de areia as partes mais visíveis da improvisada tenda.

Quinze minutos depois, e sem mais incômodos que o contínuo barrito nervoso dos animais, quando uma das fêmeas tentou até mordê-los, o zumbido se afastou e o pequeno aparelho se converteu em um ponto na distância, depois de ter passado uma única vez sobre as cabeças deles.

Sentado na penumbra, as costas apoiadas na montaria, Gacel Sayah tirou um punhado de tâmaras de uma bolsa de couro e começou a comer, como se não tivesse acontecido nada e não corressem o menor perigo. Era como se estivesse tranquilamente sentado em sua cômoda *jaima.*

– É verdade que pode tirá-los do poder se passar a fronteira? – perguntou o *targuí,* embora fosse evidente que não tinha maior interesse na resposta.

– Eles acreditam que sim, ainda que eu não tenha muita certeza. A maior parte da minha gente morreu ou está presa. Outros me traíram – aceitou as tâmaras que o *targuí* lhe oferecia. – Não será nada fácil – acrescentou. – Mas se o consigo, poderá me pedir o que quiser. Deverei tudo a você.

Gacel Sayah negou, marcando muito bem as palavras:

– Não me deverá nada. Serei eu ainda aquele que estará em dívida, pela morte do seu amigo. Por muito que faça e anos que se passem, nunca lhe poderei devolver a vida que me confiou.

Abdul-el-Kebir olhou-o longamente, tentando penetrar até o fundo daqueles olhos escuros e profundos, única parte do rosto do *targuí* que pudera ver até aquele momento.

– Eu me pergunto por que algumas vidas significam tanto para você, e outras tão pouco. Naquele dia, em sua *jaima,* não podia fazer nada, mas pode-se dizer que a lembrança do que aconteceu o persegue e atormenta. Apesar disso, o fato de haver degolado aqueles soldados deixa você completamente indiferente.

Não obteve resposta. O *targuí* se limitara a encolher os ombros e a introduzir na boca, sob o véu, algumas tâmaras.

– Você é meu amigo? – perguntou Abdul-el-Kebir, rompendo o curto silêncio.

Gacel olhou-o surpreendido:

– Sim. Acho que sim.

– Os tuareg tiram o véu diante dos familiares e amigos. Mas você ainda não o fez diante de mim.

Gacel pensou durante alguns instantes e, logo, muito devagar, levantou a mão e deixou cair o véu, permitindo que Abdul pudesse examinar à vontade seu rosto magro e severo, sulcado por profundas rugas. Sorriu:

– É um rosto como o de qualquer outro homem.

– Eu imaginava você diferente.

– Diferente?

– Mais velho, talvez... Quantos anos tem?

– Não sei. Nunca os contei. Meu pai morreu quando eu era ainda um menino. E depois, essa é uma das coisas que só preocupam as mulheres. Já não sou tão forte como antes, mas ainda não estou cansado.

– Não o imagino cansado. Tem família?

– Mulher e quatro filhos. Minha primeira esposa morreu.

– Eu tenho dois filhos. E minha esposa também morreu, embora nunca me tenham dito quando.

– Há quanto tempo está na prisão?

– Catorze anos.

Gacel guardou silêncio, tentando fazer uma ideia do

que representavam catorze anos na vida de uma pessoa. Isso, entretanto, acabou sendo absolutamente impossível: o *targuí* não conseguia sequer imaginar o que era permanecer tanto tempo preso.

– Sempre no fortim de Gerifíes?

– Estes catorze anos, sim. Antes, porém, já tinha passado oito anos nas prisões francesas... – sorriu, amargurado. – Quando era jovem e lutava pela liberdade.

– E, apesar de tudo, quer voltar à luta e à possibilidade de que o traiam novamente e novamente o prendam?

– Pertenço a uma classe de homens que só podem estar no topo ou no fundo.

– Quanto tempo esteve no topo?

– No poder? Três anos e meio.

– Não compensa – disse o *targuí,* convencido do que dizia, mas sacudindo a cabeça repetidas vezes. – Por melhor que seja o poder, três anos e meio não compensam vinte e dois anos de cárcere. Não. Nem mesmo se fosse ao contrário. Para nós, tuareg, a liberdade é sempre mais importante. Tão importante que não construímos casas de pedra, porque sentir paredes à nossa volta nos sufoca. Gosto de saber que posso levantar qualquer das "paredes" da minha *jaima* e ver a imensidão do deserto. E gosto de sentir como o vento atravessa os bambus das *sheribas*... – calou-se por um instante, e continuou, tranquilamente: – Alá não pode nos ver quando nos ocultamos sob tetos de pedra.

– Ele nos vê em todas as partes. Até mesmo na mais profunda das masmorras. Ele avalia os nossos sofrimentos, e nos compensará se os suportamos por uma justa causa. – Abdul olhou o *targuí* nos olhos. – E minha causa é justa – concluiu.

– Por quê?

Perturbado, Abdul respondeu com uma pergunta:

– Como por quê?

– Por que sua causa é mais justa que a deles? Todos buscam o poder, não é?

– Existem muitos modos de exercer o poder. Uns o usam para seu próprio proveito. Outros, para serem úteis aos seus semelhantes e conseguir um futuro melhor para o seu povo. E isso era o que eu pretendia. E por isso é que não encontraram motivo para me acusar, quando me traíram, e não se atreveram a me fuzilar.

– Alguma razão teriam para trair você.

– Não os deixava roubar – sorriu. – Quis organizar um governo de homens puros, sem saber que nenhum país tem o número necessário de homens puros para formar um governo. Agora, os que estão no poder têm iates, palácios na Riviera, contas na Suíça, embora, quando éramos jovens e lutávamos juntos, tivéssemos jurado combater a corrupção com a mesma disposição com que combatíamos os franceses. – Estalou a língua, como se estivesse zombando de si mesmo. – Era um juramento idiota. Podíamos lutar contra os franceses porque, por mais que tentássemos, jamais chegaríamos a ser franceses. Mas não é muito fácil lutar contra a corrupção, porque, por pouco esforço que fizermos, podemos nos converter também em corruptos. – Observou firmemente o *targuí,* e perguntou, com alguma hesitação: – Entende o que estou dizendo?

– Sou *targuí,* não estúpido. A diferença entre nós está em que os tuareg vão ao seu mundo, observam-no, compreendem-no e se afastam. Quando homens como você se aproximam do nosso mundo, o que é muito raro, não chegam a entendê-lo. Por isso seremos sempre superiores.

Abdul-el-Kebir sorriu pela primeira vez em muito tempo, sinceramente divertido:

– É verdade que os tuareg continuam se considerando a raça eleita dos deuses?

Gacel Sayah apontou, com um gesto largo dos braços, o mundo exterior:

– Que outra raça teria sobrevivido dois mil anos nestas areias? Se acabar a água, eu continuarei vivendo; quando a você os vermes já estiverem comendo. Não é essa, acaso, uma prova de que os deuses nos escolheram?

– É possível... E, se assim for, é hora de que você lhes peça toda sua ajuda, porque o que não conseguiu o deserto em dois mil anos, os homens conseguiram em vinte. Querem destruir você, e a todos os seus; querem acabar com todos os da sua raça e eliminá-los da face da Terra, embora não sejam capazes de construir nada sobre esses túmulos.

Gacel fechou os olhos, mas não estava nada preocupado com a ameaça ou a advertência:

– Ninguém nunca poderá destruir os tuareg – sentenciou. – Ninguém, senão os próprios tuareg. Há anos, porém, que estamos em paz, e já não lutamos mais uns contra os outros. – Ainda com os olhos fechados, depois de uma breve interrupção, Gacel acrescentou: – Agora é melhor que durma. A noite será longa.

E foi, na verdade, uma longa e cansativa noite: desde que um sol vermelho e trêmulo começou a afundar no vapor que flutuava sobre os cumes das dunas, até que, descansado e brilhante, renasceu à esquerda, iluminando idêntica paisagem de gigantescas mulheres despidas.

Rezaram suas orações, os rostos voltados para Meca, e examinaram cuidadosamente o horizonte.

– Até quando?

– Amanhã chegaremos à planície... Começará, então, o pior.

– Como é que sabe?

O *targuí* não tinha resposta. Era como predizer quando chegaria a tormenta de areia ou quando o calor aumentaria a extremos insuportáveis. Era como pressentir a manada de antílopes além da duna ou percorrer, sem se perder, uma rota desconhecida.

– Eu sei. Quando amanhecer estaremos na planície.

– Ficarei contente. Não suporto mais subir e descer dunas, afundar na areia.

– Não. Não ficará contente. Aqui corre uma brisa. Muito ou pouco, refresca e ajuda a respirar. Os rios de areia se formam nos caminhos de vento. Mas as "terras vazias" são como folhas mortas, onde tudo é quietude, onde o ar, de tão quente, se torna espesso. O sangue quer ferver nas veias, os pulmões e a cabeça estalam. Por isso, nem animais nem plantas vivem ali. E essa planície... – insistiu, apontando para a frente – ...ninguém jamais atravessou.

Abdul-el-Kebir não respondeu, impressionado, mais que pelas palavras, pelo tom de voz do *targuí*. Aprendera a conhecê-lo, e o tinha visto se desdobrar em cada um dos momentos que viviam juntos, sem que nada nem ninguém parecesse assustá-lo, absolutamente seguro do terreno que pisava e do hostil mundo que enfrentava. Era um homem sereno, reservado e distante, que parecia estar acima dos problemas e dos perigos que se apresentassem. Agora, porém, falando da "terra vazia", fazia-o com um respeito que não podia senão assustá-lo.

Para qualquer ser humano, o *erg* que atravessavam teria significado o final de todos os caminhos, o princípio de todas as loucuras e a morte sem nenhuma esperança. Para o *targuí* só fora a "cômoda" etapa de uma viagem que, logo, começaria a se tornar verdadeiramente difícil. Para Abdul-el-Kebir, imaginar o que aquele homem podia considerar "difícil" já o aterrorizava.

De sua parte, Gacel travava uma luta interior. Perguntava-se se não estaria exagerando as próprias forças ao desprezar um conselho, que podia ser até uma lei, lei que durante gerações os do seu povo vinham transmitindo verbalmente: "Foge de Tikdabra".

Rub-al-Jali, ao sul da península arábica, e Tikdabra, no coração do Saara, eram as duas regiões mais inóspitas do mundo; eram o lugar que os céus tinham reservado para enviar os espíritos dos piores assassinos, infanticidas e estupradores, e onde habitavam as almas atormentadas dos que tinham voltado as costas ao inimigo durante as guerras santas.

Gacel Sayah aprendera desde criança a não se importar com espíritos, fantasmas ou aparições, mas conhecia outras "terras vazias" menos famosas e terríveis que Tikdabra, e podia fazer uma ideia muito clara do que os esperava nos próximos dias.

Pensou no companheiro. Na verdade, ele o vinha estudando desde o primeiro momento, desde que descobriu, nos olhos dele, uma faísca de espanto ao lhe confessar que matara os carcereiros. Se suportara tantos anos de cativeiro e não se dera por vencido, e se mostrava decidido a recomeçar a luta, ele era, sem dúvida, um homem de coragem, com uma têmpera fora do comum. Mas a têmpera para a luta – Gacel o sabia muito bem – não tinha nada a ver com têmpera necessária para enfrentar o deserto. Com o deserto não se lutava, porque jamais se podia vencer o deserto. Devia-se resistir ao deserto, mentindo e enganando, para, afinal, arrebatar-lhe a vida que ele já acreditava ter em mãos. Na "terra vazia" não se devia bancar o herói de carne e osso, mas de pedra e sangue, porque só as pedras ali conseguem fazer parte da paisagem.

Por isso Gacel guardava o temor de que seu companheiro, Abdul-el-Kebir, como qualquer outro ser humano que não tivesse nascido *imohag* ou não fosse criado entre as areias e rochas daquele imenso mundo vazio, carecesse da menor e mais simples das condições de se tornar pedra.

Examinava-o e tirava suas conclusões: Abdul era, indiscutivelmente, um homem que não temia os homens. Mas a solidão e o silêncio daquela natureza docemente agressiva o esmagava; e o esmagava também aquele mundo onde tudo eram suaves curvas e as cores calmas; onde não espreitava a fera, nem se escondia o escorpião ou a serpente; onde nem sequer o mosquito sedento aparecia, nos entardeceres, para ameaçar. Aquele mundo que cheirava a morte, embora não cheirasse a nada, pois, no asséptico mar de dunas que logo abandonariam, até os cheiros tinham desaparecido há mil anos.

Já começara a dar as primeiras mostras de ansiedade, desanimado ante a inconcebível imensidão do mar de areia, quando os problemas ainda não haviam surgido. Já seu pulso batia com força quando, encimando as mais altas dunas, as velhas *ghourds* avermelhadas e duras como basalto, não distinguia ao fundo senão a exata repetição da paisagem que deixaram para trás uma e mil vezes, e já protestava quando os camelos, de novo, atiravam ao solo a carga, ou se deixavam cair, ameaçando nunca mais voltar a se levantar.

E era só o princípio.

Armaram a tenda; dois aviões voltaram àquela região na metade da manhã.

Gacel agradeceu pela presença dos aviões e pelo fato de que sobrevoassem acima de suas cabeças, insistentemente, sem os descobrir. Compreendeu que aqueles aviões eram o estímulo de que Abdul precisava, a evidência do perigo, o perigo da volta à prisão, o perigo da outra morte, mais suja e infamante, que o aguardava se caísse nas mãos de seus perseguidores.

E os dois sabiam que, no caso de desaparecerem para sempre na "terra vazia" de Tikdabra, entrariam diretamente no mundo da lenda; assim como, no seu dia, a "Grande Caravana", ou como todos os heróis que jamais se rendiam. Passariam cem anos antes que o povo que o amava perdesse a esperança de vê-lo retornar do deserto, e seus inimigos enfrentariam esse fantasma incômodo, porque jamais teriam a prova física e palpável da morte dele.

Os aviões rompiam o terrível silêncio de um modo indescritível, e eles podiam dizer que em sua passagem súbita deixavam no ar um cheiro de gasolina que despertava lembranças.

Quando se afastaram os aviões, Gacel e Abdul saíram da tenda para vê-los, contra o céu, distantes, pequenos, girando como abutres, em busca da presa.

– Desconfiam para onde vamos. Não seria melhor voltarmos e tentar escapar pelo outro lado?

O *targuí* não concordou.

– O fato de que desconfiem não quer dizer que nos encontrem. E, ainda que nos encontrem, terão de vir nos buscar. E isso ninguém o fará. O deserto agora é o nosso único inimigo, mas é, também, o nosso grande aliado. Pense nisso, esqueça o resto.

Apesar do conselho, e embora o tentasse com todo o empenho, Abdul-el-Kebir não podia esquecer o "resto". Em realidade, não queria esquecê-lo, porque também ele compreendera que, pela primeira vez em sua vida, alguma coisa realmente o aterrorizava.

Eram outras as luzes, mas não outras as sombras, uma vez que não havia objeto algum capaz de projetar a menor sombra sobre a branca planície ilimitada.

As últimas dunas morriam mansamente, como línguas sedentas ou como longas ondas de um mar sem força sobre uma praia sem fundo, caprichosa fronteira que a natureza se impusera sem razão aparente, sem explicar a ninguém por que ali acabava a areia ou por que começava a planície.

E aumentou o silêncio, a tal ponto que Abdul-el-Kebir ouviu o bater do coração acelerado, e até mesmo o palpitar do sangue nas fontes. Então fechou os olhos, em inútil tentativa de afastar da mente uma tal paisagem de pesadelo. Pesadelo que se cravara de tal forma em sua retina que ele teve a certeza de que aquela seria a última visão de sua agonia.

Nem montanhas, nem rochas, nenhum acidente; nada mais que uma lisa depressão, uma folha de papel sobre a qual se poderia ter escrito todos os livros do mundo.

Insh'Allah!

Por que teria querido Deus, capaz de tudo imaginar, plasmar ali, de maneira tão flagrante, a realidade do mais absoluto dos nadas?

Insh'Allah! Esse havia sido o capricho d'Ele e não restava senão aceitar que conseguira dar uma volta completa na própria obra, criando um deserto dentro do deserto.

Tinha razão Gacel, e o vento acabava no limite mesmo das dunas, para dar passagem a um ambiente rarefeito, onde em menos de cem metros a temperatura aumentava quinze graus, como uma bofetada de ar quente, que impelia o caminhante a retroceder em busca da doce proteção do mar de areia que, até aquele momento, parecia insuportável.

Iniciaram a marcha quando o sol já se ocultava no horizonte, mas nem por isso o ambiente ficou mais fresco, como se aquele lugar maldito permanecesse à margem das mais simples leis da natureza, e sua massa de ar rarefeito tivesse a virtude de se fazer impenetrável, redoma de vidro que isolava a "terra vazia" do resto do mundo.

Os camelos barriam, e o deles era um grito de terror, porque o instinto os advertia de que aquele solo duro, quente e igual, conduzia ao final de todos os caminhos.

Com a escuridão chegaram as estrelas. Gacel escolheu uma delas, aquela que haveriam de seguir constantemente. Mais tarde, uma pálida lua fez sua aparição, projetando, provavelmente, pela primeira vez desde o começo dos séculos, sombras sobre a branca planície fantasmagórica.

O *targuí* andava a pé, passo constante e monótono, de máquina insensível, enquanto Abdul montava o mais resistente dos animais, uma jovem camela, que parecia ainda não ter sentido nem fadiga nem falta de água. Quando uma claridade leitosa começou a apagar do céu as estrelas, Gacel parou, obrigou os animais a se ajoelharem e estendeu sobre eles a grande lona.

Uma hora depois, Abdul-el-Kebir sentiu que se asfixiava, o ar não chegava a seus pulmões.

– Água... – pediu.

Gacel limitou-se a abrir os olhos e a negar, com um lento sacudir da cabeça.

– Estou morrendo...

– Não.

– Estou morrendo!

– Pare de se mexer. Tem de ficar quieto. Como os camelos. Como eu. Deixe que seu coração serene e trabalhe lentamente, e que seus pulmões tomem o mínimo de ar que precisem. Não pense em nada.

– Só um gole... – suplicou novamente. – Um gole só!

– Seria pior. Beberá quando cair a tarde.

– Quando cair a tarde? – horrorizou-se Abdul. – Faltam, pelo menos, oito horas!

Abdul, porém, compreendeu que era inútil insistir, fechou os olhos, esvaziou a mente e tentou que cada um dos seus músculos se relaxasse sem pensar na água, nem no deserto que o cercava, nem no terror que se instalara, como um ser vivo, na boca de seu estômago. Esforçou-se para que a mente abandonasse completamente seu corpo e o deixasse ali, sozinho, recostado no camelo, assim como o *targuí,* que parecia ter realizado o propósito de se converter em pedra. Então se contemplou a si próprio, dividido em duas partes, uma das quais lembrava uma simples testemunha, alheia inteiramente à realidade da sede, do calor ou do deserto, enquanto a outra se convertera em uma casca vazia, um invólucro humano incapaz de sentir ou padecer.

Então, sem chegar a dormir, Abdul se evadiu a lugares muito distantes, a tempos passados, mais felizes; alcançou a lembrança dos filhos, que vira pela última vez quando eram crianças e que seriam agora homens feitos, pais de outras crianças, talvez. Misturaram-se em sua mente ideias, realidade e fantasia, e se juntaram no tempo cenas vividas intensamente com outras, na aparência mais autêntica, mas que não eram, apesar disso, mais que fruto de sua desenfreada imaginação.

Acordou duas vezes, angustiado pela ideia de que continuava preso, e o angustiou ainda mais a realidade de que estava livre, porque seu cárcere se transformara na maior prisão que jamais existiu sobre a Terra.

Mas o *targuí* continuava ali, diante dele, como uma estátua, sem um único movimento, quase mesmo sem respirar, e ele o observou, mais uma vez, tentando descobrir que homem era esse e que sentimentos despertava nele.

Temia-o. Temia-o e o respeitava ao mesmo tempo; sentia-se agradecido, também, porque o havia libertado, e era, provavelmente, um dos seres mais seguros de si mesmos, honestos e admiráveis que conhecera, mas existia alguma coisa – talvez catorze cadáveres – que se interpunha entre eles. Podia talvez ser a diferença de raças e culturas, ou, como Gacel definira, o fato de que um homem da costa jamais conheceria um *targuí* nem aceitaria seus costumes.

O tuareg era o único povo, entre todos os povos islâmicos, que, embora seguindo fielmente os ensinamentos de Maomé, apregoava a igualdade dos sexos, e as mulheres deles não apenas jamais haviam coberto o rosto com um véu – à diferença dos homens –, como gozavam de absoluta liberdade até o momento de se casarem, sem a obrigação de prestar contas de seus atos nem aos pais, nem ao futuro esposo, que, geralmente, era escolhido por elas, atendendo seus sentimentos.

Eram famosas no deserto as "Festas de Solteiros" dos tuareg, os *Ahal,* quando rapazes e moças se juntavam para cear à luz do fogo, para contar histórias e tocar o *amzad** de uma só corda, dançando em grupos até altas horas da madrugada. Então as mulheres tomavam a palma das mãos dos homens que queriam e traçavam sobre ela desenhos cujo significado só os de sua raça conheciam, indicando o tipo de ato de amor que desejavam para aquela noite.

Em seguida, cada casal se perdia na escuridão, para buscar nas dunas, sobre a macia areia e a branca *gandurah* estendida sobre ela, a satisfação dos desejos manifestados na palma da mão escolhida.

Para um árabe tradicional, zeloso da virgindade daquela que haveria de ser sua esposa, ou da honra da filha, tais costumes excediam os limites do simples escândalo, e Abdul sabia de países, como a Arábia e a Líbia, e regiões de sua própria pátria, onde, por muitíssimo menos, se apedrejava ou cortava a cabeça dos culpados.

Mas os *imohag* tinham defendido o direito de suas mulheres ao sexo, a se vestirem como tivessem vontade ou a terem

---

* *Amzad*: Instrumento musical similar ao rabade, constituído por uma haste (semelhante à do berimbau brasileiro) à qual se prende uma caixa acústica retangular, com a face superior recoberta por uma pele de animal (à guisa de um tambor), contendo um orifício de percussão e uma corda presa às duas extremidades da haste. (N.T.)

voz e voto nos assuntos familiares, desde os velhos tempos da expansão maometana, quando mais radical e exigente se mostrava o fanatismo religioso.

Era um povo que, desde que se tinha memória do seu aparecimento sobre a face da Terra, soubera aceitar o melhor de tudo quanto lhe era oferecido, recusando quanto constrangesse sua liberdade e seu caráter, e mesmo sabendo-o ingovernável, Abdul-el-Kebir teria se sentido feliz e orgulhoso de ser seu líder.

Os tuareg teriam sabido aceitar e compreender o que ele tentara oferecer, jamais o teriam traído ou consentido que outros o traíssem, porque quando os da estirpe dele juravam obediência a um *amenokal** essa obediência ia até mais além da morte.

Mas os homens da costa, os que o tinham aclamado até a loucura quando expulsou os franceses, oferecendo-lhes, pela primeira vez, uma pátria e uma razão para se sentirem orgulhosos de si mesmos, não souberam manter o juramento de fidelidade, escondendo-se no mais profundo de suas miseráveis choças, logo que pressentiram o perigo.

– O que é ser socialista? – perguntara-lhe Gacel na primeira noite, quando ainda tinham vontade de falar e cavalgavam, um ao lado do outro, sobre sacolejantes camelos.

– É pretender que a justiça seja igual para todos.

– Você é socialista?

– Mais ou menos.

– Acredita que todos, *imohag* e criados, somos iguais?

– Diante da lei, sim.

– Não me refiro à lei. Eu quero me referir a que criados e senhores sejamos iguais completamente.

– De certo modo... – Abdul-el-Kebir tentou descobrir até onde poderia ir sem se comprometer. – Os tuareg são os últimos seres da Terra que ainda mantêm escravos sem se envergonhar disso. Não é justo.

---

* *Amenokal:* Título honorífico atribuído a cada chefe de cada um dos clãs que compõem as tribos, cujos chefes são chamados *sheiks*. (N.T.)

– Eu não tenho escravos. Tenho criados.

– De verdade? E o que faz se um deles foge e não quer mais trabalhar para você?

– Eu o procuro, acho-o, açoito-o e o trago de volta. Nasceu em minha casa, eu lhe dei minha água, minha comida e minha proteção quando não podia se valer por si mesmo. Que direito tem ele de esquecer disso e ir embora quando não precise mais de mim?

– O direito à liberdade. Você aceitaria ser criado de outro homem só pelo fato de o haver alimentado quando era criança? Até quando se deve pagar essa dívida?

– Não é o caso. Eu nasci *imohag*. Eles nasceram *aklis*.

– E quem dispôs que um *imohag* é superior a um *akli*?

– Alá. E se não fosse assim, não os teria feito covardes, ladrões e servis. Nem os teria feito valentes, honrados e orgulhosos.

– Demônios! – exclamou. – Você teria sido o mais fanático dos fascistas...

– Quem é um fascista?

– O que proclama que a estirpe dele é superior a todas as demais.

– Nesse caso, sou fascista.

– E realmente você o é – admitiu Abdul com convicção. – Embora tenha a certeza de que se soubesse o que, de verdade, significa ser fascista, você renunciaria a isso.

– Por quê?

– Não é uma coisa que possa ser explicada assim, aos solavancos, sobre um camelo que parece embriagado... Será melhor que o deixemos para outra ocasião.

Mas essa outra ocasião não se havia apresentado, e Abdul mantinha a convicção de que, a cada dia, diminuíam as possibilidades de chegar, pois a fadiga, o calor e a sede já os esgotavam, e o simples fato de pronunciar uma palavra começava a exigir dele um esforço sobre-humano.

Quando, finalmente, acordou de todo, viu que Gacel levantara acampamento e firmava, mais uma vez, a carga sobre três dos animais.

Gacel apontou para o quarto camelo:

– Teremos de matá-lo esta noite.

– Atrairá os abutres, e os abutres atrairão os aviões. Encontrarão nossa pista.

– Os abutres não se arriscam nas "terras vazias"... – Gacel pegara uma pequena tigela de estanho, encheu-a de água e a entregou a Abdul. – O ar é quente demais.

O velho bebeu sofregamente e estendeu a tigela ao *targuí*, pedindo sem palavras uma nova dose. Gacel, porém, já tinha fechado firmemente a *gerba*.

– Não temos mais.

– É tudo quanto tínhamos? – assustou-se Abdul. – Não me umedeceu nem a garganta.

Mais uma vez, Gacel apontou para o camelo que seria sacrificado.

– Esta noite beberá o sangue dele. E comerá a carne dele. Amanhã começa o *Ramadã**.

– O *Ramadã*? – repetiu, espantado. – Você pensa que estamos em condições de respeitar as leis do jejum em uma situação como esta?

Abdul-el-Kebir teria jurado que o *targuí* sorria.

– Quem melhor que nós para respeitá-las nesse momento? E que melhor destino para os nossos sofrimentos?

Os animais já estavam levantados. Estendeu a mão para ajudar Abdul a se levantar.

– Vamos! – pediu. – O caminho é longo.

– Quantos dias ainda há de durar este martírio?

O *targuí* sacudiu a cabeça:

– Não sei. Dou minha palavra como não sei. Oremos para que Alá o torne o mais curto possível. Mas sei que não está nas mãos d'Ele reduzir o deserto. Assim o creio, e assim continuará sendo.

---

* *Ramadã:* Nome do nono mês do calendário muçulmano, quando é praticado o jejum desde pouco antes da aurora até pouco depois do pôr do sol, por ser um mês considerado sagrado, já que foi nele que recaiu a data do início da Revelação do *Qur'an* (Alcorão) sagrado ao profeta Muhammad (Maomé). (N.T.)

O sargento-mor Malik-el-Haideri negou decididamente, mais uma vez.

– Ninguém tirará água deste poço, ou de qualquer outro em quinhentos quilômetros à volta, até que se saiba onde se esconde a família de Gacel Sayah.

O ancião encolheu os ombros, impotente:

– Foram embora. Levantaram acampamento e foram embora. Como podemos saber para onde?

– Os tuareg sabem tudo o que acontece no deserto. Não morre um camelo, não adoece uma cabra sem que a notícia corra de boca em boca. Não sei como isso acontece, mas é assim. – Interrompeu-se e fez a voz ainda mais dura, quando recomeçou: – Você me toma por estúpido? Pretende me fazer acreditar que uma família inteira, com suas *jaimas,* seus animais, suas crianças e servos, pode se deslocar, de um lado a outro do território, sem que ninguém o tenha notado?

– Foram embora – repetiu o ancião.

– Para onde?

– Não sei.

– Terá de sabê-lo, se quer água.

– Meus animais morrerão. Minha família também.

– Não me culpe – avançou a mão acusadora, fincando o dedo no velho peito, repetidamente, o que fez com que o ancião estivesse a ponto de lançar mão de sua *gumía.* – Um dos seus – acrescentou – um assassino imundo, matou muitos dos meus. Matou os soldados que protegem os seus dos bandidos; que procuram água, cavam poços e os mantêm livres da areia. Soldados que vão procurar caravanas quando se perdem, arriscando a vida no deserto. – Mais uma vez sacudiu a cabeça e levantou o tom da voz: – Não. Não terão direito a água, nem à vida, até que eu encontre Gacel Sayah.

– Gacel não está com a família.

– Como é que sabe?

– Porque seus homens o estão procurando pela "terra vazia" de Tikdabra.

– Mas podemos estar enganados. E, se não o encontrarmos, mais dia menos dia terá de regressar para junto dos seus. – Agora, o tom de voz do sargento mudou, tornando-se conciliador e convincente. – Não queremos fazer mal à família de Gacel. Não temos nada contra a mulher ou os filhos dele. Só a ele queremos, e nos limitaremos a esperá-lo... Cedo ou tarde, terá de aparecer.

O ancião fez um não com a cabeça.

– Não aparecerá – disse, afinal. – Se seus homens estiverem por perto, jamais aparecerá. Ele conhece o deserto melhor que ninguém. – Calou-se por um instante, voltou a falar: – E não é digno de guerreiros, nem de soldados, envolverem mulheres e crianças nas lutas dos homens. É uma tradição e uma lei tão antiga quanto o mundo.

– Escute, velho! – A voz de Malik-el-Haideri voltou a ser dura, taxativa, ameaçadora. – Não vim até aqui para receber lições de moral. Esse porco, que Alá o humilhe, assassinou um capitão debaixo do meu nariz, sequestrou um governador, degolou uma porção de pobres-diabos que dormiam e está convencido de que pode zombar de todo o país. Mas não é assim! Eu juro que não será assim. Por isso, escolha.

O ancião levantou-se, afastou-se lentamente da beira do poço, sem dizer palavra. Não tinha dado cinco passos quando Malik gritou:

– Quero lembrá-lo, ainda, de que meus homens precisam comer. Sacrificaremos um dos seus camelos a cada dia. Pode apresentar a conta ao novo governador, em El-Akab.

O ancião parou por um instante, mas não se voltou, e

continuou a andar, com dificuldade, até o lugar em que seus filhos e animais aguardavam.

Malik fez um gesto para um soldado negro.

– Alí!

Rapidamente, o soldado se aproximou:

– Sim, meu sargento...

– Você é negro, como os escravos desse imbecil. Ele não dirá nada, porque é *targuí* e acredita que sua honra ficaria manchada para sempre se falasse. Mas os *aklis* são dados a falar. Gostam de contar o que sabem, e algum deles estará disposto a ganhar umas moedas e tirar o amo de um problema. – Interrompeu-se para pensar no que dizia: – Esta noite, leve a eles um pouco de água e comida, como coisa sua. Solidariedade entre irmãos de raça, já sabe... Mas procure voltar com a informação de que preciso.

– Se suspeitarem que vou como espião, esses tuareg são capazes de me degolar.

– Mas, se isso não acontecer, será promovido a cabo. – Pôs na mão estendida e aberta do negro um punhado de notas amassadas. – Convença-os com isto.

O sargento-mor Malik-el-Haideri conhecia bem os tuareg, mas conhecia melhor os escravos deles. Mal havia adormecido e sentiu passos ao lado de sua tenda de campanha.

– Sargento!

Pôs a cabeça para fora e não se surpreendeu ao encontrar um rosto negro e sorridente.

– O *guelta* das montanhas do Huaila. Junto à tumba de Ahmed-el-Ainín, o eremita.

– Você o conhece?

– Eu não, mas me explicaram como chegar.

– É longe?

– Dia e meio.

– Avise o cabo. Sairemos ao amanhecer.

O sorriso do negro aumentou, e ele fez questão de chamar a atenção de Malik.

– Agora sou cabo... – recordou-lhe.

– Tem razão. Agora você é cabo. Encarregue-se de que tudo esteja pronto e em ordem logo que saia o sol... Quero o chá quinze minutos antes.

O piloto negava-se, decididamente.

– Escute, tenente... – repetiu. – Sobrevoamos aquelas dunas a menos de cem metros de altura. Poderíamos localizar até mesmo o menor dos ratos, se naquele maldito lugar houvesse ratos, mas não havia nada: nada! – insistiu. – Pode fazer uma ideia do rastro que quatro camelos deixam na areia? Se tivessem passado por ali, teríamos visto alguma coisa.

– Não. Se o homem que conduz esses camelos é um *targuí,* não – afirmou o tenente Razmán, convencido do que dizia. – E ainda menos se esse *targuí* é aquele que procuramos. Ele não permitirá que os camelos marchem em fila, para evitar que deixem sobre a areia marcas visíveis; ele os fará andar lado a lado, para que as patas não penetrem na dura areia dessas dunas. E, se a areia é macia, em menos de uma hora o vento apaga as pegadas. – Interrompeu-se. Notou que seus interlocutores o observavam em expectativa. – Os tuareg viajam de noite e se detêm ao amanhecer. Os senhores não decolam antes das oito da manhã, o que quer dizer que chegam ao *erg* perto do meio-dia... Nessas quatro horas, não resta sinal algum do rastro de um camelo na areia.

– Mas e eles? Os quatro camelos e os dois homens... onde se escondem?

– Ora, vamos, capitão! – exclamou o tenente, abrindo os braços. – O senhor sobrevoa todos os dias essas dunas. Centenas, milhares, talvez milhões de dunas! Pretende me fazer acreditar que todo um exército não seria capaz de se camuflar ali? Uma depressão, uma lona de cor clara, um pouco de areia por cima, e tudo se resolve.

– Concordo... – admitiu o piloto que falara em primeiro lugar. – Estou completamente de acordo... Mas o que pretende, então? Que voltemos ao deserto, para continuar perdendo tempo e gastando gasolina? Não os encontraremos – insistiu. – Nós nunca os encontraremos.

O tenente Razmán fez que não com um gesto firme da mão, tranquilizando-os, enquanto se aproximava do grande mapa da região, pregado na parede do hangar.

– Não... – anunciou. – Não quero que voltem ao *erg,* mas que me levem à verdadeira "terra vazia". Se meus cálculos estão corretos, já devem ter chegado à planície. Poderia aterrissar aqui?

Os dois homens se olharam. Estava evidente que a proposição não os agradava em nada.

– Tem uma ideia da temperatura que faz aí?

– Naturalmente – admitiu. – A areia pode chegar aos oitenta graus centígrados ao meio-dia.

– Mas sabe o que isso significa para uns aviões velhos, de manutenção péssima, como os nossos? Problemas de refrigeração no motor, de turbulência, de imprevistos bolsões de ar incontroláveis e, sobretudo, de ignição... Poderíamos aterrissar, naturalmente, mas nos arriscamos a não decolar nunca mais. Ou a explodir tão logo liguemos o motor de novo... – Fez um gesto com a mão, que pretendia ser definitivo. – Eu me recuso.

Estava claro que seu companheiro concordava com seu ponto de vista, pois, mesmo calado, não parava de baixar e erguer a cabeça. Apesar dessa oposição manifesta, Razmán insistiu:

– Apesar das ordens superiores? – baixou instintivamente o tom de voz. – Sabem, é claro, a quem estamos procurando, não é?

– Sim – disse o piloto que tinha o sotaque cantado. – Ouvimos rumores sobre o homem que procuramos, mas isso é problema dos políticos, onde nunca deviam envolver os militares. – Fez uma breve pausa e apontou para o mapa. – Se me ordenarem aterrissar em qualquer ponto desse deserto, porque estamos em guerra ou fomos invadidos pelo inimigo, aterrissarei sem a menor hesitação. Mas não o farei para caçar Abdul-el-Kebir, porque imagino que Abdul-el-Kebir não me pediria nunca algo parecido.

O tenente Razmán perturbou-se e, sem poder evitá-lo, olhou discretamente para os mecânicos que, na outra extremidade do amplo hangar, trabalhavam para revisar os aparelhos. De novo ele advertiu o piloto, ainda em voz baixa:

– Isso que acaba de dizer é perigoso.

– Eu sei – retrucou o piloto. – Mas creio que, depois de tantos anos, já é hora de demonstrar o que sentimos e o que queremos. Se não o pegam aí, em Tikdabra, o que eu acho muito difícil, Abdul-el-Kebir voltará logo ao poder, e terá chegado a hora em que cada um de nós deverá definir sua posição.

– Será possível dizer que se alegra por não tê-lo encontrado?

– Minha missão era a de procurá-lo, e eu o procurei o melhor que pude. Não é culpa minha se não o encontramos. No fundo, sinto medo só de pensar no que pode acontecer. Abdul em liberdade significa a divisão do país, confrontos, e, talvez, a guerra civil. E ninguém pode desejar isso para sua própria gente.

Quando abandonou o hangar, de volta ao alojamento, o tenente Razmán ainda pensava nessas palavras, uma vez que, pela primeira vez, e em público, alguém mencionava uma possibilidade que assustava a todos: a guerra civil, o confronto entre duas facções de um mesmo povo, separado unicamente por um nome: Abdul-el-Kebir.

Depois de um século de colonialismo, o povo não estava dividido em classes sociais claramente determinadas – ricos muito ricos e pobres muito pobres – e não correspondiam aos esquemas clássicos das nações desenvolvidas: capitalismo de um lado, proletariado de outro, que acabam se enfrentando em uma luta impiedosa pela supremacia de seus interesses e ideais. Para eles, com setenta por cento de analfabetismo e uma longa tradição de submissão, importante continuava sendo o carisma dos homens, sua capacidade de empolgar e mobilizar, e o eco que suas palavras arrancavam do fundo dos corações.

E a esse respeito – Razmán o sabia muito bem –, Abdul-el-Kebir levava vantagem, graças a um rosto nobre e franco, que inspirava confiança, e a uma palavra fácil. O povo o seguiria para onde ele fosse. Afinal, Abdul-el-Kebir, cumprindo sua promessa, levara-os do colonialismo à liberdade.

Atirado na cama, olhando sem ver as pás do velho ventilador que, apesar de ruidoso, não conseguia refrescar o ambiente, perguntou a si mesmo qual seria sua posição quando chegasse o momento da definição.

Lembrou-se do Abdul-el-Kebir de sua juventude, quando fez dele o seu herói, e seu retrato cobria as paredes do modesto quarto de estudante; lembrou-se, também, do governador Hassán-ben-Koufra e de todos os que integravam sua camarilha. Compreendeu, então, que sua decisão estava tomada há muito tempo.

Razmán pensou, afinal, no *targuí,* naquele estranho homem que desafiara a sede e a morte e o enganara completamente. Tentou imaginar onde estaria agora, o que estaria fazendo agora, e o que estaria falando com Abdul, quando se deitassem para descansar, extenuados pela longa caminhada.

"Não sei por que eu os persigo", disse a si mesmo. "No fundo, gostaria de estar fugindo com eles."

Tinham bebido o sangue do camelo e comido de sua carne. Ele se sentia forte, corajoso, cheio de energia e capaz de enfrentar a "terra vazia" sem sentir medo. Preocupava-se, porém, com os terrores do acompanhante, o mutismo em que ele ia mergulhando, o desespero que lia nos olhos dele cada vez que a luz de um novo dia vinha gritar que a paisagem continuava a mesma.

– Não é possível! – Foram as últimas palavras que Gacel o ouviu dizer. – Não é possível!

Precisou ajudá-lo a descer da camela e arrastá-lo até a sombra, dando-lhe de beber e recostando-lhe a cabeça, como a uma criança assustada, no lombo do animal. Perguntava-se como e por que Abdul perdia forças, e que estranho malefício exercia sobre ele a infinita planície.

"É um velho", repetiu uma e outra vez. "Um homem prematuramente envelhecido, que passou anos de sua vida encerrado entre quatro paredes, e para quem tudo o que não seja pensar significa um esforço sobre-humano."

Como confessar ao companheiro que as verdadeiras dificuldades não tinham ainda chegado? Ainda lhes sobrava água. E três camelos, dos quais roubar o sangue. Ainda faltavam dias para que estranhas luzes brilhantes, como mil sóis, começassem a explodir no fundo dos olhos deles, no sintoma inequívoco de um processo de desidratação. Mas o caminho era longo, muito longo, e exigiria uma grande força de vontade e um invencível ânimo de sobrevivência. E ele não podia sequer oferecer, em troca, a esperança de que o êxito coroaria aqueles esforços e sofrimentos.

"Foge de Tikdabra."

Não podia se lembrar de quando ouviu, pela primeira vez, aquela advertência. Agora estava ali, em algum ponto de Tikdabra, arrastando um homem que já se convertia em sombra. E começava a se convencer de que ele, Gacel Sayah, *o Caçador, imohag* do Kel-Talgimus, teria podido vencer o Tikdabra se estivesse só, apenas com a ajuda de quatro camelos.

Teria sido então o primeiro homem a consegui-lo, e sua fama se espalharia por todo o imenso deserto, para que seu nome fosse pronunciado, de boca em boca, como uma lenda. Mas ali estava ele, arrastando uma carga pesadíssima, como uma daquelas correntes que alguns senhores prendiam aos tornozelos dos escravos rebeldes, e com esse peso – um homem destruído, que em menos de uma semana já se dera por vencido – nem ele, ou qualquer outro *targuí* do deserto, chegaria a parte alguma.

Parecia evidente que não demorava o momento em que teria de optar entre matá-lo, para aliviar seus padecimentos, e tentar se salvar, ou continuar até o fim, para sofrerem juntos a mais espantosa das mortes.

"Ele é que deverá me pedir que o mate", pensou. "Quando não puder mais, ele me suplicará, e terei de matá-lo..."

Não havia senão que esperar; esperar que já não fosse tarde demais.

Se seu companheiro lhe pedisse voluntariamente a morte, tinha o direito de concedê-la, e a partir de então ele se sentiria livre de toda responsabilidade, e livre igualmente para tentar a própria salvação.

"Cinco dias", calculou. "Dentro de cinco dias estarei em condições de tentá-lo por mim mesmo. Se resistir mais, será muito tarde para os dois."

Compreendeu que se estabelecia um difícil dilema: por um lado, devia se esforçar por manter vivo o companheiro, alimentar suas esperanças, e tentar o que fosse humanamente possível para salvá-lo; de outro, se convencia de que cada dia ou cada hora que prolongasse a vida de Abdul-el-Kebir era um dia ou uma hora a menos para salvar a sua. O companheiro, por sua constituição física e sua falta de costume, consumia três vezes mais água que ele. Isso significava que, à hora da verdade, o *targuí,* sozinho, quadruplicava suas expectativas de continuar com vida.

Gacel examinou-o enquanto dormia, inquieto, de quando em quando murmurando, a boca muito aberta, parecendo sempre buscar um ar que se recusava a entrar em seus pulmões. Faria um favor a ele se lhe prolongasse eternamente o sonho, evitando-lhe os terrores e os castigos dos próximos dias. Ele mergulharia em um sono mais tranquilo, quando ainda mantinha no coração uma pequena ilusão de que era livre e ainda acariciava uma débil esperança de que atravessariam a fronteira.

Que fronteira?

Por ali devia estar, em algum lugar à frente deles, ou talvez já às costas deles, porque ninguém nesse mundo saberia determiná-la, e porque a "terra vazia" de Tikdabra, incapaz de aceitar a presença humana, jamais aceitaria a imposição de uma fronteira.

Ela era a própria fronteira. Fronteira entre países, entre regiões, e fronteira entre a vida e a morte. *Ela* se impunha como fronteira aos homens, e Gacel compreendeu que, de certo modo, amava a "terra vazia", e amava o fato de ali estar por sua própria vontade: era talvez o primeiro ser humano, desde o começo dos séculos, que podia experimentar, com plena consciência, o que significava desafiar o "deserto dos desertos".

"Eu me sinto capaz de vencer você", foi a última coisa que pensou, antes de cair em profundo sono. "Eu me sinto capaz de vencer você e acabar de uma vez com sua lenda..."

Já adormecido, porém, uma voz repetiu teimosamente, em seus ouvidos, "Foge de Tikdabra", até que, do fundo das sombras, nasceu a figura de Laila, e ela acariciou seu rosto, deu-lhe de beber água fresca do poço mais profundo, e cantou, colada ao seu ouvido, como tinha cantado naquela noite do

Ahal dos solteiros, quando traçou sobre a palma de sua mão estranhos sinais, que só os de seu povo sabiam interpretar.

Laila!

Laila!

Interrompeu a tarefa de moer o milho e levantou os imensos olhos escuros até o enrugado rosto de Suílem, voltado para o alto do rochedo que dominava o *guelta.*

– Soldados – foi tudo o que disse.

Eram soldados, de fato, e desciam por todos os lados, as armas embaladas, como que dispostos a atacar um perigoso reduto inimigo, em vez de um mísero acampamento nômade, ocupado apenas por mulheres, velhos e crianças.

Bastou-lhe essa primeira visão para compreender o que aconteceria logo. Quando falou ao negro, a voz dela não admitia contestação:

– Esconda-se! – ordenou. – Seu amo precisará saber o que aconteceu.

O velho Suílem hesitou um instante, mas obedeceu. Deslizou entre *jaimas* e *sheribas* e desapareceu como que engolido pelo canavial da diminuta lagoa.

Laila chamou, então, os filhos do esposo, as mulheres e os criados, pegou o pequeno filho nos braços e aguardou, altiva e decidida, que o homem que parecia comandar aquele grupo de soldados estivesse à frente dela.

– O que procura no meu acampamento? – perguntou, embora soubesse, desde o primeiro momento, o que trouxera até ali o militar.

– Gacel Sayah. Você o conhece?

– É meu esposo. Não está aqui.

O sargento-mor Malik-el-Haideri contemplou à vontade a bela mulher, fria e desafiadora, sem véus a lhe cobrir o rosto nem pesadas mantas a ocultar seus braços, o nascimento de seus peitos e mesmo as fortes pernas. Há anos, desde que chegara ao deserto, não tinha tão perto uma mulher como aquela. Precisou fazer grande esforço para afastar maus pensamentos e dizer, com um leve sorriso:

– Eu sei que ele não está aqui. Está muito longe. Em Tikdabra.

Ela sentiu o corpo estremecer quando ouviu o nome tão temido, mas conseguiu disfarçá-lo. Ninguém jamais devia dizer que viu a mulher de um *targuí* sentir medo.

– Se sabe onde está, por que está aqui?

– Para protegê-los... Todos terão de vir conosco. Seu esposo se transformou em um perigoso facínora e as autoridades temem que a multidão, indignada, ataque sua gente.

Laila esteve a ponto de dar uma gargalhada, tal o descaramento do militar; limitou-se, porém, a lhe mostrar, com um demorado e amplo gesto de mão, os arredores do acampamento.

– Multidão? – disse. – Que multidão? Não há viva alma por aqui, ou em dois dias de marcha, em qualquer direção.

Malik-el-Haideri mostrou um sorriso largo, feliz e divertido, pela primeira vez em muitos dias:

– As notícias voam no deserto – disse. – Você sabe muito bem disso. Logo estarão aqui, e devemos evitar acidentes que poderão acabar numa guerra entre tribos. Você e os seus terão de vir.

– E se nos negarmos?

– Hão de vir de qualquer modo. Por bem ou por mal. Percorreu com o olhar os que estavam ali, em companhia de Laila. – Estão todos aqui? – Esperou pela resposta, mas diante da muda confirmação da mulher, determinou: – Muito bem! Em marcha, vamos!

Laila voltou o rosto para trás:

– Temos de levantar o acampamento.

– O acampamento continuará aqui. Meus homens ficarão esperando seu esposo.

Pela primeira vez Laila pareceu perder a calma; a voz dela se alterou um pouco, com um tom de súplica:

– Mas é tudo que temos!

Malik riu com desprezo:

– Não é muito, estou vendo. Mas, para onde vai, não precisará de nada dessas coisas. – Fez uma pausa, e continuou: – Compreenda: não posso andar pelo deserto carregando mantas, tapetes e vasilhas como um *majarrero* qualquer.

Imediatamente fez um sinal a um de seus homens e ordenou:

– Em marcha! – E para Alí, disse: – E você fique aqui com quatro homens. Já sabe o que tem a fazer se o *targuí* aparecer.

Quinze minutos depois Laila se voltava para olhar, pela última vez, lá embaixo, no fundo da diminuta depressão, a água do *guelta*, as *jaimas* e *sheribas,* o curral das cabras e o lugar, perto do canavial, onde os camelos pastavam. Aquilo e um homem era quanto tinha possuído na vida, além do filho que levava nos braços. O temor de não tornar a ver nem o lar nem o esposo assaltou-a. Encarou Malik, que se detivera a seu lado, e perguntou:

– Que é que realmente pretende de nós? Jamais pensei que usassem mulheres, velhos e crianças nos confrontos entre homens... O exército tem tão pouca força que precisa de nós na luta contra Gacel?

– Ele tem alguém que nós queremos – foi a resposta do sargento. – Agora temos alguma coisa que ele quer... Utilizamos os métodos dele, e pode dar graças por não degolarmos ninguém enquanto está dormindo. Escute, nós vamos oferecer a Gacel uma troca: toda sua família por um homem.

– Se esse homem foi hóspede de meu esposo, ele não pode aceitar. Nossa lei o proíbe.

– A lei dele não existe mais! – Malik-el-Haideri se sentara sobre uma pedra, acendendo um cigarro enquanto a coluna de soldados e cativos iniciava a descida da colina rochosa, a caminho da planície onde os veículos aguardavam. – A lei dos tuareg, feita para conveniência e uso exclusivo dos tuareg, não é válida diante das leis nacionais. – Jogou uma baforada contra o rosto da mulher. – Seu esposo não quis compreender isso por bem, agora vamos ter de lhe explicar por mal. Não se pode fazer o que ele fez, só amparado em que a tradição o permite e em que o deserto é grande demais.

O sargento interrompeu seu monólogo, sem tirar os olhos do corpo de Laila.

– Mas ele voltará um dia – continuou. – E nesse dia terá de assumir suas responsabilidades. Se deseja ver a mulher e os filhos em liberdade, terá de se entregar para ser julgado.

– Ele nunca se entregará – disse Laila, com voz segura.

– Pois nesse caso, é bom pensar na ideia de que você nunca mais voltará a ser livre.

Laila não disse nada, pareceu nem haver considerado aquela ameaça; voltou-se e olhou para o ponto do canavial onde, sabia, o negro Suílem estava escondido. Depois, como quem dá definitivamente as costas a todo o seu passado, voltou-se e iniciou a descida, seguindo a família.

O sargento-mor Malik-el-Haideri acabou de fumar. Excitado, acompanhava o suave balançar dos quadris da mulher. Depois que atirou para longe a ponta de cigarro, com um gesto de desagrado, ele se levantou e a seguiu sem pressa.

Viu-o com a primeira claridade do dia, pensou que seus olhos o enganavam, mas à medida que foi se aproximando convenceu-se de que era "algo", não sabia o quê, que mal se destacava sobre a planície sem um só acidente.

O sol começava a esquentar e ele sentiu que tinha chegado o momento de parar e acampar, antes que a camela, que coxeava desde a meia-noite, tombasse para sempre. A curiosidade, porém, pôde mais que ele, e ele exigiu dos animais um novo esforço, que os levou a uma distância de um quilômetro do desconhecido.

Estendeu a lona sobre os animais e o homem, que era apenas um peso morto, assegurando-se de que tudo estava em ordem. Então continuou a pé, sem pressa, esforçando-se por alcançá-lo com calma e não esbanjar as escassas forças, embora sua vontade fosse a de correr e chegar o quanto antes.

A duzentos metros não teve mais dúvidas: era uma mancha branca destacando-se na branca planície, um esqueleto, mumificado e quase intacto, graças à secura do ambiente, de um grande camelo arreado.

Examinou-o de perto. Os enormes dentes mostravam o triste sorriso da morte, os olhos haviam desaparecido das órbitas, e alguns fiapos de pele mostravam seu interior completamente vazio.

Estava ajoelhado, o pescoço estendido na areia, olhando para o ponto de onde viera Gacel, isto é, olhando para o nordeste, o que significava que tinha chegado do sudoeste, porque os camelos, quando morriam de sede, buscavam sempre, como última esperança, o ponto de destino.

Não soube se se alegrava ou entristecia. Era um esqueleto de *mehari,* quebrando a monotonia da paisagem que os vinha acompanhando há dias. Se morrera ali, isso significava que, às suas costas, também não existia rastro algum de água.

A camela coxa logo morreria, ali, a menos de um quilômetro, vinda do sentido oposto, e ali ficaria igualmente mumificada, os dois se olhando sem se ver, cada um dos cadáveres marcando a metade do caminho. Mortos tinham unido o norte com o sul da "terra vazia" de Tikdabra, os limites de suas forças de pobres bestas do deserto.

Que esperança restava a ele, que haveria de continuar em frente, arrastando duas sombras de cavalgaduras esgotadas e um homem que já se entregara, e que unicamente ele conseguia, a muito custo, manter com vida?

Não quis responder à própria pergunta; ele sabia bem qual era a resposta e, por isso, preferiu se perguntar quem seria o dono daquele branco *mehari,* e aonde teria ido parar.

Examinou a pele e os restos da caveira. Em qualquer outra parte do deserto teria sido capaz de calcular há quanto tempo estava morto aquele animal. Ali, porém, com tal calor e tão intensa secura, em uma terra na qual jamais havia caído uma gota de água nem sobrevivia um único ser humano, tanto podia fazer três anos quanto cem. Era uma múmia, e Gacel não entendia de múmias.

Sentiu que o calor começava a esmagá-lo, então voltou. Agradeceu a sombra e examinou, com vagar, o rosto de Abdul-el-Kebir, ofegante e incapaz de respirar normalmente. Degolou a camela e deu a ele o sangue e os restos, quase putrefatos, do líquido do estômago do animal, apenas seis dedos da tigela de latão. Ficou satisfeito porque Abdul continuava inconsciente; de outra maneira nunca teria podido beber tal imundície. Então se perguntou se aquilo poderia matá-lo, levando em conta que ele não era um homem acostumado a beber, como os tuareg, uma água quase apodrecida.

"Dará no mesmo morrer por causa disso ou de sede", refletiu. "Mas, se suportar, essa água o ajudará a continuar."

Deitou-se, em seguida, disposto a dormir, mas o sono não atendeu, como sempre, e imediatamente, ao chamado dele, extenuado pela longa marcha. Preocupava-o o esqueleto do camelo morto, terrivelmente só, ali, no coração da planície, e tentava imaginar o louco do *targuí* que desafiara o Tikdabra, saindo de Gao ou Tombuctu em busca dos oásis do norte.

O *mehari* continuava arreado, mas tinha perdido a sela e a carga no caminho, o que significava que o dono dele morrera antes, e ele continuara só, em busca de uma salvação que nunca encontrou. Tanto os beduínos como os tuareg liberavam dos arreios os animais que iam morrer, ainda que só como uma demonstração de agradecimento e respeito pelos serviços prestados. Se o dono daquele animal não o livrara dos arreios, sem dúvida era porque não tinha podido fazê-lo.

Provavelmente nessa noite, ou no dia seguinte, Gacel encontraria o cadáver do dono do *mehari*-múmia na planície; e provavelmente, também, as órbitas dos olhos dele estariam olhando para o nordeste, buscando o fim daquela planície interminável.

Não foi, porém, um cadáver, mas centenas deles o que Gacel encontrou. Tropeçou neles no escuro da noite do deserto, distinguiu suas formas na penumbra, sob a fantasmagórica luz da lua crescente, e o novo dia o surpreendeu rodeado por eles, uma infinidade de homens e animais esparramados à sua volta, até se perderem de vista na distância. Nesse momento, Gacel Sayah, *inmouchar* do Kel-Talgimus, conhecido entre os seus como *o Caçador,* compreendeu que era o primeiro ser humano a encontrar os restos da "Grande Caravana".

Pedaços de fazenda ainda cobriam os corpos de guias e condutores, muitos deles agarrados a suas armas e *gerbas* vazias, e os camelos mostravam sobre as corcundas selas tuareg descoloridas pelo sol, arreios adornados de prata e cobre, e grandes fardos de mercadorias que o tempo violara, derramando sobre a dura areia seu valioso conteúdo.

Dentes de elefante, estatuetas de ébano, sedas que se desfaziam a um simples toque, moedas de ouro e prata, e, provavelmente, na bolsa dos mais ricos mercadores, diamantes do tamanho de um grão-de-bico. Ali estava a "Grande Caravana" da lenda, velho sonho de todos os sonhadores do deserto, mil e uma riquezas, que nem Sheherezade jamais teria ousado imaginar.

Sim, ali estava a "Grande Caravana", mas Gacel Sayah não experimentou alegria alguma ao vê-la, apenas um profundo desassossego, uma invencível angústia, pois contemplar as múmias daqueles pobres seres e notar a expressão de terror e sofrimento de seus rostos era como contemplar a si mesmo dentro de dez ou vinte anos, talvez cem, mil ou um milhão de anos, a pele igual a um pergaminho, os olhos vazios olhando para o nada, e a boca aberta no último gemido à procura da água.

Então chorou por eles. Pela primeira vez, desde que tinha memória, Gacel Sayah chorou por alguém, embora compreendesse que era imbecil e absurdo chorar por homens que morreram há tanto tempo. Vê-los assim, porém, à sua frente, e compreender o tamanho do desespero dos últimos momentos, atingiu seu ânimo.

O *targuí* montou acampamento em meio aos mortos e se sentou para olhá-los, perguntando-se qual deles seria Gacel, seu tio, o mítico guerreiro, caçador de aventuras, contratado para proteger a caravana dos ataques de bandidos e assaltantes, e que não pôde protegê-la do verdadeiro inimigo: o deserto.

Passou o dia acordado, fazendo companhia aos defuntos, a primeira companhia que tiveram desde que a morte os alcançou. Pediu a seus espíritos, que talvez vagassem eternamente por aqueles arredores, que o ajudassem a escapar de tão trágico destino, mostrando-lhe a rota que eles próprios não tinham sabido encontrar em vida.

E os mortos lhe falaram com boca sem língua, órbitas vazias e ossudas mãos cravadas na areia. Não souberam lhe dizer o caminho correto, mas a longa, a quase inacabável fila de múmias que se perdia a sudoeste gritou-lhe que o rumo que seguia, o que tinha trazido, não era correto, e não levava senão a dias e mais dias de solidão e sede, sem retorno possível.

Restava-lhe, portanto, uma única esperança, a de se desviar para o este, derivando logo para o sul, e confiar em que, pelo menos naquela direção, os limites da "terra vazia" estivessem mais perto.

Gacel conhecia bem os guias tuareg, sabia que, quando um deles errava o rumo, persistia no erro até suas últimas consequências, porque esse erro significava haver perdido por completo a noção do espaço, as distâncias e o lugar em que se encontrava. Então, já não lhe restava outro caminho senão buscar uma saída seguindo sempre em frente, confiando no instinto que o guiaria até a água. Os guias tuareg odeiam mudar de rota quando não estão plenamente convencidos de que sabem para onde se dirigem; por uma tradição secular, eles sabem que nada há pior no deserto, e nada esgota e desmoraliza mais os homens, que vagar de um lado a outro, sem destino certo. Por isso, sem dúvida, quando o guia da "Grande Caravana", por alguma circunstância que nunca ninguém compreenderia, se descobriu perdido no desconhecido universo da "terra vazia", deve ter optado por continuar em seu rumo, orando para que Alá fizesse o caminho muito mais curto do que era em realidade.

E agora estava ali, seco ao sol, transmitindo a Gacel uma lição que Gacel aceitava e compreendia.

Caiu a tarde, e quando aquele sol deixou de calcinar raivosamente a planície, ele abandonou a sombra do refúgio e encheu a bolsa com pesadas moedas de ouro e grandes diamantes. Nem por um momento experimentou a sensação de estar despojando os defuntos de seus pertences. Segundo a lei não escrita do deserto, tudo quanto ali havia pertencia a quem o encontrasse, pois as almas que tivessem entrado no Paraíso nele encontrariam todas as riquezas desejadas; e aqueles que, por sua maldade, permaneciam fora, que direito tinham de vagar por toda a eternidade, em espírito, com as bolsas repletas?

Depois, dividiu a água que restava entre Abdul, que nem sequer abriu os olhos para agradecer-lhe, e a mais jovem das camelas: a única que ainda se sustentaria alguns dias em pé. Bebeu o sangue do último animal, amarrou o velho à sela e se preparou para a marcha, abandonando até mesmo a lona que lhes proporcionava sombra, um peso inútil agora, pois tinha plena consciência de que não voltariam a parar, nem de dia nem de noite, e sua única possibilidade de se salvar se restringia a que, tanto o animal como ele mesmo, fossem capazes de caminhar sem descanso até sair daquele inferno.

Fez suas orações, pediu por ele, por Abdul e pelos mortos; pôs um último olhar naquele absurdo exército de múmias, retificou seu rumo e empreendeu a marcha, conduzindo a camela pela corda. E ela o seguiu sem um barrito de protesto, convencida de que só uma confiança cega no homem que a conduzia podia salvá-la.

Gacel não soube se foi aquela a noite mais curta ou a mais longa de sua vida. Suas pernas se movimentavam como as de um autômato, e sua sobre-humana força de vontade o converteu, uma vez mais, em pedra. Dessa vez, entretanto, era uma daquelas "pedras viajantes" do deserto, pesadas rochas que, misteriosamente, mudavam de lugar nas planícies, deixando atrás deles um largo sulco, sem que ninguém fosse capaz de estabelecer se as arrastavam forças magnéticas, os espíritos dos condenados à Eternidade ou um simples capricho de Alá.

O cabo Abdel Osmán abriu os olhos e, de imediato, amaldiçoou sua sorte. O sol já fizera uma quarta parte de seu trajeto no horizonte e aquecia violentamente a terra, ou melhor, a areia branca e dura, quase petrificada, da planície; aquela torturante planície em cujos limites estavam há seis dias acampados, sofrendo o calor mais insuportável de que se lembrava dos seus treze anos de serviço no deserto.

Virou o corpo de lado e, um pouco, o rosto, e olhou para o gordo Kader, que ainda dormia, roncando, agitado, como se inconscientemente lutasse por continuar no mundo dos sonhos, recusando-se a voltar à imunda realidade que os cercava.

As ordens eram taxativas: "Permanecer ali e vigiar a 'terra vazia' até que viessem buscá-los. Podia ser amanhã, em um mês ou um ano, mas, se saíssem dali, seriam fuzilados".

Havia um poço perto: água suja e malcheirosa, que provoca diarreia, e caça onde acaba a "terra vazia" e nasce o altiplano da *hamada,* com seus pedregulhos, seu mato rasteiro e ralo, e seus velhos leitos de rios, onde há milhares de anos deviam correr, impetuosas, as águas que se encontrariam no distante Niger ou no ainda mais distante Chade. Um bom soldado, e se supunha que eles o eram, tinha a obrigação de sobreviver em tais circunstâncias, resistindo o tempo que fosse necessário.

Que acabassem enlouquecendo numa solidão como aquela e sob aquele calor insuportável era uma coisa que não cabia nos cálculos de quem dera a ordem, certamente alguém que não conhecia, nem, de longe, o Saara.

Uma gota de suor, a primeira do dia, correu pelo enorme bigode e deslizou pescoço abaixo, até os cabelos do peito de Abdel. Ele se ergueu de mau humor, permaneceu sentado sobre uma suja manta, e, com os olhos quase fechados, percorreu a branca planície de forma mecânica e distraída.

Subitamente seu coração bateu com maior força, e acelerado. Buscou o binóculo e o fixou em um ponto quase à frente deles, em linha reta. Impaciente, chamou o companheiro:

– Kader! Kader! Acorde, seu maldito filho de uma cadela!

O gordo Mohamed Kader abriu os olhos com má vontade, mas sem se sentir ofendido. Anos de convivência o acostumaram ao fato de que o cabo não podia pronunciar o nome dele sem acompanhá-lo de um "carinhoso" insulto.

– Que merda está acontecendo agora?

– Olhe e me diga o que pode ser aquilo...

Passou-lhe o binóculo. Apoiado sobre um cotovelo, Kader procurou fixar as lentes na direção indicada pelo cabo. Sem demonstrar preocupação, disse suavemente:

– Um homem e um camelo.

– Tem certeza?

– Tenho.

– Mortos?

– É o que parece...

O cabo Abdel Osmán se levantara. Subindo à parte traseira do jipe, ele se encostou na metralhadora e fixou, de novo, o foco do binóculo, tentando fazer com que seus pulsos não tremessem.

– Você tem razão... – admitiu, afinal. – Um homem e um camelo... – Fez uma pausa, olhou para os lados, procurou algo que não via. – Mas o outro não está.

– Não tem nada de estranho nisso – disse o gordo, que tinha começado a recolher, com toda a calma, as mantas sobre as quais dormiam e o pequeno fogareiro, onde esquentavam o chá e preparavam comida. – Estranho é que "esse" tenha conseguido chegar até aqui.

Osmán o olhou com atenção e um certo ar de dúvida:

– E agora, o que fazemos?

– Vamos buscá-lo.

– Esse *targuí* é perigoso. Perigosamente esperto.

Kader, que acabara de guardar tudo no jipe, apontou para a metralhadora onde Abdel se apoiava.

– Você aponta, eu dirijo. Ao menor movimento, atire para matar.

Hesitou um instante, mas acabou concordando, convencido.

– Será muito melhor que ficar aqui esperando. Se está morto, hoje mesmo podemos ir embora. Vamos!

Abdel engatilhou a arma e o gordo e suarento Mohamed pôs o jipe em marcha, lentamente, girando o volante na direção dos dois corpos.

A trezentos metros parou, examinou atentamente a área e pegou o binóculo. O cabo não perdia o volume imóvel e jacente do seu ponto de mira.

– É o *targuí,* não há dúvida.

– Está morto?

– Com tanta roupa, não posso saber se respira ou não. Mas o camelo está morto. Já começou a inchar...

– Atiro nesse imundo?

Mohamed Kader disse que não. Embora seu superior, o cabo não era o mais inteligente; e depois, sua calma e sangue-frio eram famosos no regimento:

– Seria melhor apanhá-lo vivo. Poderia nos dizer o que aconteceu com Abdul-el-Kebir. O comandante gostaria disso...

– E talvez nos promova.

– Talvez... – admitiu, de má vontade, o gordo, que não tinha nenhum interesse em ser promovido, já que suas obrigações aumentariam. – Ou talvez nos deem um mês de licença em El-Akab.

O cabo pareceu tomar uma decisão.

– Está bem. Chegue mais perto.

A cinquenta metros puderam comprovar que não havia

qualquer arma junto ao corpo do *targuí,* e que as mãos dele apareciam abertas, separadas e perfeitamente visíveis. Tinha caído a uns dez metros do camelo, como se houvesse tentado continuar seu caminho e as forças o abandonassem por completo.

Afinal, detiveram-se a menos de sete metros, com a metralhadora apontada diretamente ao peito do *targuí;* ao menor movimento, seria fuzilado. Mohamed Kader pulou do assento, pegou sua arma e, fazendo uma volta por trás do camelo para não ficar na linha de tiro do cabo Osmán, se aproximou do *targuí,* cujo turbante aparecia levemente ladeado, quase caído sobre o sujo véu. O gordo cravou o cano de sua arma na barriga deitada, que não se mexeu nem emitiu qualquer som. Bateu nele com a coronha e, em seguida, se abaixou sobre o *targuí,* para ouvir a batida do seu coração.

Do seu posto, atrás da metralhadora, o cabo se impacientou:

– O que é? Está vivo ou morto?

– Mais morto que vivo. Mal respira e está completamente desidratado. Se não tomar água, não aguentará vivo seis horas.

– Reviste-o – ordenou o cabo.

Kader revistou minuciosamente o *targuí.*

– Não tem armas – garantiu, e logo se interrompeu, enquanto abria uma bolsa de couro e espalhava no chão uma cascata de moedas e diamantes. – Porra! – exclamou.

O cabo Abdel Osmán saltou do veículo, em duas passadas se colocou junto do companheiro, e estendeu a mão para as moedas e o punhado de enormes pedras, que brilhavam à luz do sol.

– Que é isto? Esse filho da puta é rico! Safadamente rico!

O gordo Mohamed Kader pôs de lado a arma e começou a recolher toda aquela fortuna, colocando pedras e moedas, de novo, na bolsa de couro do *targuí.* Sem levantar o rosto para o companheiro, ele disse:

– Sim. Mas só ele sabe disso... – fez uma pausa e concluiu: – E agora nós.

– Que é que você está querendo dizer?

Kader levantou o olhar e disse:

– Não seja estúpido! Se nós o devolvermos vivo, vão nos dar um mês de licença. Mas, logo que se restabelecer, vai reclamar seu dinheiro e o comandante levará um minuto para saber quem ficou com ele. – Pensou um instante, voltou a falar: – O que aconteceria se tivéssemos demorado mais algumas horas para encontrar o cadáver?

– Você seria capaz de deixar um homem morrer assim?

– Estamos lhe fazendo um favor – disse em resposta o gordo Kader. – O que é que você acha que vai acontecer a ele se nós o entregarmos vivo, depois de tudo o que fez? Eles vão espancá-lo, estuprá-lo, e acabarão enforcando-o. Ou não?

– Não tenho nada com isso. Cumpro com meu dever – estendeu a mão e afastou o véu que cobria o rosto do homem inconsciente. – Olhe a cara dele. Você vai assassiná-lo?

Mesmo contrariado, o gordo Mohamed Kader examinou o rosto coberto de crosta, macilento e enrugado, que uma hirsuta barba branca envelhecia notavelmente. Quis afastar imediatamente o olhar daquela ruína, mas alguma coisa chamou sua atenção. Exclamou:

– Este sujeito não pode ser o *targuí!* Este aí é Abdul-el-Kebir!

Como se essa descoberta o tivesse advertido do perigo, pegou a arma que pusera de lado, mas naquele mesmo instante soaram dois tiros, só dois, e o cabo Abdel Osmán e o soldado Mohamed Kader saltaram no ar, parecendo empurrados violentamente por uma mão invisível. Caíram de bruços, o primeiro sobre o corpo de Abdul-el-Kebir; o segundo, a cara enterrada na areia.

Passaram-se alguns segundos e tudo então foi silêncio. O cabo virou a muito custo a cabeça, viu a cara do companheiro com um furo na testa e sentiu uma profunda dor no peito e na boca do estômago. Apesar da dor, insuportável, com grande esforço conseguiu virar o corpo, barriga para cima, erguer-se e procurar, à sua volta, o autor dos tiros.

Não viu ninguém. A planície continuava tão infinita como sempre, desolada e igual, sem oferecer a menor possibilidade de esconderijo a um franco-atirador. Mas diante de seus olhos, que se turvavam, fez sua aparição, seminu e coberto de sangue, como um ser de outro mundo empunhando uma arma, a alta figura de um homem magro e forte, nascido do inchado ventre da camela morta.

E essa aparição passava, agora, ao lado do soldado gordo, depois de comprovar que não oferecia perigo, empurrava com o pé, afastando-a, a metralhadora, e se encaminhava até o jipe. Ali procurou, ansioso, até encontrar, um cantil de água, que bebeu, sem afastar os olhos do homem ferido. E bebendo, ainda, deixou que o líquido escorresse por seu pescoço e peito, engasgando-se e tossindo, voltando a beber de novo, como se não o tivesse feito há anos. Afinal, depois de ter tomado até a última gota, arrotou ruidosamente e se apoiou um instante no estepe do jipe, para normalizar a respiração.

Pegou outro cantil, aproximou-se do corpo de Abdul, levantou sua cabeça e o fez engolir a água o melhor que pôde, embora desperdiçasse maior quantidade do que a que descia pela garganta do velho. Com o que sobrou, molhou o rosto dele e só então se dirigiu ao ferido:

– Você quer água?

O cabo Abdel Osmán concordou com um gesto da mão. O *targuí* se aproximou, pegou-o pelos ombros, arrastou-o até apoiá-lo no jipe, à sombra, e lhe ofereceu o cantil, ajudando-o a beber. Examinou a ferida no peito dele, por onde fluía sangue aos borbotões, e sacudiu a cabeça.

– Acho que você vai morrer – disse. – Precisa de um médico, mas não há nenhum perto.

Osmán fez que sim com a cabeça e, com muita dificuldade, falou:

– Você é Gacel, não é? Eu devia saber, e me lembrar desse velho truque de caçador. Mas as roupas, o turbante, o véu, tudo isso me confundiu.

– Essa era a minha intenção.

– Como é que você soube que nós viríamos?

– Vi vocês com a primeira claridade; tive tempo de preparar tudo.

– Você matou o camelo?

– Teria morrido de qualquer maneira.

O cabo tossiu, deixando escapar um fio de sangue pelo canto dos lábios, e fechou os olhos um momento, com uma expressão de profunda dor e desânimo no rosto. Quando abriu de novo os olhos, apontou para a bolsa, que continuava ao lado do gordo cadáver.

– Você encontrou a "Grande Caravana"?

Olhando para um lugar ao fundo, às suas costas, Gacel Sayah disse:

– Está ali, há três dias de marcha.

O cabo sacudiu a cabeça como se lhe custasse trabalho admiti-lo ou o maravilhasse o fato de que era verdadeira sua existência. Depois, fechou os olhos e respirou com dificuldade. Não disse mais nada; minutos depois estava morto.

Gacel permaneceu imóvel, acocorado ao lado dele, respeitoso com sua agonia, e só quando viu que tinha inclinado definitivamente a cabeça sobre o peito, ele se levantou, aproximou-se de Abdul-el-Kebir e, empregando suas últimas forças, arrastou-o até o banco traseiro do jipe.

O esforço que lhe custou essa operação, excessivo, obrigou-o a parar para descansar. Descansado, despojou o inconsciente Abdul das vestes que lhe emprestara, o véu, o turbante, a *gandurah*, e com elas se vestiu. Acabada a tarefa, outra vez ele se sentiu cansado. Bebeu a água de outro cantil e se deitou à sombra do jipe, ao lado do corpo do cabo Osmán. Instantaneamente, adormeceu.

Acordou-o, três horas mais tarde, o adejar dos primeiros abutres. Alguns já tinham penetrado nas entranhas da camela; outros aproximavam-se receosos do cadáver do soldado.

Gacel olhou o céu. As aves de rapina, às dúzias, estavam nos limites da "terra vazia", e se podia pensar que, surgiam, de repente, como num passe de mágica, do meio do mato ralo e dos arbustos da próxima *hamada.*

Ficou preocupado. Um bando de abutres no ar era visível a muitos quilômetros, e ele ignorava a que distância deviam estar as outras patrulhas do exército.

Estudou a areia. Era dura, e embora houvesse picaretas e pás no jipe, não se sentia capaz de cavar uma fossa onde coubessem dois homens e uma camela. Examinou o rosto de Abdul, que respirava melhor, mas parecia longe de recuperar o conhecimento. Deu-lhe água novamente e verificou que ainda havia dois galões cheios, um outro de gasolina e comida abundante. Pensou: sabia que precisavam abandonar aquele lugar o quanto antes, mas não tinha ideia de como faria funcionar e andar aquela máquina, que nas mãos dele não era mais que um monte de sucata.

Tentou lembrar: o tenente Razmán dirigia um veículo idêntico, e chamara sua atenção como ele girava, de um lado para outro, o volante, e como empurrava e soltava os pedais, ali embaixo, enquanto puxava, para frente e para os lados, constantemente, a alta alavanca, agarrado a uma bola negra, situada à sua direita.

Acomodou-se no assento do motorista e imitou cada um dos movimentos do tenente, girando o volante, apertando com força os pedais do freio, da embreagem ou do acelerador, e tentando levar, de um lado a outro, a bola negra. O motor, porém, continuava mudo, nenhum som chegava a ele. Compreendeu que todos aqueles gestos serviam apenas para dirigir, mas devia fazer com que o motor funcionasse.

Abaixou a cabeça e estudou detidamente as pequenas alavancas, chaves, botões e relógios do painel. Fez soar a buzina, sem querer, e isso assustou os abutres; conseguiu esguichar água sobre o para-brisas e, imediatamente, que essa água se espalhasse, de um lado para outro, empurrada por dois braços de borracha e metal, oscilantes, mas continuou sem escutar o ansiado ruído do motor.

Afinal, viu uma chave, enfiada em uma fechadura. Tirou-a, não aconteceu nada; voltou a introduzi-la, e obteve igual resultado. Experimentou fazê-la girar e o monstro mecânico se animou, tossiu três vezes, estremeceu de ponta a ponta, e voltou ao silêncio e à imobilidade.

Os olhos de Gacel, entretanto, se animaram: estava no caminho certo. Fez girar de novo a chave com a mão direita, enquanto, com a esquerda, agitava freneticamente o volante. Resultado igual: tosse, estremecimento, silêncio. Experimentou virar a chave e a alavanca ao mesmo tempo. Nada. A chave e o pedal da esquerda. Nada. A chave e o pedal da direita, o motor roncou superacelerado, mas se manteve imóvel. Quando, devagar, foi afrouxando a pressão do pé direito, comprovou, satisfeito, que o jipe continuava ligado, ronronando mansamente.

Continuou realizando provas com o freio, a embreagem, o acelerador, agora com a alavanca do freio de mão, os botões das luzes e o câmbio de marcha. Quando já se desesperava, conseguiu que o jipe desse um salto para a frente – as rodas traseiras passaram por cima do corpo do cabo Abdel Osmán – e fosse parar três metros adiante.

Os abutres, por ali rondando, bateram asas mal-humorados.

Recomeçou o processo e avançou outros dois metros, e foi assim tentando até o cair da tarde. Quando se decidiu a abandonar aquela máquina estranha, não mais de cem metros o separavam dos abutres e dos mortos.

Comeu e bebeu, fez uma sopa com biscoitos, água e mel, conseguiu que Abdul a engolisse, e mal caiu a noite se encolheu sobre uma das mantas, no chão, e adormeceu profundamente.

Desta vez não foram os abutres, mas o rosnar de hienas e chacais disputando a carniça, o que o despertou já próxima a madrugada. Durante longos minutos ouviu a luta feroz dos animais, o quebrar dos ossos sob a pressão das fortes mandíbulas e o desgarrar da carne, arrancada à força.

Gacel Sayah odiava as hienas. Não gostava dos abutres e dos chacais, mas pelas hienas, em particular, sentia uma aversão incontrolável, desde que, muito jovem, quase um menino, descobriu, uma manhã, que tinham devorado um cabritinho recém-nascido e sua mãe. As hienas eram bestas repelentes e hediondas; irrequietas, covardes, traiçoeiras, sujas e cruéis. Quando em grupo, eram até capazes de atacar um homem desarmado. Por que Alá as pusera sobre a Terra, essa era uma das perguntas que ele se fazia frequentemente, e para essa pergunta ele jamais tinha encontrado resposta.

Gacel aproximou-se de Abdul, que dormia profundamente, respirando agora com normalidade. Deu-lhe de beber uma vez mais, e se sentou a esperar o dia, pensando no fato de que ele, Gacel Sayah, passaria à história do deserto – e para sua lenda – como o primeiro homem a vencer a "terra vazia" de Tikdabra.

E talvez algum dia – imaginou – saberiam também que foi ele que encontrou, afinal, a "Grande Caravana".

A "Grande Caravana"! Bastaria que seus guias se desviassem ligeiramente para o sul e estariam todos salvos. Alá, porém, assim não o havia querido e ninguém mais que Ele podia saber por culpa de que terríveis pecados castigara seus integrantes com tão espantoso destino. Ele dava a vida e a morte, e a única coisa que cabia ao homem era aceitá-lo mansamente. E a Gacel, agradecer-lhe, porque nesta oportunidade Ele se mostrara benévolo, permitindo-lhe se salvar e salvar seu hóspede.

Insh'Allah!

Agora era de supor que se encontrava em outro país, fora de perigo, mas os soldados continuavam sendo inimigos dele e a perseguição parecia não ter acabado.

E não via como escapar: o último camelo estava sendo devorado pelos abutres, Abdul demoraria dias para poder dar um passo. Então, só aquele monte de metal inanimado podia afastá-los do perigo. Sentiu uma grande raiva diante de sua impotência e ignorância.

Simples soldados, o mais sujo dos beduínos, e até mesmo um negro akli libertado, que tivessem permanecido alguns meses entre os franceses, estariam capacitados a fazer avançar um veículo muito maior que aquele, um pesado caminhão carregado de cimento. Mas ele, Gacel Sayah, *inmouchar* reconhecido por sua inteligência, coragem e astúcia, era o mais estúpido dos meninos diante da complexidade da tortuosa máquina indecifrável.

A verdade é que os objetos e as máquinas tinham sido sempre inimigos dele. Não gostava de nenhum tipo de objeto, muito menos de máquinas, e sua vida de nômade se limitara a não dispor nem precisar de mais de duas dúzias dos mais imprescindíveis, e assim mesmo os recusava instintivamente. Para ele, homem livre e caçador solitário, bastavam as armas, a *gerba* da água, os arreios dos seus camelos. Os dias passados em El-Akab, à espera do momento propício para se apoderar do governador Ben-Koufra, haviam-no confrontado com um universo desconcertante, no qual autênticos tuareg, antes tão austeros como ele, pareciam viciados com as "coisas", "coisas" que nunca conheceram nem precisaram, mas que agora podiam ser tão imprescindíveis quanto a água ou o ar que respiram.

E o automóvel, o fato de se sentirem transportados de um lado a outro sem razão ou necessidade aparente, se transformara, pelo que pôde notar, na mais estimulante dessas necessidades, porque os jovens nômades já não mais se satisfaziam, como seus pais, com as intermináveis caminhadas de dias e semanas através da planície, sem pressa e sem ansiedade, certos de que seu ponto de destino estaria lá, no final do caminho, e lá continuaria pelos séculos dos séculos, por mais lenta que fosse sua passagem.

Agora, por estranha ironia do destino, ele, Gacel Sayah, que tanto desprezava objetos e máquinas, "coisas", e tanta repulsa sentia diante de qualquer tipo de veículo mecânico, encontrava-se ali, perturbado, ao pé de um desses, e do qual dependiam a vida dele e a de seu hóspede. Por isso, o *targuí* se amaldiçoava, por sua ignorância e por não se sentir capaz de obrigar essa “coisa”, ainda que fosse aos pontapés, a correr pela planície até uma liberdade que tinha ao alcance da mão.

Amanheceu. Afugentou hienas e chacais, mas os abutres continuavam chegando em bandos, infestando o céu com seus piques mortais, dilacerando com os bicos de aço a carne de dois homens e um animal que, vinte e quatro horas antes, transbordavam de vida, e grasnando ao mundo que ali, à beira da *hamada,* no limite mesmo da “terra vazia” de Tikdabra, o ser humano tinha desencadeado, mais uma vez, uma tragédia.

— Nesse mesmo catre em que você está sentada, e mais ou menos nessa hora, quando todos dormiam, seu marido degolou meu capitão, e começou a complicar a vida dele, bem mais do que já tinha complicado.

Laila, com um gesto instintivo de defesa, tentou se levantar do catre, mas o sargento Malik-el-Haideri pôs a mão sobre o ombro dela e, com força, obrigou-a a permanecer sentada.

– Eu não lhe dei licença para se mexer – disse. – E você precisa ir se acostumando à ideia de que em Adoras, e até que chegue um novo oficial, ninguém dá um passo sem minha licença.

Atravessou o quarto, sentou-se na velha cadeira de balanço em que o defunto Kaleb-el-Fasi passava horas lendo e se embalando, e tomou impulso com um pé no chão, devagar, sem afastar os olhos da jovem mulher.

– Você é muito bonita – disse, por fim, a voz um pouco rouca. – A *targuí* mais bonita que já vi... Quantos anos você tem?

– Não sei. E não sou *targuí*. Sou *akli*.

– *Akli?* Filha de escravos! – exclamou. – Ora, ora. Aquele *targuí* devia estar louco por você para tomar uma escrava por esposa. Mas eu não estranho... Você tem jeito de ser boa na cama. Você é boa na cama?

Malik não obteve resposta, e talvez se pudesse dizer que não a esperava. Procurou um cigarro no bolso da camisa, acendeu-o com o isqueiro que pertencera ao capitão Kaleb-el-Fasi, tirou dele uma longa tragada, devagar, comprazendo-se com a fumaça que expelia e a visão da jovem mulher, que, por sua vez, encarava-o, ereta e desafiadora.

– Sabe quanto tempo faz que não vejo uma mulher nua? – perguntou, com um sorriso amargurado. – Não, você não pode saber, porque nem eu mesmo me lembro. – Apontou para um velho calendário, pendurado sobre a cama. – Essa puta gorda, que já deve ter uns cem anos, é tudo quanto tive todo este tempo. Passo horas olhando-a, me masturbando e sonhando com o dia de encontrar uma mulher de verdade. – Procurou no bolso das calças um lenço, com ele enxugou o suor que corria livremente pelo pescoço. – Mas agora você está aqui, como nos meus sonhos, melhor e mais jovem que nos meus sonhos.

Suavemente, sem aumentar o tom de sua voz, mas com firmeza, o sargento Malik-el-Haideri disse:

– Tire a roupa!

Laila permaneceu imóvel, como se não tivesse ouvido aquela ordem. Apenas um ligeiro brilho de temor se mostrou no fundo dos seus imensos olhos negros, enquanto os dedos se crispavam sobre a áspera e imunda fazenda do enxergão.

O sargento esperou um pouco, deu a última tragada, pôs o cigarro no chão com todo cuidado, sob a cadeira de balanço, e deixou que ela o esmagasse no seu vaivém. Levantou o rosto e olhou para Laila, agora com determinação.

– Escute! – disse. – Há duas maneiras de tratar um assunto como este: por bem ou por mal. Eu, pessoalmente, prefiro a primeira, porque é sempre mais divertida para os dois. Você colabora, passamos alguns momentos agradáveis, e eu também colaboro, tornando sua prisão mais suportável. Se resistir, terei o que quero pela força, e depois não vou me importar, nem um pouco, com o que lhe possa acontecer. Ou com o que possa acontecer a sua família – sorriu, cheio de más intenções. – Dois dos filhos do seu esposo são muito bonitos... lindos adolescentes. E você notou como alguns dos meus homens olham para eles? É que eles, também, já estão há muitos anos aqui. Pelo menos oito deles ficarão muito contentes se eu fizer vista grossa e permitir que esta noite, quando todos estiverem dormindo, ponham a mão naqueles meninos...

– Você é um porco!

– Não mais que qualquer um outro que tenha passado tanto tempo, como eu, nesse maldito deserto – interrompeu o balanço da cadeira deixando-a estar inclinada para trás. Através de uma pequena janela, olhou as altas dunas que emolduravam o oásis. – Vistas daqui, as coisas são diferentes, à medida que os anos passam e a gente perde a esperança de que algum dia nos permitam voltar... Quando a gente compreende que ninguém mais vai sentir interesse ou compaixão por nós, deixa de sentir interesse ou compaixão pelos outros. – Baixou os olhos para olhá-la. – Sei que nunca vão me dar nada. O que eu não tomar, ninguém me oferecerá. E eu garanto que logo que eles virem você, também tentarão. Tire a roupa! – repetiu, e agora dava uma ordem.

Laila hesitou.

Ainda tentou resistir, e todo seu ser se rebelou contra a ideia de obedecer. Compreendeu, entretanto, e o sabia desde que o viu pela primeira vez, que o sargento-mor Malik-el--Haideri era capaz de tudo, inclusive de permitir que seus homens abusassem dos filhos de seu esposo, a quem amava como se fossem dela.

Por fim, muito lentamente, ela se levantou, cruzou os braços, suspendeu a barra do vestido até tirá-lo pela cabeça e jogá-lo a um canto do quarto. O corpo jovem de Laila, de carnes firmes e morenas, seios pequenos e duras nádegas, ali estava, inteiro e nu. O sargento Malik contemplou-o longamente, voltando a embalar a cadeira, gozando a ideia de prolongar o mais que pudesse aquela visão e aqueles instantes, deleitando-se com seus pensamentos, à espera do momento certo, do momento em que também ele se despiria.

O sol estava muito alto, o fedor dos cadáveres começava a se fazer insuportável e os abutres já eram, agora, uma nuvem negra, contra a qual era inútil lutar.

Distinguiu em primeiro lugar a coluna de pó que se levantava a oeste, aproximando-se com rapidez. Quando entrou no jipe e tratou de verificar como funcionava a metralhadora, já disposto a permanecer ali e se defender, percebeu a mancha cinzenta de um novo veículo, vindo do sul, mais lento e pesado, sua pequena torre superior coroada por um canhão leve.

O agudo olhar de Gacel o fez compreender que contra uma arma como aquela toda a tentativa de resistência era inútil. Tentou se consolar com a ideia de que tinha vencido o deserto dos desertos, o de Tikdabra, e apenas a fidelidade para com seu hóspede conseguira derrotá-lo.

Pegou o fuzil e avançou até a beira da *hamada,* sem buscar proteção de rochas ou mato, enquanto Abdul-el-Kebir permanecia às suas costas, fora do alcance das armas inimigas.

Engatilhou a arma e esperou, calculando a distância e o momento em que o jipe estaria ao alcance de um tiro. Quando distinguiu com nitidez os soldados, e hesitava, com a arma apontada, entre atirar no motorista ou no que se preparava para acionar a metralhadora, ressoou, distante, uma explosão, um obus assobiou no ar, voaram pedaços do veículo que viera do oeste, atingido em cheio, freado em seco, como se houvesse batido contra um muro invisível.

Gacel pôde ver um corpo destroçado voar e cair a mais de quarenta metros de distância, e um outro se desintegrar como se não tivesse existido. Em um instante não restava do jipe mais que um montão de sucata fumegante.

Gacel Sayah, *inmouchar* do povo do Kel-Talgimus, conhecido como *o Caçador,* permaneceu imóvel, cravado no chão, espantado, incapaz, talvez na única vez em sua vida, de compreender o que estava acontecendo diante de seus olhos.

Depois, lentamente, virou-se para o segundo dos veículos, o "tanque-lagarta", que continuava sua marcha, destemida, para só se deter a uns vinte metros de distância do *targuí,* no ponto exato em que se juntavam a *hamada* e a "terra vazia".

Um homem alto, bigode aparado, uniforme cáqui e estrelas no punho, emergiu da torre, pulou para o chão e, com passo firme, se aproximou do *targuí.*

– Abdul-el-Kebir? – perguntou.

Gacel apontou para o homem que estava às suas costas.

O oficial sorriu aliviado, sacudindo a cabeça, como se acabasse de tirar um grande peso de cima dos ombros.

– Em nome do meu governo, e no meu próprio, eu lhes dou as boas-vindas. Será para mim uma honra escoltá-los ao posto militar e acompanhar o presidente Kebir até a capital...

Andaram devagar até o jipe onde, ainda inconsciente, estava o velho. Enquanto caminhavam, Gacel não pôde evitar a visão do destroçado veículo, que procedia do oeste, ainda fumegante. O militar notou o espanto do *targuí* e disse:

– Somos um país pequeno, pobre e pacífico. Mas não gostamos que invadam nossas fronteiras.

Quando chegaram junto ao corpo, inerte, de Abdul-el--Kebir, o oficial o examinou minuciosamente, certificou-se de que ainda respirava naturalmente e parecia fora de perigo, e levantou o rosto, pondo um longo olhar na infinita planície que se abria a sua frente.

– Nunca poderia acreditar que alguém, alguém deste mundo, fosse capaz de atravessar este lugar maldito!

Gacel sorriu, timidamente.

– Aceita um conselho? – disse. – Fuja de Tikdabra!

A três horas de viagem, bateu de leve no braço do oficial.

– Pare... – pediu.

O militar obedeceu, freando o jipe, e, com o braço erguido, ordenou que o tanque que os seguia também parasse.

– O que é? – perguntou o oficial.

– Fico aqui.

– Aqui? – espantou-se, dirigindo um inquieto olhar para a planície de pedras e mato rasteiro. – Que é que vai fazer aqui?

– Voltar para casa – disse o *targuí*. – Você vai para o sul, minha família está lá – e apontou: – Muito longe, no nordeste, nas montanhas de Huaila... Já é hora de voltar.

O militar sacudiu a cabeça, como se custasse a acreditar no que ouvia.

– A pé? E sozinho?

– Alguém me venderá um camelo.

– Mas é uma viagem muita longa, sempre à margem da "terra vazia".

– Por isso mesmo devo começá-la o quanto antes.

O oficial voltou a cabeça para o assento traseiro, onde jazia o corpo adormecido de Abdul-el-Kebir.

– Não vai esperar que ele desperte? Há de querer agradecer o que fez por ele.

Gacel, porém, já deixava o jipe, punha os pés no chão e pegava as armas e a *gerba* de água.

– Ele não tem nada para me agradecer. Queria atravessar a fronteira e já a atravessou. Agora é seu hóspede – dirigiu um afetuoso olhar ao oficial. – Deseje a ele sorte em meu nome.

O militar compreendeu que a decisão do *targuí* era definitiva, nada podia fazer para alterá-la.

– Precisa de alguma coisa mais? – perguntou. – Dinheiro, provisões?

Gacel sacudiu a cabeça. Olhou para a planície que o esperava:

– Agora sou um homem rico. Por aqui, vi muita caça. Não preciso de nada.

Permaneceu muito quieto enquanto os veículos arrancavam, distanciavam-se a caminho do sul, e apenas quando o pó que tinha levantado pousou de novo e o ruído dos motores se perdeu na distância, ele olhou a sua volta, orientou-se, embora não existisse na extensa planície qualquer acidente natural, e iniciou a nova caminhada, sem pressa, o ar tranquilo do caminhante que percorre um gramado no suave entardecer. Admirava a paisagem, o mato rasteiro, cada rocha, cada ave ou fugidia serpente.

Tinha água, bom fuzil e munição. Aquele era seu mundo, amava o coração do deserto. Pela frente, uma longa viagem. Ao final, a esposa, os filhos, os escravos, suas cabras e camelos.

Corria uma suave brisa. Ao escurecer, os animais da planície abandonam seus refúgios para desramar os baixos arbustos. E foi por aí que matou uma bela e gorda lebre, que lhe matou a fome à luz de um fogo de tamargueiras. Em seguida, sentado como estava, ficou contemplando as estrelas, que acudiram, naquela noite, a lhe fazer companhia. Não demorou muito, chegaram as lembranças e o prazer que sentia revivendo-as: o rosto e o corpo de Laila; o riso e as brincadeiras dos filhos; a voz profunda e as inteligentes palavras de Abdul-el-Kebir; a maravilhosa, apaixonante e inesquecível aventura que lhe coubera viver no limite da idade madura, e que marcaria a vida dele para sempre, pois os velhos a relatariam durante anos, surpreendendo os meninos com as façanhas do único homem que tinha desafiado um exército inteiro e a "terra vazia" de Tikdabra ao mesmo tempo.

Ele contaria aos netos o que sentira no dia que passou em companhia dos espíritos da "Grande Caravana"; como lhes falou do medo de também morrer na planície; como as vozes abafadas, os dedos descarnados e as órbitas sem olhos das múmias lhe indicaram o caminho certo; e como seguiu, durante três dias e três noites, sem parar uma única vez, até alcançar a fronteira e a vida, consciente de que, parando, nem ele nem o animal seriam capazes de retomar a marcha, convertidos que estavam, ambos, graças à sua indomável vontade, em autênticos autômatos, insensíveis ao calor, à sede e à fadiga.

E agora ali estava ele, estendido sobre a areia macia, sentindo sob a mão o doce contato da úmida gerba, transbordando de água; os restos da lebre tostando-se ao fogo; e a bolsa das moedas de ouro pendurada à cintura. Sentiu-se, então, em paz consigo mesmo e com o universo que o cercava, orgulhoso por ser homem e ser *targuí,* e orgulhoso, acima de tudo, por haver demonstrado que ninguém, nenhum governo, podia se permitir o luxo de desprezar as leis e os costumes do seu povo.

Pensou, depois, no que seria seu futuro, longe dos pastos conhecidos e dos lugares a que se acostumara desde criança, mas a ideia de emigrar para além das fronteiras não o inquietou. O deserto é o mesmo, e igual continuaria por milhares de quilômetros, qualquer que fosse a direção ou o país escolhidos. E não tinha por que temer que alguém lhe viesse disputar os areais, as rochas e os pedregais, pois estava evidente que, a cada dia, eram menos os homens que escolhiam o deserto para viver.

Não queria mais guerras nem lutas, ansiava pela paz de sua *jaima,* os longos dias de caça e as maravilhosas noitadas, à luz do fogo, feitas para escutar, mais uma vez, as histórias do velho Suílem, histórias que ouvira desde menino, e continuaria ouvindo, sem jamais se cansar, até que o fiel escravo emudecesse para sempre.

Ao entardecer do terceiro dia, descobriu um acampamento de *jaimas* e *sheribas* junto a um poço.

Eram tuareg do "Povo da Lança", gente pobre mas amável e hospitaleira. Eles concordaram em lhe vender seu melhor *mehari,* sacrificaram em sua honra um cordeiro, para lhe preparar o mais saboroso *cus-cus* de sua vida, e o convidaram a uma festa que realizariam na noite seguinte.

Compreendeu que não podia ofendê-los, negando-se. Tirou da bolsa de couro vermelho uma pesada moeda de ouro e a depositou a sua frente:

– Só irei à festa se puder pagar os cordeiros – disse. – E este é o meu preço.

O dono da casa aceitou em silêncio. Pegou a moeda e a examinou interessado.

– Agora se vê poucas como esta – disse. – É tudo papel imundo, cujo valor muda de um dia para o outro. Quem deu a você esta moeda?

– Um velho condutor de caravanas – respondeu, sem mentir, mas sem dizer a verdade inteira. – Tinha muitas.

– Com isto costumavam-se pagar aos guias e aos cameleiros – admitiu, convencido. – Com isto, compravam-se camelos e provisões... Vou lhe contar uma história – acrescentou, com um sorriso irônico. – Eu me alistei na "Grande Caravana", mas dez dias antes de partir comecei a cuspir sangue, então me recusaram. "Você está tuberculoso" – disseram. "Não chegaria a Trípoli." – O dono da casa fez uma pausa, para pensar, e avaliar a ironia do destino. – Logo completarei noventa anos. E da "Grande Caravana" nada mais resta.

– Como foi que você se curou da tuberculose? – perguntou Gacel. – Meu primeiro filho e minha primeira esposa morreram de tuberculose.

– Fiz um trato com um açougueiro de Tombuctu – respondeu o velho. – Eu trabalharia para ele um ano sem pagamento se me permitisse comer crua a corcova de todos os camelos que sacrificasse – sorriu divertido.

– Engordei até parecer um tonel, e parei de cuspir sangue... Foram quase duzentas corcovas de camelo! Mas nunca mais me aproximei de um desses malditos animais. Prefiro caminhar três meses que subir em uma daquelas corcovas.

– Você é o primeiro *imohag* a quem ouço falar mal dos camelos – disse Gacel.

– Talvez, mas sou também o primeiro *imohag* que sobrevive a uma tuberculose – disse o velho, divertido.

A bela jovem de tranças finas, seios empinados e adornadas mãos de palmas vermelhas afinou a única corda do seu violino, tirou do seu interior um agudo som, que mais parecia um lamento ou uma fina gargalhada, olhou nos olhos de Gacel, o estrangeiro, a quem dedicou sua história.

E ela contou assim:

"Alá é grande. Louvado seja. Conta-se – e isto não aconteceu no país dos *imohag,* nem nos de Tekna, nem em Marrakech, Túnis, Argel ou Mauritânia, mas lá na Arábia, perto da cidade santa de Meca, para onde todo crente deve fazer sua peregrinação, pelo menos uma vez na vida – que viveram, há muito tempo atrás, na florescente e populosa cidade de Mir, glória dos califas, três astutos mercadores que tinham reunido, após muitos anos de comerciarem juntos, uma apreciável quantidade de dinheiro, que decidiram investir em um novo negócio...

Acontecia, porém, que estes mercadores não confiavam uns nos outros, pelo que guardaram seu ouro em uma bolsa e decidiram deixá-la sob os cuidados da dona da casa em que viviam, com a expressa recomendação de que não a entregasse a qualquer um deles sem que os outros dois estivessem presentes.

Poucos dias depois, decidiram escrever, a negócios, a uma cidade vizinha. Precisando de um pergaminho, um deles disse:

– Vou pedi-lo àquela boa mulher, que, certamente, terá algum.

Em vez disso, tão logo chegou à casa da mulher, ele disse a ela:

– Entregue-me a bolsa que lhe demos, porque precisamos dela.

– Não o farei se seus amigos não estão presentes – replicou a mulher, e embora aquele homem tenha insistido, ela continuou se negando, até que o astuto mercador lhe disse:

– Vá à janela e verá como meus companheiros, que estão ali na rua, vão ordenar a você que me dê a...

A mulher fez o que pedia o mercador, enquanto ele saía e, aproximando-se dos sócios, disse-lhes em voz baixa:

– Ela tem o pergaminho que queremos, mas não me quer dá-lo a não ser que vocês também o peçam.

Alheios àquela trapaça, os dois mercadores gritaram à mulher que fizesse o que o outro dizia, e assim foi como ela entregou a bolsa ao mais esperto dos mercadores e ele fugiu da cidade.

Quando os dois mercadores perceberam o engano e se deram conta de que tinham ficado sem seu ouro, culparam a pobre mulher, levando-a ante o *Caíd**, para pedir justiça.

Sendo aquele juiz um homem equilibrado e inteligente, ouviu as duas partes e, após longa meditação, sentenciou:

– Penso que razão têm em sua demanda, e justo é que esta mulher devolva a bolsa ou os reintegre em sua fortuna... Mas, como ocorre a circunstância de que o pacto acertado exige que a bolsa só seja entregue com os três sócios reunidos, estimo justo que os dois sócios se ocupem de buscá-lo, que o

* *Caíd:* Líder. (N.T.)

terceiro ausente venha a minha presença, e nesse momento eu mesmo me ocuparei de que o acordo se cumpra...

E assim foi como triunfaram a justiça e a razão, graças ao acertado julgamento daquele inteligente magistrado.

Queira Alá que assim seja sempre. Louvado seja..."

A jovem tangeu o violino, para pôr um ponto final em sua história, e, logo, sem afastar os olhos de Gacel, acrescentou:

– Você, que ao que parece vem de tão longe, por que não nos conta uma história?

Gacel passeou o olhar pelo grupo: talvez vinte rapazes e moças, amontoados à volta do fogo, em cujas brasas se assavam lentamente dois enormes carneiros, e de onde emanava um aroma doce e profundo. Olhando para a jovem, perguntou:

– Que tipo de história querem ouvir?

– A sua... – disse a jovem, imediatamente. – Por que você se encontra, sozinho, tão longe de casa? Por que paga o que compra com velhas moedas de ouro? Que mistério oculta? Apesar do véu, esses olhos delatam que você esconde um grande segredo.

– São os seus olhos que querem ver segredo onde não há mais que cansaço – disse Gacel. – Fiz uma longa viagem. Talvez a mais longa viagem que alguém já tenha realizado neste mundo... Atravessei a "terra vazia" de Tikdabra.

Recém-chegado à roda de fogo, um jovem forte, crânio raspado, olhos vesgos e uma funda cicatriz, que descia da face à garganta, se dirigiu ao *targuí,* com voz emocionada:

– É você, talvez, Gacel Sayah, *inmouchar* do Kel-Talgimus, cuja família estava acampada no *guelta* das montanhas do Huaila?

Sentiu que o coração batia mais depressa.

– Sim, sou eu.

– Tenho más notícias – disse, em tom de lamento, o jovem. – Estou chegando do norte... De tribo em tribo, de *jaima* em *jaima,* corre a notícia: os soldados levaram sua esposa e seus filhos, todos os seus. Só um velho criado escapou, e foi ele que disse: “Eles esperam você, no *guelta* do Huaila, para matá-lo”.

Gacel esforçou-se para que do fundo da garganta não nascesse um soluço, mas precisou de coragem e vontade, mais do que tivera nos longos dias de “terra vazia”, para conter a emoção.

– Para onde os levaram? – disse, com um tom de voz falsamente calmo.

– Ninguém sabe. Talvez para El-Akab, talvez mais para o norte, para a capital. Eles querem trocá-los por Abdul-el-Kebir.

O *targuí* levantou-se e, devagar, se afastou, caminhando até as dunas, seguido pelos olhares de todos e um silencioso respeito. Como por artes de mágica, a alegria da festa desaparecera, e ninguém tinha notado que um dos cordeiros já estava queimando. O *gri-gri** da desgraça parecia ter nascido das chamas, e com seu fétido alento apagava a luz do entusiasmo nos olhares e o desejo de prazer nos corpos.

Gacel deixou-se cair, dentro do escuro, sobre uma duna, e enterrou o rosto na areia. Esforçava-se por não soltar o choro, cravando as unhas nas palmas das mãos até que sangraram.

Não era mais um homem rico, que regressava à paz do lar, depois de uma longa aventura. Não era mais sequer o herói que arrebatara Abdul-el-Kebir das garras de seus inimigos, e atravessara, com ele, o inferno da “terra vazia”, deixando-o a salvo do outro lado da fronteira. Agora não era mais que um pobre homem infeliz, que perdera tudo quanto tinha neste mundo, por causa de sua estúpida teimosia em respeitar tradições caducas, que nada mais significavam para ninguém.

Laila!

Um estremecimento, como uma corrente de água gelada, percorreu as costas dele, ao imaginá-la em poder daqueles homens de fardas sujas, grossos cinturões e duras botas fedorentas. Lembrou-se daqueles rostos quando lhe apontaram as armas, à porta de sua *jaima;* do desleixo do acampamento ou da arbitrariedade com que tratavam os beduínos em El-Akab.

---

* *Gri-gri:* Espírito maligno. (N.T.)

Ainda que tenha tentado, de todas as maneiras, evitá-lo, um rouco gemido escapou de seus lábios, obrigando-o a morder, com força, o dorso da mão.

– Não faça isso... não tente contê-lo. O mais forte dos homens tem o direito de chorar em um momento como este.

Mostrou o rosto. A bela jovem de finas tranças sentara ao lado dele e estendia a mão para acariciar o rosto do *targuí,* tal qual uma mãe com o filho assustado.

– Já passou – disse Gacel.

Ela sacudiu decididamente a cabeça.

– Não tente me enganar: não passou. Essas coisas não passam. Ficam lá no fundo da gente, como uma bala que não encontrou saída. Eu sei disso porque meu esposo morreu há dois anos, minhas mãos ainda o procuram de noite.

– Ela não morreu. Ninguém se atreverá a fazer mal a ela... – garantiu, como quem quer convencer a si mesmo. – É quase uma menina. Deus não há de permitir que façam mal a ela.

– Não existe outro Deus senão o que queremos que exista – retrucou ela, com convicção. – Você pode confiar n'Ele, se quiser. Nunca é demais. Mas, se você foi capaz de vencer a "terra vazia" de Tikdabra, será capaz de recuperar a família. Tenho certeza disso.

– Mas como poderei fazê-lo? – disse, desanimado. – Você já sabe: eles querem Abdul-el-Kebir, que não está mais comigo.

A jovem o olhou muito séria, sob a clara luz da lua, levantada no céu para transformar a noite em dia.

– Você teria aceitado a troca, se ele ainda continuasse em seu poder? – perguntou.

– São meus filhos... – foi a resposta do *targuí* –, minha esposa e meus filhos... Só o que tenho na vida.

– A você resta o orgulho do *targuí* – lembrou ela. – E pelo que sei de você, é o mais orgulhoso e o mais valente dentre todos nós. – Calou-se; prosseguiu em seguida: – Valente demais, talvez. Quando guerreiros, os *targuís* se lançam à luta e não param nunca para meditar no mal que podem causar a todas nós, mulheres, que ficamos para trás, recebendo os golpes, sem participar das glórias... – Parecia descontente consigo mesma. – Mas não estou aqui para culpar você. O que está feito, feito está, e razões você teria para fazer o que fez. Vim porque, em momentos como este, um homem precisa de companhia. Gostaria de me falar dela?

Sacudiu a cabeça.

– É ainda uma menina! – soluçou.

A porta abriu-se com violência e o sargento Malik-el-Haideri pulou do catre, atirando-se sobre a pistola que descansava na mesa de cabeceira. Deteve-se, porém, ao reconhecer o tenente Razmán, definindo-se contra a violenta luminosidade do exterior.

Seminu como se encontrava, o sargento-mor fez um esforço para manter o ar marcial, levantou-se e se perfilou, fez continência e tentou bater os calcanhares, com os pés descalços, numa visão absolutamente cômica e ridícula, se o oficial não demonstrasse, com evidência, que não estava ali para brincadeiras. Tão logo seus olhos se acostumaram à penumbra daquele quarto, ele se aproximou de uma das janelas, abriu os postigos, e com o chicote apontou para um barracão próximo.

– Quem é aquela gente que está presa ali, sargento? – perguntou.

O sargento Malik sentiu que um súbito suor frio brotava de cada um dos poros do seu corpo. Lutando para manter a rígida posição, respondeu:

– A família do *targuí.*

– Há quanto tempo está aqui?

– Uma semana.

O tenente Razmán olhou-o com maior severidade, mas parecia não acreditar no que ouvia.

– Uma semana? – repetiu horrorizado. – Está querendo me dizer que manteve mulheres e crianças assando-se no calor, naquele inferno, durante uma semana, e sem dar parte a seus superiores?

– O rádio está com problemas.

– Mentira! Acabo de falar com o operador... O senhor deu ordens para que o aparelho fosse desligado. Por isso foi impossível comunicar minha chegada... – Interrompeu-se, seus olhos tinham encontrado a figura de uma mulher nua, encolhida, assustada, a um canto do quarto, no lugar em que estivera dormindo, sobre um velho e puído cobertor. Espantado, depois que seus olhos percorreram, duas ou três vezes, o caminho entre o rosto e o corpo da mulher e o rosto do sargento Malik, e, embora temendo pela confirmação de sua suspeita, o tenente perguntou: – Quem é?

– A esposa do *targuí*. Mas não é o que o senhor está pensando, tenente... – ele tentou se justificar. – Não é o que o senhor está pensando... Ela aceitou de boa vontade, ela aceitou, tenente! – e estendia as mãos, num gesto de súplica.

O tenente Razmán aproximou-se da mulher e esta tentou cobrir a nudez com a ponta do cobertor.

– É verdade que aceitou? – perguntou o oficial. – Ele não te forçou?

Ela encarou Razmán com coragem. Depois, virou o rosto para o sargento e disse, serenamente:

– Ele me disse que se eu não aceitasse, entregaria os meninos aos soldados.

O tenente Razmán pensou um instante no que ouvira, pareceu se inflamar de súbita raiva e, voltando-se para o sargento, gritou:

– Saia!

O sargento fez menção de apanhar sua roupa, mas o tenente não deixou.

– Não! O senhor não é digno de voltar a vestir essa farda! Saia assim mesmo! Imediatamente!

O sargento-mor Malik-el-Haideri, amedrontado, dirigiu-se para a porta, seguido pelo tenente. Do lado de fora, à frente da porta, ele parou: diante dele, em grande expectativa, todos os homens do acampamento, a esposa do tenente e o gigantesco sargento Ajamuk, o esperavam.

– Vá para as dunas! – gritou o tenente.

Sem hesitação, Malik obedeceu, embora a areia ardente lhe queimasse a planta dos pés. Andou em silêncio, cabeça baixa, sem se voltar para ver seus comandados, até o nascimento das dunas. No momento em que viu que não podia seguir adiante e seria inútil tentar subir por qualquer daquelas fortes ladeiras, ele se voltou para o acampamento e não se surpreendeu ao descobrir que o tenente tirara o revólver do coldre.

Um único tiro estourou a cabeça do sargento.

O tenente Razmán permaneceu ainda alguns instantes imóvel, sem desviar os olhos do cadáver. Em seguida, muito devagar, guardou a arma, caminhou decididamente até onde estavam os soldados, o contingente do Posto Militar de Adoras. Nenhum deles abandonara a formação, ou esboçara qualquer gesto.

Ele os olhou de frente, cara a cara, um por um, tentando ler no fundo dos olhos deles o que pensavam sobre o que tinha acabado de acontecer. Afinal, como quem está decidido a se livrar de alguma coisa que o tortura há muito tempo, o tenente discursou:

– Vocês são a escória do nosso Exército – começou –, homens que eu sempre desprezei, soldados que nunca tinha querido comandar: ladrões, assassinos, viciados, estupradores, corruptos! Mas, no fundo, talvez vocês não sejam senão vítimas, fruto do que este governo fez do nosso país. – Uma pausa permitiu àqueles homens pensarem no que lhes dizia o tenente. Aumentando o tom de sua voz, ele continuou: – Mas chegou a hora das mudanças... O presidente Abdul-el-Kebir conseguiu atravessar a fronteira e já lançou uma primeira convocação à luta e à união de todos os que desejam o retorno do país à democracia e à liberdade. – Uma nova interrupção, desta vez mais dramática, atendia à necessidade que tinha de uma certa eloquência teatral: – Vou me unir a ele! – quase gritou. – O que aqui vi hoje acaba de me convencer. Estou decidido a romper com o passado e reiniciar a luta ao lado do único homem em que confio inteiramente... Mas vou dar a vocês uma oportunidade. Os que quiserem me seguir, atravessar a fronteira, para se unir a Abdul-el-Kebir, podem me acompanhar.

Os homens olharam-se incrédulos, incapazes de admitir que o mais acariciado dos seus sonhos – escapar do inferno de Adoras e fugir do país – estava sendo oferecido a eles em uma bandeja. E pelo próprio oficial encarregado de mantê-los ali encerrados.

Muitos de seus companheiros tinham tentado a fuga, mas sempre foram capturados, fuzilados ou encarcerados pelo resto de suas vidas. Agora, aquele jovem tenente, de bem cuidada farda, que acabava de chegar a Adoras, em companhia de uma atraente esposa e um mastodôntico sargento de aspecto bonachão, tentava convencê-los de que o que até aquele momento era considerado o pior dos delitos transformava-se, inesperadamente, em um ato heroico.

Um desses rudes soldados esteve a ponto de dar uma gargalhada; outro pulou de alegria. Quando o tenente Razmán, plenamente consciente do que fazia e de quais eram os verdadeiros sentimentos daquela quadrilha de facínoras, pediu solenemente que levantassem o braço aqueles que quisessem segui-lo, foi como se uma mola gigantesca e irresistível atuasse sobre todos os braços, elevando-os ao céu em uníssono.

O tenente sorriu discretamente e trocou um olhar com a esposa, que, também, sorria. Voltou-se, então, para Ajamuk e ordenou:

– Prepare tudo, Ajamuk. Partimos em duas horas. – Apontou, com o chicote, para o barracão, de onde, através das janelas gradeadas, a família de Gacel Sayah acompanhara os acontecimentos: – Eles vêm conosco – acrescentou. – Estarão em segurança do outro lado da fronteira.

Foi uma longa viagem, sem saber exatamente que destino tomar, sem saber onde estava agora sua casa, procurando a família, sem saber se ainda tinha família.

Foi uma longa viagem: primeiro para o oeste, deixando a um dia de distância o nascimento da "terra vazia"; depois, quando viu que esta já acabara, rumou para o norte, mesmo sabendo que estava atravessando de novo a fronteira e, a qualquer momento, podiam aparecer os soldados, agora um verdadeiro pesadelo para ele.

Foi uma longa viagem. E triste.

Nunca, nem mesmo nos piores momentos, quando nos confins de Tikdabra pensou que a morte era já sua única companheira de viagem, imaginou que os acontecimentos pudessem tomar um rumo como esse, pois para ele, como guerreiro e nobre de um povo de nobres guerreiros, essa morte era a única morte definitiva.

Agora, porém, e subitamente, como um murro no queixo, descobria que o fato de morrer nada significava diante da tremenda realidade: os seres que amava eram vítimas de sua guerra particular, e isso era a mais autêntica, a mais tremenda das derrotas.

Por sua mente passavam, repetida e obsessivamente, os rostos dos filhos, a voz de Laila, ou as cenas infinitamente repetidas de sua vida no acampamento, quando tudo era solidão e paz ao pé das grandes dunas, e os anos passavam sem que ninguém aparecesse para perturbar a calma de uma vida monótona e simples.

Frios amanheceres, quando Laila se encolhia no seu colo, procurando o calor do corpo dele; longas manhãs de luz esplendorosa e expectante ansiedade na caça; pesados meios-dias de calor abafado e doce sonolência; tardes de céus vermelhos, quando as sombras se prolongavam pela planície como se quisessem tocar a beira do horizonte; e noites cheirosas e densas, à luz de uma fogueira, repetindo sem fadiga já decoradas lendas.

Medo ao *harmatan,* que soprava enfurecido, e à seca; amor à planície sem vento, e à negra nuvem que se abria para que a terra se cobrisse com o tapete verde do *acheb.*

A cabra que morria, a jovem camela que afinal emprenhava, o pranto do pequeno, o riso do maior, o gemido de prazer de Laila na penumbra...

Essa era a vida dele, a que desejava ardentemente, a única que havia querido e perdera porque não se sentiu capaz de suportar uma ofensa contra sua honra de *targuí.*

Afinal, quem poderia culpá-lo por não enfrentar um exército?

E quem não o culparia, agora, por tê-lo feito, perdendo, na aventura, a família?

Gacel Sayah ignorava o tamanho do seu país. Ignorava, inclusive, o número de seres que o habitavam e, apesar disso, opusera-se a ele, a seus soldados e seus governantes, sem parar para pensar nas consequências que tamanha ignorância podia acarretar.

Em que lugar daquele país gigantesco ele encontraria a mulher e os filhos? Quem, dentre todos os seus habitantes, saberia lhe dar notícias deles?

Dia a dia, à medida que se aproximava do norte, foi tomando consciência de sua pequenez, embora nem o deserto, com toda sua imensidão, pudera diminuí-lo em mais de quarenta anos de vida. Mas agora ele se sentia pequeno, não diante da grandeza da terra, mas em face da baixeza daqueles que a habitavam, gente que tinha sido capaz de envolver, em uma luta de homens, mulheres e crianças.

Não conhecia as armas com que devia enfrentar aquela classe de indivíduos. Ninguém lhe havia explicado nunca as regras daquele jogo. Lembrou-se, uma vez mais, da velha história, que o negro Suílem contava sempre, a das duas famílias em luta, e que por se odiarem tanto enterraram uma criança em uma duna, levando a mãe à loucura. Isso, porém, só acontecera uma vez em toda a história do Saara, e tanto espanto causou nos seus habitantes que sua lembrança perdurou através dos anos, transmitindo-se, de boca em boca, nas rodas noturnas à beira do fogo, servindo de exemplo aos mais moços e mantendo os mais velhos na repulsa.

"Eis como o ódio e as lutas a nada conduzem, senão ao medo, à loucura e à morte."

Gacel Sayah podia repetir, de memória, cada uma das palavras do ancião, mas talvez só agora, pela primeira vez depois de tanto escutá-las, tivesse compreendido o seu profundo significado.

Eram tantos os homens que tinham morrido desde aquele distante amanhecer em que decidiu montar no seu melhor *mehari* e se lançar ao deserto em busca da honra perdida, que não podia se surpreender se uma porção do sangue desses mortos logo o salpicasse, a ele e a sua família.

Mubarrak, cujo único delito tinha sido o de conduzir uma patrulha no rastro de homens que não conhecia, dos quais nada sabia; o suarento capitão, que se defendia alegando que se limitara a cumprir ordens, ordens que não podia descumprir; os catorze carcereiros de Gerifíes, que não tinham cometido outro erro que o de estarem dormindo no seu caminho; os soldados que matou nos limites da "terra vazia"; e os que explodiram sem tempo de saber de onde lhes chegava a morte.

Eram muitos os mortos, demais. E ele, Gacel Sayah, não tinha senão uma vida para lhes oferecer em troca; uma única morte para compensar tantas mortes.

Talvez por isso exigiam dele, como parte do pagamento de tão vultosa dívida, a família.

Insh'Allah!, teria exclamado Abdul-el-Kebir.

Veio-lhe à memória, mais uma vez, a imagem do velho. Ele se perguntou o que teria acontecido a ele, e se teria voltado, como prometeu, à luta pelo poder.

"Era um louco", pensou. "Um louco sonhador, dos que nascem predestinados a receber todas as bofetadas, e o *gri-gri* da desgraça cavalgava a seu lado, grudado a sua roupa. Tanta era a força desse *gri-gri,* que transferiu a mim uma porção de sua desgraça."

Para os beduínos, os *gri-gri* eram espíritos do mal que podiam causar a doença, a desgraça ou a morte, e, embora os tuareg rissem de tal superstição, própria de servos e escravos, a verdade é que até os mais nobres *inmouchar* se esforçavam para evitar certas regiões famosas por seus maus espíritos, ou determinadas pessoas, de quem se sabia, positivamente, que atraíam de modo muito especial os *gri-gri.*

Triste era, e trágico, que um *gri-gri* se apaixonasse por alguém, então seria inútil toda a tentativa de lhe escapar, mesmo buscando o fim do mundo, enterrando-se na mais profunda das dunas, ou atravessando a pé o inferno de Tikdabra.

Os *gri-gri* aferravam-se à pele, como os carrapatos, como o cheiro ou a tinta aos tecidos, e agora o *targuí* tinha a impressão de que o *gri-gri* da morte se apoderara dele; o mais fiel e insistente dos *gri-gri;* aquele do qual um guerreiro só se livrava ao enfrentar outro guerreiro cujo espírito de morte fosse ainda mais poderoso.

"Por que me escolheu?", perguntava-lhe, às vezes, em pensamento, à noite, quando, à luz do fogo, acreditava vê-lo sentado, do outro lado das chamas. "Eu nunca chamei você. Foram os soldados que atraíram você a minha casa, no dia em que aquele capitão atirou no jovem adormecido..."

A partir daquele dia, desde o momento em que um hóspede tinha sido assassinado sob o teto dele, era lógico admitir que o *gri-gri* da morte se apoderasse do dono daquela *jaima,* do mesmo modo que o *gri-gri* do adultério se instalava para sempre na esposa que traía o esposo durante o mês que precedia o casamento.

"Mas eu não tive culpa", protestou Gacel Sayah, em silêncio, tentando afugentá-lo de seu lado. "Quis defendê-lo, e teria dado minha vida em troca da dele."

Mas, como Suílem dizia, os *gri-gri* eram surdos às palavras, aos rogos e até as ameaças dos humanos, uma vez que tinham critério próprio, e, quando amavam alguém, amavam-no até o final dos séculos.

"Houve uma vez um homem", contava, "por quem o *gri-gri* do gafanhoto se tomou de um amor inusitado. Habitava a Arábia, onde, ano após ano, indefectivelmente, a praga maldita acudia a arrasar os campos dele e os campos dos seus concidadãos.

Desesperados, seus vizinhos o levaram ante o califa, rogando-lhe que o executasse, pois, do contrário, todos morreriam de fome. O califa, porém, compreendendo que o pobre homem não tinha culpa alguma de sua desgraça, defendeu-o dizendo: 'Se o mato, o *gri-gri* do gafanhoto, que o amará mesmo depois da morte, virá todo ano a sua tumba para visitá-lo. Portanto, eu lhe ordeno que tanto agora, em vida, como seu espírito no dia de amanhã, quando morrer, viajem a cada sete anos à costa oeste da África e lá permaneçam durante igual período de tempo. Desse modo, como o gafanhoto é também obra de Alá e não podemos estar contra Alá, pois o ofenderíamos, pelo menos distribuímos equitativamente a carga e desfrutaremos, alternadamente, de sete anos de abundância e sete anos de miséria'.

Assim fez o homem em vida e continuou fazendo sua alma, e é por isso que a praga nos visita sempre nesse período de tempo, e retorna sete anos passados, em busca do espírito do homem, até seu país de origem."

Verdadeira ou não a lenda, o certo é que o gafanhoto se comportava daquela maneira, e certo era, também, que os tuareg, mais astutos que os camponeses da Arábia, tinham solucionado o problema da fome com um procedimento muito mais prático que o de condenar um inocente, e optaram por devorar os insetos do mesmo modo como estes devoravam suas colheitas. Torrados na brasa, ou transformados em farinha, eles os tinham como um de seus alimentos preferidos, e a chegada deles, aos milhões, escondendo o sol nos meios-dias, não representava para os tuareg uma imagem da miséria, mas, ao contrário, de prosperidade e abundância durante muitos meses.

Gacel pensou que dentro de três anos eles retornariam, e Laila os transformaria em farinha, que, misturada ao mel e às tâmaras, fazia a delícia das crianças. Gostava daqueles doces, sentia saudade daquelas horas do entardecer, quando podia saboreá-los, contemplando o sol que afundava na linha do horizonte, bebendo um chá muito quente, à entrada de sua *jaima*. Depois, enquanto as mulheres ordenhavam as camelas e os rapazes recolhiam as cabras, ele andava devagar até o poço, para examinar a altura da água. Negava-se o *targuí* a admitir que tudo aquilo acabara e nunca mais estaria junto àquele poço e suas palmeiras, junto de sua família e seu gado, pelo simples fato de que o invisível espírito maligno amava sua companhia.

"Vá embora!", suplicou-lhe uma vez mais. "Estou cansado de levar você comigo, e de matar sem saber por que o faço."

Gacel Sayah sabia, porém, que, embora o *gri-gri* concordasse em partir, as almas penadas de Mubarrak, do capitão e dos soldados nunca o permitiriam.

Todo o fim de semana Anuhar-el-Mojkri abandonava seu cômodo e fresco gabinete no palácio do governo, entrava no velho Simca que deixara abastecido de água e mantimentos em uma ruazinha próxima, e se afastava, cheio de estrondos, até os vizinhos contrafortes da montanha que dominava El-Akab, onde jaziam as ruínas de uma quase inacessível fortaleza, refúgio dos habitantes do oásis em tempos de guerra e tropelias.

Nada mais restava por explorar entre os muros da irreconhecível fortaleza, pois muitas de suas pedras tinham sido utilizadas pelos franceses na construção dos edifícios públicos de El-Akab, mas Anuhar-el-Mojkri descobrira que nas cavernas e paredes rochosas de suas estreitas gargantas, que se abriam às costas das ruínas, existiam – se as procurava com cuidado e se as livrava do pó de milênios – pinturas rupestres, milhares delas, testemunho do mais remoto passado do Saara e seus habitantes.

Elefantes, girafas, antílopes, leopardos, cenas de caçadas, cenas de amor e da vida diária de antiquíssimos povoadores daquelas terras surgiam sob os experimentados dedos de Anuhar-el-Mojkri, limpando a pedra com amor, guiando-se, frequentemente, apenas por uma espécie de instinto de arqueólogo nato e que o fazia buscar a figura onde, pela lógica, tinha sido gravada.

Aquele era seu grande segredo, e aquele o seu orgulho. Em seu minúsculo apartamento de solteiro amontoavam-se centenas de belas fotografias coloridas, obtidas ao longo de pouco mais de dois anos de meticuloso trabalho, fotografias que, algum dia, ilustrariam o livro com que Anuhar-el-Mojkri surpreenderia o mundo: a descoberta dos afrescos de El-Akab.

E era ali, naquelas cavernas, em um lugar dali que ainda não tinha localizado, mas pressentia estar perto, que ele encontraria afinal o que vinha procurando há muito tempo: uma réplica de *Os marcianos de Tassili,* imensas figuras de mais de dois metros de altura, que lembravam fielmente a atitude e os trajes de astronautas que teriam visitado, na noite dos tempos, as regiões agora desérticas, mas então férteis e ricas em animais exóticos.

Demonstrar que ali, tão longe de Tassili, também estiveram os habitantes de outro planeta era, sem dúvida nenhuma, o grande sonho do secretário do governador da província, que teria sacrificado, de bom grado, sua promissora carreira política em troca de um daqueles desenhos, por mais simples que fosse.

E naquele pesado meio-dia, quando o sol desabava sobre seu extravagante chapéu de palha, a lisa parede de rocha viva do fundo de um diminuto vão protegido dos ventos e das chuvas fazia-o alimentar esperanças de um novo e, talvez, revelador achado. Um estranho nervosismo, como que uma premonição, se apoderou de todo seu corpo, e ele percebeu que suas mãos tremiam à medida que descobria a incisão de um alto traço, prometedor de uma alta figura, ainda de contornos imprecisos.

Anuhar-el-Mojkri secou o suor que lhe corria pela testa, embaçando as lentes dos óculos, enquadrou com giz branco a linha agora claramente visível, bebeu um pequeno gole de água e pulou para o lado, aterrorizado, quando uma voz, uma voz conhecida, profunda e ameaçadora, perguntou às suas costas:

– Onde está minha família?

Girou sobre os calcanhares, como que impelido por uma mola, mas precisou, imediatamente, se apoiar à parede para não cair, espantado, amedrontado, por distinguir, a menos de três metros, a negra boca da arma, o alto e magro corpo do *targuí,* um terrível pesadelo.

– Você? – foi tudo o que pôde dizer o secretário do governador.

– Sim, eu – disse Gacel Sayah. – Onde está minha família?

– Sua família? – surpreendeu-se Anuhar-el-Mojkri. – Mas o que é que eu tenho com sua família? O que foi que aconteceu?

– Os soldados a levaram.

O secretário do governo sentiu que suas pernas tremiam. Sentou-se sobre uma pedra e tirou o chapéu, enxugando o suor do rosto com a palma da mão.

– Os soldados? – disse, incrédulo. – Não é possível! Não é possível! Eu teria sabido... – limpou as lentes dos óculos com um lenço que tirara, trêmulo, do bolso de trás das calças. Olhou Gacel de frente, com seus olhinhos míopes. – Escute – voltou a falar, e seu tom de voz soava firme, sincero –, o ministro mencionou a possibilidade de se apoderarem de sua família e a trocarem por Abdul-el-Kebir. Mas o general se opôs, e não se voltou a falar mais no assunto. Eu juro.

– Que ministro? Onde vive?

– O ministro do Interior, Madani, Alí Madani. Ele vive na capital, mas eu duvido que tenha a sua família.

– Se ele não a tem, os soldados estão com ela.

– Não... – recusou a ideia com inteira convicção. – Os soldados não, é claro. O general é meu amigo. Almoçamos juntos duas vezes por semana. Não é homem para fazer isso, e se o fizesse, ele teria me consultado.

– Mas eu não sei onde está minha família. Um escravo meu viu como foi levada pelos soldados, e cinco deles ainda me esperam no *guelta* das montanhas do Huaila.

– Não devem ser soldados – repetiu, com veemência, Anuhar-el-Mojkri. – Devem ser policiais. Policiais do ministro... – sacudiu a cabeça e acrescentou, com desprezo: – Esse é bem capaz de fazer uma coisa como essa. É um filho da puta! – Endireitou os óculos, agora limpos, sobre o nariz, e examinou a reação de Gacel com interesse:

– É verdade que você atravessou a "terra vazia" de Tikdabra? – perguntou.

Diante da muda resposta, deixou escapar um suspiro, que talvez quisesse expressar incredulidade ou admiração.

– Fantástico! – exclamou o funcionário. – Realmente fantástico! Mas você já sabe que Abdul-el-Kebir está em Paris? Os franceses o apoiam, e é muito possível que você, um *targuí* analfabeto, mude o curso da história do nosso país.

– Não me interessa mudar nada – disse Gacel, avançando a mão, pegando o cantil e bebendo, por baixo do véu, levemente levantado. – Só quero que devolvam minha família e me deixem em paz.

– Isso é que todos nós pretendemos: viver em paz! Você, com sua família, e eu com minhas gravuras. Duvido, porém, que nos permitam.

Gacel Sayah mostrou, com um movimento da cabeça, os desenhos assinalados a giz, gravados nas paredes da caverna.

– Que é isso? – perguntou.

– A história de seus antepassados. Ou melhor, a história dos homens que habitaram estas terras antes que os tuareg se apossassem do deserto.

– Por que você faz isto? Por que perde tempo aqui, em vez de estar tranquilamente à sombra, em El-Akab?

O secretário do governador da província encolheu os ombros:

– Talvez seja porque esteja desiludido da política. Você se lembra de Hassán-ben-Koufra? Foi destituído e viajou para a Suíça, onde havia acumulado uma pequena fortuna. Dois dias depois, foi atropelado por um caminhão de refrigerantes. Não é ridículo? Rapidamente, deixou de ser o vice-rei do deserto para se transformar um pobre homem que chora, com as patas quebradas, em uma clínica coberta de neve.

– A esposa está com ele?

– Sim.

– Então nada disso tem importância – disse o *targuí*. – Eles se amavam. Eu o espionei muitos dias, e sei.

Anuhar-el-Mojkri concordou.

– Era um grande filho da puta, um politiqueiro, um homem sem escrúpulos, ladrão, traidor, espertalhão... mas tinha uma coisa boa: o amor por Tamar. E só por isso merecia ser perdoado.

Gacel Sayah sorriu mansamente. Embora o secretário de governo não pudesse notá-lo, passeou o olhar pelos desenhos. Logo, se levantou e recuperou a arma:

– Talvez seja por seu amor à história dos meus antepassados que eu lhe perdoe agora a vida – disse. – Mas procure não sair daqui, nem tentar me denunciar. Se eu o encontrar em El-Akab antes da segunda-feira, corto sua cabeça.

Anuhar-el-Mojkri pegara giz, escovas e panos e se preparava para reiniciar seu trabalho.

– Não se preocupe – disse. – Não o faria.

Depois, quando o *targuí* já se afastava, ele gritou:

– Desejo que encontre sua família.

Era um simulacro de ônibus. O mais fedorento, claudicante e sujo dos veículos de transporte público que já tentara correr sobre qualquer estrada. Na verdade, aquela ruína metálica não tentava de modo algum correr: ele se limitava a avançar sua asma crônica a uns cinquenta quilômetros por hora, através de planícies de um mato rasteiro, contrafortes rochosos e infinitos pedregais.

A cada duas horas, via-se obrigado a parar por culpa de um pneu furado ou porque se engasgara em uma armadilha de areia; então, motorista e cobrador obrigavam passageiros, cabras, cães e gaiolas de galinhas a descer, estimulando-os a empurrá-lo ou anunciando-lhes uma espera, à beira do caminho, enquanto trocavam o pneu furado.

A cada quatro horas, mais ou menos, era preciso reabastecer o ônibus, o que se fazia pelo primitivo procedimento de ligar, através de uma mangueira, o tanque ao galão do combustível, firmemente amarrado ao teto. Nas áreas acidentadas, quando encontrava uma ladeira acentuada, os homens eram obrigados a cobrir o trecho a pé.

Assim, durante dois dias e duas noites, apertados como tâmaras em uma bolsa de pele de coelho, suados e asfixiados pelo calor insuportável, incapazes de prever quanto tempo faltava para acabar tal suplício, ou se chegariam, em algum tempo, a distinguir os confins do monótono deserto.

A cada parada Gacel sentia vontade de abandonar aquele imundo veículo e continuar a pé seu caminho, por longo que fosse. A cada parada, entretanto, compreendia que demoraria meses para alcançar, pelos próprios meios, a capital. E cada dia, cada hora perdidos podiam ser fundamentais para a sorte de Laila e seus filhos.

Continuou, por isso, sofrendo brutalmente aquela prisão, ele que amava a solidão e a liberdade acima de tudo, suportando comerciantes tagarelas, mulheres histéricas, crianças barulhentas e galinhas fedorentas. Sentia-se, então, incapaz de se converter em pedra, isolar-se de tudo o que o cercava, conseguir que seu espírito abandonasse por algum tempo seu corpo, o que conseguira plenamente na "terra vazia".

Ali, cada batida, cada solavanco, cada vez que estourava um pneu ou cada arroto de um vizinho o devolviam à realidade, e nem mesmo no mais escuro da noite conseguia um curto cochilo, que lhe permitisse recompor as forças ou retornar, em pensamento, para junto dos seus.

Finalmente, num turvo amanhecer do terceiro dia, quando um vento insistente e pegajoso, que atirava ao rosto nuvens de pó escuro e asfixiante, impedia distinguir os contornos dos objetos a mais de cinquenta metros, o ônibus atravessou um conjunto de casebres de barro, um barranco seco e uma pracinha malcheirosa para se deter no centro do que tinha sido um velho mercado então abandonado.

– Fim da linha! – gritou o cobrador, enquanto descia do ônibus, esticando pernas e braços, observando tudo a sua volta, como se lhe fosse difícil acreditar que, mais uma vez, coroara de êxito a insensata odisseia de ir e voltar de El-Akab com vida. – Louvado seja Deus!

Gacel foi o último a sair. Olhou as destruídas paredes do mercado, que ameaçavam desabar sobre sua cabeça logo que o vento aumentasse, e se aproximou desconcertado do motorista.

– Isto é a capital? – perguntou.

– Oh, não! – foi a resposta, divertida, do motorista. – Nossa viagem termina aqui. Se quiséssemos meter este calhambeque na estrada principal, nos meteriam no hospício.

– Mas o que preciso fazer para chegar à capital?

– Pode pegar outro ônibus, mas eu recomendo a você o trem; é mais rápido.

– Que é um trem?

O motorista não se surpreendeu com a pergunta, porque, naturalmente, não era aquele o primeiro beduíno que transportava nos quase vinte anos que levava de solavancos pelo deserto.

– Será melhor que você mesmo vá ver o que é um trem – foi a resposta do motorista. – Siga por esta rua e a três quadras, quando encontrar um edifício marrom, é ali...

– A três o quê...?

– Três quadras... – fez um largo gesto com a mão. – Muito bem, imagino que onde você vive não existe nada disso. Siga em frente até encontrar o edifício marrom... não tem outro.

Gacel fez um gesto de concordância, pegou o fuzil, a espada e a bolsa de couro em que guardava munição, um pouco de comida e todos os seus pertences, e começou a andar na direção indicada. Do teto do ônibus, o cobrador gritou para ele:

– Ei, você! Aqui não se pode andar passeando com armas. Se eles veem você assim, vai ter problemas. Tem porte?

– O quê?

– Porte de arma... – fez com a mão um gesto de que era inútil a sua advertência; e disse: – Não. É claro que não tem. Mas esconda essas coisas ou acabará na prisão.

Gacel permaneceu muito quieto no centro do mercado, confundido e sem saber que atitude tomar, até que um dos passageiros, que se afastava na direção oposta, com uma maleta ao ombro, outra na mão e um rolo de tapetes debaixo do braço, lhe deu uma ideia. Correu atrás dele e o alcançou:

– Compro os seus tapetes – disse, mostrando-lhe uma moeda de ouro.

O estranho não disse nada. Pegou a moeda, soltou um pouco o braço para que o beduíno pudesse puxar o rolo de tapetes, e seguiu seu caminho, sem dizer palavra, passo apressado, temeroso de que aquele estúpido *targuí* mudasse de ideia.

Gacel, porém, não mudou de ideia. Desenrolou os tapetes, embrulhou com eles as armas, colocou-os debaixo do braço e então se encaminhou para a estação.

De dentro do ônibus agora, o cobrador sacudia a cabeça repetidas vezes, divertido.

O trem era ainda mais sujo, desconfortável e barulhento que o ônibus, e, embora tivesse a vantagem de que suas rodas não rebentassem, seu inconveniente era o de cobrir de fumaça e pó de carvão os passageiros, e de parar, com desesperante regularidade, em todas as cidades, povoados, vilarejos ou simples casarios à beira do caminho.

Quando o viu aparecer na estação, brilhante, rugindo e expelindo baforadas de vapor, mais próprio das histórias de monstros do negro Suílem que da realidade, Gacel teve uma incontrolável sensação de pânico e precisou lançar mão de toda sua coragem de guerreiro e toda sua serenidade de *inmouchar* do glorioso "Povo do Véu" para se deixar arrastar pela maré de homens e mulheres que, atropeladamente, tentava entrar nos desmantelados vagões de duros bancos de madeira e janelas sem vidros.

Tentou se comportar como os outros o faziam: deixou os tapetes e a bolsa de couro no porta-bagagens e sentou no lugar menos cheio, tentando imaginar que aquilo não era, na verdade, mais que uma espécie de grande ônibus que corria sobre barras de aço, evitando pistas poeirentas.

Quando, porém, ouviu o apito e a locomotiva se pôs em movimento com um brusco tirão, entre bufidos, entrechoques de ferros e gritos do maquinista, o coração de Gacel novamente se acelerou e ele teve de se agarrar com força ao assento para não ser lançado, de cabeça, na plataforma.

Nas descidas, a quase cem quilômetros por hora, com o ar e a fumaça penetrando livremente pela janela, vendo passar a seu lado, vertiginosamente, postes de luz, árvores e casas, Gacel pensou que não suportaria aquela visão que não se gravava em seu olhos e mordeu com força o véu que lhe cobria o rosto, para não gritar e pedir que parassem imediatamente aquela máquina infernal.

Depois, já meia tarde, apareceram diante dos olhos dele as montanhas, e ele pensou estar sonhando, pois nunca imaginou que pudessem existir maciços semelhantes, que se levantam como uma barreira impenetrável, íngremes, altivas, com os cumes atapetados de branco.

Gacel voltou-se para uma mulher gorda, sentada atrás dele, que passava a maior parte do tempo amamentando duas crianças idênticas, e perguntou:

– Que é aquilo?

– Neve – respondeu a mulher, assumindo ar de superioridade e profunda experiência. – E é bom que se agasalhe, porque logo começará a fazer frio.

E, de fato, fez um frio como o *targuí* jamais conhecera: um ar gélido, que arrastava microscópicos flocos de neve, se apoderou pouco a pouco do vagão, obrigando os sofridos viajantes a se agasalhar com tudo o que encontravam à mão.

Quando, já quase escurecendo, o trem parou em uma minúscula estação de montanha, e o revisor anunciou que dispunham de dez minutos para comprar a janta, Gacel não pôde evitar a tentação, desceu e correu até o lugar onde pôde tocar, com as próprias mãos, a neve.

Espantou-se com a consistência da neve. Mais que o frio, surpreendia-o o tato, aquela indescritível moleza levemente crepitante que se desfazia entre os dedos dele; nem areia, nem água, nem pedra, diferente de tudo quanto houvesse apalpado até aquele momento. E era tanta a sua surpresa que demorou em perceber que seus pés, quase desprotegidos no interior de levíssimas sandálias, estavam se congelando.

Retornou devagar, pensativo, quase horrorizado com a descoberta. Comprou de uma vendedora uma grossa e pesada manta; de outra, uma tigela funda de *cus-cus* fervendo, e voltou ao seu lugar, para comer em silêncio, contemplando a noite que caía, a paisagem nevada que desaparecia, engolida pelas sombras, e a rabiscada parede de madeira do vagão, onde aborrecidos passageiros tinham passado as longas horas de viagem gravando a faca palavras e desenhos. Ali, na estação, de pé sobre a neve, Gacel Sayah descobrira, inesperadamente, que a predição da velha Khaltoum estava a caminho de se cumprir. O deserto, o amado deserto em que nascera, ficava para trás, ao pé daquelas altas montanhas, cobertas agora de verdes campos e grossas árvores. E ele, Gacel Sayah, se encaminhava, cego e ignorante, até distantes terras desconhecidas e hostis, nas quais pretendia enfrentar os donos do mundo, com a única ajuda de uma velha espada e um triste fuzil.

Acordou-o o ranger de freios, uma brusca sacudidela, e vozes de além-túmulo, vozes sonolentas, devolvidas pelo eco do que parecia ser uma imensa caverna vazia.

Pôs o rosto pela janelinha e se maravilhou com a altura da cúpula de ferro e vidro, que parecia ainda maior quando iluminada por lâmpadas fracas e empoeirados anúncios luminosos.

Os passageiros que tinham permanecido fiéis à longa viagem agora desciam, com maltratadas malas de papelão, e se afastavam com passo cansado, amaldiçoando o horário absurdo daquele trem matusalênico, que sempre chegava a seu destino com mais de seis horas de atraso.

Foi o último a deixar o trem, carregando tapetes, bolsa de couro e a pesada manta, e dirigiu seus passos atrás dos que desapareciam além de uma grande porta de vidro opaco, impressionado pela grandiosidade da alta estação, onde voavam bandos de morcegos e não se escutava senão o resfolegar da locomotiva, que parecia respirar profundamente, recuperando o fôlego depois de fatigante esforço.

Atravessou a grande sala de espera, de sujos mármores e longos bancos, em que dormiam famílias inteiras agarradas a tristes bagagens, e foi o último a passar pela porta da saída, detendo-se no alto da larga escadaria, para apreciar uma grande praça e os maciços edifícios que a circundavam.

Espantou-o o muro de janelas, portas e sacadas que fechavam quase hermeticamente o recinto. Sacudiu a cabeça incrédulo, em face da diversidade de repugnantes odores, absolutamente desconhecidos, que o assaltaram como mendigos esfomeados, aguardando ansiosos sua chegada.

Não era cheiro de suor humano, excremento ou animal morto e apodrecido. Também não era cheiro de água podre, em velhos poços, ou de bode no cio. Era mais suave, menos evidente, mas assim mesmo profundo e desagradável para o seu olfato de homem dos espaços livres. Era cheiro de gente amontoada, milhares de comidas diferentes, misturadas umas com as outras, latas de lixo esparramadas pelas calçadas por famélicos cães vira-latas, e cloacas que deixavam escapar seu fedor através dos sumidouros, como se toda a cidade estivesse – e de fato o estava – construída sobre um fundo mar de fezes.

E o ar era denso. Quieto e denso na noite quente. Úmido, salgado, quieto e denso. Ar com sabor a enxofre e chumbo, a gasolina malqueimada, a azeite mil vezes utilizado.

Permaneceu ele também muito quieto, hesitando entre penetrar na cidade adormecida ou retroceder e buscar também refúgio em um daqueles largos bancos à espera da luz do dia. Um homem de farda gasta e quepe vermelho abandonou a estação, passou a seu lado e, quando já estava no último degrau, virou-se para olhá-lo.

– O que é que há? – quis saber. Ante a muda negativa do beduíno, o homem fez um gesto compreensivo. – Está bem. Eu compreendo. É a primeira vez que vem à cidade. Tem onde dormir?

– Não.

– Conheço um lugar perto de casa... Talvez aceitem você. – Percebeu que não se decidia a andar. Com a mão, fez um sinal para que o seguisse: – Vamos! Não tenha medo. Não sou puto nem ladrão.

Gacel gostou do rosto do homem, cansado, marcado pelas rugas de uma vida difícil, quase amarelecido pelas horas de trabalho noturno; os olhos manchados de vermelho e um bigode sem vida, sujo de nicotina.

– Venha... – insistiu. – Sei o que é se sentir só em uma cidade como esta. Eu cheguei aqui, da cabila, faz quinze anos, com menos bagagem que você e um queijo debaixo do braço... – riu, burlando-se de si mesmo. – E agora está me vendo. Tenho até uniforme, um quepe e um apito.

O *targuí* desceu e os dois atravessaram a praça em direção à larga avenida que começava do outro lado, e pela qual, de quando em quando, passava um solitário automóvel.

Caminhando a passos largos, entraram os dois na avenida. O homem olhava demoradamente para Gacel.

– Você é mesmo um *targuí?* – perguntou.

– Sim.

– E é verdade que não mostra o rosto senão à família e aos íntimos?

– Sim.

– Pois aqui vai ter problemas – disse. – A polícia não aceita que ande por aí com a cara tapada. Quer todo mundo controlado. Todos nós temos de ter carteira de identidade, com fotografia e impressões digitais. – Fez uma pausa. – Imagino que você nunca teve uma carteira de identidade... Ou teve?

– Que é uma carteira de identidade?

– Está vendo? – Agora andavam sem pressa, como se o fardado não tivesse interesse algum em chegar a seu destino e lhe agradassem o passeio noturno e a conversa.

– Você é que é feliz – continuou. – Feliz, se pôde viver sem uma todo este tempo. Mas me conte: que diabos trouxeram você a esta cidade?

– Você conhece o ministro? – perguntou.

– Ministro? Que ministro?

– Alí Madani.

– Não – foi a rápida resposta. – Para sorte minha, não conheço Alí Madani. E espero não precisar conhecê-lo nunca.

– Sabe onde posso encontrá-lo?

– No Ministério, imagino.

– E onde fica o Ministério?

– Descendo por esta avenida, sempre em frente. Quando chegar à beira do mar, dobre à direita. É um edifício cinzento, de toldos brancos. – Sorriu divertido. – Mas eu aconselho você a não se aproximar dali. Dizem que de noite é possível ouvir os gritos de dor dos presos que eles torturam nos porões. Mas tem gente que diz que aqueles gritos são só o lamento das almas daqueles que foram assassinados lá. De manhã tiram os cadáveres pela porta do fundo num furgão.

– Por que os matam?

– Política... – respondeu, com um gesto aborrecido. – Nesta maldita cidade tudo é política. Principalmente desde que Abdul-el-Kebir ficou livre. Acho que vai acontecer alguma coisa... – disse e, em seguida, indicou uma ruazinha transversal, para a qual se encaminhou, atravessando a calçada: – Venha. É por aqui.

Gacel, porém, negou com a cabeça e apontou para a parte baixa da avenida:

– Não – disse. – Vou ao Ministério.

– Ao Ministério? – assustou-se o outro. – A esta hora? Para quê?

– Tenho de ver o ministro.

– Mas ele não mora lá. Trabalha lá. E de dia.

– Esperarei.

– Sem dormir?

O ferroviário foi dizer alguma coisa, mas, depois, examinando o *targuí,* reparou no comprido volume do rolo de tapetes que apertava contra o corpo, percebeu a decisão que tinha nos olhos escuros e se sentiu, repentinamente, incomodado, sem saber exatamente a que atribuir isso.

– É tarde – disse, tomado por súbita ansiedade. – É muito tarde, amanhã tenho de trabalhar.

Atravessou a rua apressado, enfrentando até mesmo o risco de que um pesado caminhão o atropelasse, e desapareceu nas sombras da ruazinha, depois de olhar para trás, repetidamente, para comprovar que o *targuí* não o seguia.

Gacel não se perturbou. Esperou que o caminhão e sua carga pestilenta se perdessem de vista e continuou sozinho pela larga avenida, pobremente iluminada, com sua alta figura e as roupas ao vento, absurdo e anacrônico diante daquela paisagem de pesados edifícios, janelas escuras e portões fechados, dono absoluto da cidade adormecida, que só um vira-lata parecia querer lhe disputar.

Minutos depois passou um carro amarelo e, em seguida, uma mulher o chamou, com um sinal, do canto de uma porta fechada.

Ele se aproximou respeitoso e se sentiu embaraçado com o decote e a saia aberta, mostrando uma perna da mulher. Ficou mais embaraçado quando a luz de um lampião lhe permitiu ver aquilo melhor.

– Que quer? – perguntou com timidez.

– Não, nada... – Desculpou-se a prostituta. – Confundi você com um amigo. Boa noite.

– Boa noite.

Continuou seu caminho e duas ruas mais abaixo um abafado rumor, mais intenso à medida que avançava, chamou sua atenção: era um ruído monótono e constante, que ele não conseguia reconhecer, mas que recordava o rítmico golpear de uma gigantesca pedra contra um solo de terra batida.

Atravessou uma larga calçada, onde parecia terminar a cidade, e, quando passou pela linha de altos lampiões que emergiam no fundo de areia, pôde distinguir a praia; ao fundo, furiosas, enormes ondas rebentando e levantando contra a noite brancos penachos de espuma.

Parou estupefato. Da negrura daquela noite nascia de repente uma monstruosa massa de água, como ele nunca pudera imaginar possível neste mundo. E essa massa de água se encrespava toda, ganhava altura e se precipitava sobre o solo, provocando o abafado estrondo, para só então se retirar com um sussurro e reiniciar o ataque com renovados brios.

O mar!

Gacel Sayah compreendeu que ali estava o portentoso mar do qual Suílem tanto falava, e ao qual se referiam, com respeito, os mais aventurados viajantes que já tinham passado uma noite por sua *jaima.* Quando uma interminável onda, mais ousada, avançou impetuosamente pela areia, quase a ponto de molhar suas sandálias e lamber a beira de sua *gandurah,* foi tal o espanto que se apoderou dele que não soube sequer dar um salto para trás.

O mar do qual nasceram um dia seus antepassados *garamantes;* o mar que banhava as costas senegalesas e onde ia morrer o grande rio que delimitava o deserto pelo sul; o mar onde acabavam as areias e todo universo conhecido, além do qual só habitavam os franceses.

O mar que Gacel Sayah jamais sonhou conhecer algum dia, tão distante para ele como a mais distante das estrelas da última galáxia, fronteira inatingível, imposta pelo próprio Criador aos "Filhos do Vento", eternos vagabundos de todas as terras e todos os areais.

Tinha chegado ao fim de seu caminho e o sabia. Aquele mar era o confim do universo e o estrondo de sua fúria era a voz de Alá que o chamava, advertindo-o de que tinha ido mais além de suas forças e mais além do que Ele permitia aos *imohag* da planície. Aproximava-se a hora de prestar contas, pela enormidade de sua insolência.

"Você morrerá longe do seu mundo", tinha predito a velha Khaltoum, e ele não conseguia imaginar nada mais estranho ao seu mundo que aquela rugidora barreira de espuma branca, que se levantava furiosa diante de seus olhos, do outro lado da qual não via senão a profundidade da noite.

Sentou-se na areia seca, fora do alcance das ondas, e ali permaneceu muito quieto, recordando passagens de sua vida, pensando na esposa e nos filhos, no paraíso perdido, e deixando que as horas seguissem seu caminho à espera da primeira claridade do dia, uma luz verde-clara e imprecisa que, minutos depois, começou a se estender pelo céu para lhe permitir que pudesse admirar a imensidão daquele mundo de água que se abria diante dele.

Se tinha imaginado que a neve, a cidade e as ondas haviam esgotado para sempre sua capacidade de se espantar, o espetáculo que o amanhecer descobriu diante de seus olhos tirou-o novamente do engano, uma vez que o cinzento-chumbo e metálico de um mar encrespado e ameaçador teve a virtude de hipnotizá-lo, mergulhando-o em profundo transe, que o manteve imóvel e absorto como uma estátua.

Em seguida, o primeiro raio de sol transformou o cinzento em azul luminoso e verde opaco, e isto fez o branco da espuma ganhar intensidade, contrastando com o negro ameaçador de uma nuvem de tormenta que se aproximava pelo poente. Houve então uma explosão de formas e luzes como Gacel jamais teria concebido, por mais que o tentasse. E ele teria permanecido ali, cravado sobre a areia, durante horas, se um insistente rumor de veículos, às suas costas, não o tivesse arrebatado da abstração.

A cidade despertava.

O que na noite não era mais que altas paredes de fechadas janelas e confusas manchas escuras de vegetação, com o dia se transformava em um esbanjamento de cores, em que o vermelho violento dos ônibus contrastava com o branco das fachadas, o amarelo dos táxis, o verde das copas das árvores e a confusão anárquica do colorido de berrantes cartazes, quase que cobrindo por inteiro as paredes.

E as pessoas.

Era possível pensar que todos os habitantes da Terra tinham marcado encontro, naquela manhã, na larga calçada litorânea. Era gente que entrava e saía de altos edifícios, evitando-se ou aos encontrões, indo e vindo em uma espécie de balé do absurdo: de repente, todos se detinham à beira de uma calçada, para se lançar, também inesperadamente, e ao mesmo tempo, sobre o chão em que ônibus, táxis e centenas de veículos, de formas e cores múltiplas, tinham se detido bruscamente, como se uma mão invisível e poderosa os tivesse freado.

Um instante de observação levou Gacel à conclusão de que essa mão pertencia a um homem gorducho e apoplético, que se agitava continuamente, levantando e baixando os braços, como se a loucura tivesse se apoderado dele. E mais: fazia soar um longo apito, com tanta insistência e fúria que os transeuntes se detinham, como se aquele som proviesse da boca do Altíssimo.

Era um homem importante aquele, não tinha dúvida, apesar do rosto avermelhado e das manchas de suor no uniforme. Até os mais pesados caminhões se detinham quando levantava a mão, e só voltavam a andar quando ele lhes dava licença. Justamente às costas daquele homem, alto, maciço e cinzento, protegido por grossas grades e um pequeno jardim de melancólicas árvores, levantava-se o edifício de toldos brancos que o ferroviário lhe indicara.

Ali morava ou, pelo menos, ali trabalhava o ministro do Interior Alí Madani, o homem que se apoderara da esposa e dos filhos dele.

Decidiu-se: recolheu seus pertences, atravessou a rua com passo decidido e se aproximou do gordo apoplético, que pôs nele um olhar de assombro, sem deixar por isso de agitar os braços e soar seu apito.

Parou diante dele:

– O ministro Madani mora ali? – perguntou com voz grave e profunda, que impressionou o guarda, tanto ou mais que sua estranha aparência, suas vestes e o rosto coberto até os olhos por um véu.

– O que está dizendo?

– O ministro Madani mora ou trabalha ali?

– Sim. É ali que tem o seu gabinete, e dentro de cinco minutos, às oito em ponto, chegará. Mas agora vá embora!

Gacel atravessou de novo a rua. Acompanhado pelo espanto do guarda, que perdera momentaneamente o ritmo de trabalho, ele parou à beira da calçada litorânea, aguardando.

Exatamente cinco minutos depois, ele ouviu o estrépito de uma sirene e apareceram dois motociclistas, seguidos por um largo e pesado carro negro, e todo o movimento na avenida se interrompeu no ato, para que a comitiva avançasse sem obstáculos e penetrasse, majestosa, no pequeno jardim do edifício cinzento.

De longe, Gacel pôde distinguir a alta silhueta de um homem elegante e altivo, que agora caminhava entre as inclinações cerimoniosas de funcionários e porteiros e subia, sem pressa, os cinco degraus de mármore da grande entrada. Dois soldados armados de metralhadora guardavam os lados da porta principal.

Logo que Madani desapareceu, Gacel atravessou outra vez a rua diante do manifesto nervosismo do guarda, que não deixara de observá-lo:

– Aquele era o ministro? – perguntou o *targuí*.

– Sim, era aquele... Mas já lhe disse para ir embora. Não me incomode!

– Não! – O tom da voz de Gacel era seco, decidido e ameaçador. – Quero que você dê a ele um recado meu: se até depois de amanhã não tiver posto minha família em liberdade, aqui mesmo, onde você está, matarei o presidente.

O gordo policial olhou-o completamente espantado. Demorou a reagir e, por fim, balbuciou estupidamente:

– Que foi que você disse? Que matará o presidente?

– Isso mesmo – concordou e apontou com um dedo para o interior do edifício cinzento: – Diga assim para ele: Eu, Gacel Sayah, que libertei Abdul-el-Kebir e já matei dezoito soldados, matarei o presidente, se não me devolverem a família. Lembre-se bem: depois de amanhã.

Deu meia-volta e se afastou, abrindo caminho entre ônibus e caminhões que se haviam detido e faziam soar insistentemente as buzinas, porque o encarregado de dirigir o trânsito parecia estar convertido em estátua, contemplando com olhos de vaca morta a trajetória em zigue-zagues que o estranho, magro e alto beduíno realizava, até desaparecer, como que engolido pela multidão.

Durante os dez minutos que se seguiram, o guarda se esforçou por recuperar o controle dos seus nervos e reorganizar, a duras penas, o fluxo da circulação, tentando se convencer de que nada do que acontecera tinha o menor sentido, e que se tratava de uma estúpida brincadeira ou uma simples alucinação, produzida por excesso de trabalho.

Mas havia alguma coisa nas palavras daquele louco que o tornava inquieto, como também o perturbava o fato de que houvesse mencionado Abdul-el-Kebir e sua fuga da prisão. Já se sabia que o ex-presidente conseguira escapar e estava em Paris, de onde lançava constantes convocações para a reorganização de seus partidários.

Meia hora depois, incapaz de concentrar a atenção no trabalho e convencido de que estava a ponto de provocar um enorme congestionamento ou um grave acidente, o guarda abandonou o posto, atravessou a rua e a calçada, passou pelas grades e o jardim do Ministério, e entrou, quase tremendo, na ampla recepção de altas colunas de mármore branco.

– Quero falar com o chefe da Segurança – pediu ao pri-meiro contínuo que encontrou.

Em quinze minutos o próprio ministro Alí Madani observava, com atenção, a testa franzida, e do outro lado de uma belíssima e quase etérea mesa de mogno envernizada, aquele guarda vermelho e gorducho.

– Alto, magro e com o rosto coberto por um véu? – repetiu o ministro, querendo se certificar de que o guarda não se enganava. – Está certo disso?

– Completamente, Excelência... Um *targuí* autêntico, desses que a gente só vê nos cartões-postais. Há uns anos, eles ainda andavam pela *casba* e o mercado, mas desde que foram proibidos de usar o véu, não tinha voltado a ver nenhum outro...

– É ele, não há dúvida... – admitiu o ministro, que acendera um longo cigarro turco de filtro, e parecia distraído com as próprias ideias. – Repita, do modo mais exato que puder, o que ele lhe disse – pediu.

– Que se não lhe devolvem, até depois de amanhã, a família, deixando-a livre, na esquina, matará o presidente...

– Está louco.

– Foi o que pensei, Excelência... Mas às vezes esses loucos são perigosos...

Alí Madani voltou-se para o coronel Turki, diretor-geral de Segurança do Estado, a quem considerava sua mão direita, e trocou com ele um olhar de profundo espanto.

– A que demônio de família ele se refere? – exclamou o ministro. – Que eu saiba, nós não tocamos na família dele.

– Talvez não seja o mesmo indivíduo...

– Ora, vamos, Turki. Não há muitos tuareg neste mundo que podem saber o que houve com Abdul-el-Kebir ou a morte daqueles soldados. Tem de ser ele. – Virou-se para o guarda e, com um gesto, ordenou que se retirasse. – Pode ir. Mas não diga uma só palavra disso a ninguém.

– Não se preocupe, Excelência! – respondeu nervoso. – Em questão de segredos do serviço, sou uma tumba.

– Isso é o que lhe convém – foi a resposta do ministro. – Se é verdade o que diz, vou lhe propor uma promoção. Caso contrário, vou me encarregar pessoalmente do senhor. Está bem claro?

– Claro, Excelência. Claro.

Quando o guarda deixou o gabinete, o ministro Alí Madani se levantou e se aproximou de uma larga janela. Afastou as cortinas e ficou contemplando o mar, sobre o qual desabava, distante, uma negra nuvem, provocando um belo efeito de luzes e sombras.

– Então ele chegou até aqui... – comentou em voz alta, para que o coronel o ouvisse, mas falava para si mesmo. – Esse maldito *targuí* não se dá por satisfeito com o milhão de problemas que nos causou, e ainda se apresenta diante da nossa porta, para nos provocar. É inacreditável. Ridículo e inacreditável!

– Gostaria de conhecê-lo...

– Droga! E eu também – exclamou. – Um sujeito com os colhões dele, a gente não encontra a toda hora... – amassou o cigarro contra o vidro da janela. – Mas que diabo ele está procurando agora? – perguntou subitamente mal-humorado. – Que história é essa de família?

– Não tenho a menor ideia, Excelência.

– Comunique-se com El-Akab – ordenou. – Averigue o que houve com a família desse louco. Merda! – resmungou, enquanto atirava a ponta do cigarro para fora e a olhava cair sobre seu carro, estacionado em uma extremidade do jardim. – Como se não tivesse já bastante preocupação com Abdul. – Olhou seu colaborador e lhe perguntou: – O que é que o seu pessoal está fazendo em Paris?

– Não podem fazer nada, Excelência – desculpou-se o coronel. – Os franceses o mantêm perfeitamente protegido. Não pudemos saber nem mesmo onde eles o escondem.

O ministro voltou à mesa e levantou um punhado de folhas datilografadas, mostrando-as como quem acusa:

– Olhe só isto! – disse. – Informações sobre generais que desertam, gente que atravessa a fronteira para se unir a Abdul, reuniões secretas nas guarnições do interior... Só estava me faltando um *targuí* maluco tentando caçar o presidente. Procure-o – ordenou Madani. – Já conhece a descrição dele: um homem alto, magro, vestido de fantasma, com um véu que lhe tapa a cara e não deixa ver senão seus olhos. Não acredito que haja muitos assim na cidade.

Encontrou o que procurava em um velho templo *rumi:* uma daquelas curiosas igrejas que os franceses tinham espalhado por todo o território nacional, embora sabendo que jamais conseguiriam converter um só maometano ao cristianismo.

Construída em local que esteve a ponto de ser um arrabalde elegante da capital, urbanização superluxuosa às margens de uma praia e altos molhes, fora das primeiras a sofrer os efeitos da revolução. Atingida pelas chamas em uma meia-noite escura, ardeu até o amanhecer sem que vizinhos ou bombeiros se atrevessem a tentar sufocar o fogo, na certeza de que, nas trevas dos bosques vizinhos, encontravam-se os franco-atiradores nacionalistas, decididos a liquidar, à luz das chamas, aquele que cometesse a imprudência de se aproximar.

Com o tempo, transformara-se em um esqueleto enegrecido e empoeirado, refúgio de ratos e lagartos, que até mesmo os vagabundos supersticiosamente evitavam, desde que um deles apareceu morto, de forma muito misteriosa, na noite do décimo aniversário de sua destruição.

A grande nave central perdera o telhado, e o úmido vento que chegava do mar fazia do antigo templo um lugar desagradável, mas ao fundo, onde devia ter estado o altar-mor, abria-se uma porta que dava para pequenos espaços abrigados, dois dos quais ainda conservavam, quase intata, a maioria dos vidros de suas janelas.

Era um lugar solitário e tranquilo, o que Gacel precisava após os dias mais agitados de sua vida, confuso e estonteado como se sentia, depois de percorrer a cidade, aturdido pela multidão, pelo trânsito e o tumulto insuportável de um mundo cuja principal preocupação parecia ser a de tentar romper os tímpanos daqueles, como o *targuí,* que estavam acostumados à paz e ao silêncio.

Cansado, estendeu a manta a um canto e dormiu abraçado a suas armas, assaltado por monstruosos pesadelos, quando trens, ônibus e multidões vociferantes demonstravam a intenção de se jogar sobre ele constantemente, esmagando-o e fazendo dele uma massa informe e sanguinolenta.

Despertou-o o amanhecer, tremendo de frio mas suando abundantemente por causa dos sonhos. Sentiu como se lhe faltasse o ar e uma mão gigantesca lutasse por asfixiá-lo. Era a primeira vez em sua já longa vida que tinha dormido sob um teto de cimento e entre quatro paredes.

Saiu ao exterior. A cem metros de distância o mar estava azul e em calma, muito diferente do monstro espumante e embravecido do dia anterior. Um sol brilhante e forte acrescentava à sua superfície reflexos prateados.

Lenta, quase cerimoniosamente, abriu o pacote que continha o que comprara nas lojas da *casba,* e o pôs sobre a manta. Pendurou um pequeno espelho no gonzo da janela e se barbeou a seco, o que fazia, há muito anos, com a ajuda da afiadíssima *gumía*; em seguida, pegou a tesoura e cortou o encrespado cabelo negro e grosso, a ponto de quase não se reconhecer. Finalmente, dirigiu-se ao mar e, em suas águas, se lavou, esfregando no corpo um cheiroso sabonete. Surpreendeu-o, entretanto, o sabor amargo da água, o sal que deixava em sua pele, e a escassa espuma que produzia ao esfregar o sabonete no corpo.

De volta ao refúgio, enfiou-se em apertadas calças azuis e uma camisa branca e se sentiu ridículo. Contemplou com pena suas *gandurahs,* seu turbante e seu véu, e esteve quase a vesti-los de novo, mas compreendeu que não devia fazer isso porque tinha plena consciência de que, até mesmo na *casba,* chamara a atenção com suas roupas de sempre.

Ameaçara o homem mais poderoso do país, e àquela altura a polícia e o exército andariam perseguindo um *targuí,* coberto com um *lithan* que revelava apenas seus olhos. Devia aproveitar, por isso, a vantagem que lhe dava o fato de que ninguém conhecia, nem mesmo remotamente, seu verdadeiro aspecto, e se convencia de que, com a nova aparência, nem Laila seria capaz de reconhecê-lo.

Repugnava-o a ideia de que estranhos pudessem ver seu rosto e se sentia tão envergonhado como se tivesse de sair nu à rua e assim andar entre a multidão. Lembrava-se de quando, há muitos anos, deixou de ser menino, e sua mãe lhe deu a primeira *gandurah;* e mais tarde, quando se fez homem e guerreiro, foi o *lithan* que proclamou o fato de que se tornara merecedor do respeito alheio. Despojá-lo dessas duas peças era como devolvê-lo à infância, aos tempos em que podia mostrar ao mundo suas vergonhas, sem escandalizar ninguém.

Caminhou algum tempo pelos espaços do seu refúgio e se dirigiu, em seguida, à ampla nave descoberta, tentando se habituar às novas roupas à base de idas e vindas por toda a sua extensão. Mas as calças estavam muito apertadas e o impediam também de se acocorar, a posição em que se sentia à vontade, e a camisa roçava em sua pele, causando-lhe desconforto e comichão, que não sabia se atribuía ao tecido ou ao sal do mar.

Finalmente, despiu-se de novo e se embrulhou na manta, deixando passar assim, todo encolhido e imerso em pensamentos, sem comer nem beber, o resto do dia.

Fechou os olhos logo que a escuridão se apoderou daquele lugar e voltou a abri-los com a primeira claridade. Vestiu-se, vencendo a repugnância pelas novas roupas, e quando a cidade começava a despertar já se encontrava diante do cinzento edifício do Ministério.

Ninguém reparou em seu aspecto, nem o olhou como se estivesse nu, mas logo notou a presença de policiais armados de metralhadoras, ocupando pontos estratégicos, enquanto o gordo do uniforme suado continuava em seu posto, agitando os braços, embora se mostrasse mais nervoso que de costume, pondo furtivos olhares a sua volta.

"Está me procurando...", disse a si próprio. "Mas jamais vai me reconhecer com estas roupas."

Mais tarde, às oito em ponto, com precisão cronométrica, a comitiva do ministro apareceu na extremidade da avenida, e Gacel notou como Alí Madani subia rapidamente pela escadaria para entrar no edifício, sem se deter, então, para cumprimentar quem quer que fosse.

Sentou-se em um dos bancos de passeio, como se fosse mais um dos muitos desocupados que pululavam pela cidade, imaginando que, de um momento para outro, Laila e seus filhos apareceriam por aquela mesma porta. No íntimo, entretando, e embora tentasse por todos os meios silenciá-la, uma odiosa voz gritava que perdia seu tempo.

Ao meio-dia Madani saiu novamente, em meio a sua estrondosa comitiva, para não retornar mais; ao cair da tarde, quando não teve mais dúvida de que não tinham a intenção de lhe devolver a família, Gacel abandonou o banco e se afastou sem rumo. Por mais que tentasse, nenhuma possibilidade teria de encontrar ali, na confusão da grande cidade, os seres que mais amava.

A ameaça ao presidente não servira para nada, e ele se perguntou – sem encontrar resposta – por que precisavam reter os seus familiares se Abdul-el-Kebir já estava livre. Não podia ser senão uma estúpida e covarde vingança, porque nem sequer encontrariam prazer em causar danos a seres indefesos, que nenhum mal tinham feito.

"Talvez não tenham acreditado em mim", raciocinou. "Talvez pensem que um pobre *targuí* ignorante não poderá nunca se aproximar do presidente."

E talvez tivessem razão, porque no transcurso daqueles dias Gacel tomara consciência de sua pequenez diante do complexo mundo de uma capital onde de nada valiam seus conhecimentos, sua experiência ou sua decisão.

Um bosque de edifícios banhados por um imenso mar salgado; esquinas com fontes, das quais fluía mais água doce em um único dia de que um beduíno consumia em toda a sua vida; elevada sobre um solo pétreo, que servia apenas de toca a milhares de ratos, aquela cidade era, naturalmente, o lugar em que o mais astuto, valente, nobre e inteligente *imohag* do abençoado povo do Kel-Talgimus se sentia tão impotente para a luta como o mais humilde dos escravos *aklis*.

– Poderia me dizer como posso chegar ao palácio do presidente?

Teve de perguntar cinco vezes e ouvir com a maior atenção outras tantas respostas, porque o labirinto de ruas, todas iguais, parecia-lhe indecifrável. Insistindo, quase à noite, chegou em frente do amplo parque, de altas grades, que cercava o mais luxuoso prédio que já tinha visto.

Uma guarda de honra de vermelhas casacas e vistosos capacetes emplumados desfilava, obedecendo rigorosamente às vozes de comando. Quando afinal se retirou, foi para deixar, nos quatro cantos daquele prédio, altivos sentinelas, que mais pareciam estátuas que seres de carne e osso.

Estudou detidamente o grandioso parque e seu olhar foi parar em um compacto grupo de altas palmeiras, que dominava a paisagem a menos de duzentos metros da entrada principal.

Com frequência, lá, em seu já distante deserto, Gacel havia permanecido empoleirado, durante dias, na copa de uma daquelas palmeiras, dormindo, amarrado às grossas hastes das folhas, espreitando uma manada de órix, cujo finíssimo olfato pressentia sempre, em qualquer outra circunstância, a presença de um ser humano.

Percorreu com o olhar a distância das grades até o palmeiral e calculou que, se conseguisse subir a uma de suas copas, à noite, sem ser visto, teria muitas possibilidades de acertar um tiro no presidente no momento em que entrasse ou saísse do palácio.

Seria apenas uma questão de paciência, e paciência era alguma coisa que sempre sobrava em um *targuí*.

Logo que tocou, soube de quem se tratava, pois só o presidente se utilizava daquela linha direta.

– O general Al Humaid, Alí... – a voz lutava por se manter calma, mas se notava, claramente, que estava alterada –, acaba de ligar para me pedir, "respeitosamente", que convoque eleições com a maior brevidade, para evitar derramamento de sangue.

– Al Humaid! – Alí Madani sentiu também que sua voz se alterava, e que também tentava, sem êxito, fingir uma calma que não tinha. – Mas esse Al Humaid deve tudo ao senhor... Era um obscuro oficial, que jamais...

– Eu sei, Alí, eu sei... – interrompeu-o a voz impaciente. – Mas agora é o governador militar de uma praça-chave, e tem sob seu comando a nossa maior força de tanques.

– Destitua-o!

– Isso precipitaria as coisas... Se ele se rebela, a província o segue. E uma província rebelada é tudo de que precisam os franceses para reconhecer um governo provisório. Aqueles cabilenhos das montanhas jamais gostaram de nós, Alí. E você o sabe melhor que eu.

– Mas não pode aceitar suas imposições... – disse. – O país não está preparado para eleições...

– Eu sei... – respondeu a voz tranquila. – Por isso estou falando com você. Que há de novo sobre Abdul?

– Acho que já o localizamos... Eles o mantêm em um pequeno *chateau,* no bosque de Saint-Germain, na zona de Maison-Laffitte...

– Conheço o lugar. Uma vez estivemos três dias escondidos nesse bosque, preparando um atentado. Qual é o seu plano?

– O coronel Turki viajou ontem à noite para Paris, via Genebra. A esta hora, deve estar entrando em contato com sua gente. Espero um telefonema dele a qualquer momento.

– Que aja o quanto antes.

– Não quero que o faça antes de estar completamente certo do resultado – foi a resposta. – Se falharmos, os franceses não nos darão uma segunda oportunidade.

– Muito bem... Mantenha-me informado.

Desligou. O ministro do Interior Alí Madani permaneceu, logo após também desligar, um longo momento sem se mexer na poltrona, sério, pensando no que podia acontecer se o coronel Turki não tivesse êxito em sua ação, e Abdul-el-Kebir continuasse incitando a nação à luta armada. O general Al Humaid era o primeiro, mas, conhecendo-o como o conhecia, duvidava que houvesse tido coragem de tomar a iniciativa de se dirigir ao presidente se não estivesse convencido de que outras guarnições a eles se uniriam imediatamente. Repassando nomes, calculava que pelo menos sete províncias, ou uma terça parte das Forças Armadas, estariam, desde o primeiro momento, ao lado de Abdul-el-Kebir. Daí à guerra civil declarada não havia mais que um passo, especialmente se os franceses se empenhassem em que essa guerra acontecesse. Ainda não lhes tinham perdoado a humilhação de vinte anos atrás, e ainda sonhavam em voltar a pôr as mãos sobre riquezas que, durante um século, consideravam suas.

Acendeu um dos seus belos cigarros turcos, finamente adornado por uma piteira, e se aproximou da janela, através da qual contemplou o mar tranquilo, a praia vazia naquela época do ano e a larga calçada à beira-mar, perguntando-se se teria chegado o momento de abandonar definitivamente aquele gabinete que tanto amava.

Percorrera um longo caminho até chegar ali, um caminho que passava pela prisão de um homem a quem, no fundo, admirava, e a total submissão a outro, a quem desprezava.

Difícil caminho, em verdade, mas que resultara em uma concentração de força e poder em suas mãos, que ninguém – ninguém excetuando talvez aquele maldito *targuí* – tinha sido capaz de discutir. Notava agora, porém, que esse poder começava a desmoronar e escorria por entre seus dedos como barro ressequido pelo sol e que se esfarela em pó, e, quanto mais apertava o punho em seu afã de conservá-lo, mais rapidamente se desfazia.

Negava-se a aceitar que o monolítico Estado, que haviam construído com tanto suor e tanto sangue derramado, houvesse resultado definitivamente tão frágil, e que o simples mencionar de nome de Abdul-el-Kebir bastasse para abalá-lo em seus alicerces. Os acontecimentos, entretanto, empenhavam-se em lhe demonstrar que aquilo era verdade e talvez houvesse chegado a hora de encarar a verdade e aceitar a derrota.

Voltou à mesa, levantou o fone e marcou o número de sua casa, esperando que o criado fosse chamar a esposa. Quando esta atendeu, sua voz soou estranhamente rouca, quase envergonhada:

– Prepare as malas, querida – pediu. – Quero que vá a Túnis, com as crianças, por alguns dias. Eu a avisarei quando deve voltar.

– As coisas estão assim tão mal?

– Ainda não sei – admitiu. – Tudo depende do que Turki conseguir em Paris.

Desligou e ficou pensando, o olhar fixo no grande retrato do presidente, que dominava a parede do fundo. Se Turki fracassasse ou se decidisse a aderir ao inimigo, podiam dar tudo por perdido.

Sempre havia tido uma confiança absoluta na eficiência e na fidelidade do coronel; agora, porém, assaltava-o uma dúvida: seria plenamente justificada aquela confiança?

Passou a maior parte do dia percorrendo sem descanso o caminho entre o palácio presidencial e a *casba,* pois a esta já se acostumara e se sentia capaz de ir e vir dali a seu refúgio sem se perder. Não conseguia, porém, reconhecer as ruas da cidade moderna, retas e idênticas entre si, ruas que só se diferenciavam pelas lojas ou por letreiros que não se sentia capaz de interpretar.

Mais tarde, comprou em um mercadinho grande quantidade de tâmaras, figos e amêndoas, pois não sabia o tempo que precisaria ficar escondido no alto da palmeira, e conseguiu também um bom cantil, que encheu na fonte mais próxima. Finalmente, voltou à igreja em ruínas, mais uma vez examinou o funcionamento de suas armas e esperou, paciente, encostado a uma parede, procurando não pensar senão no caminho que percorreria até o palácio.

Não havia ninguém na *casba* às escuras quando ele a atravessou em silêncio, assustando os gatos; um relógio bateu lentamente três sonoras badaladas quando ele surgiu na primeira das ruas asfaltadas do seu percurso. Levantou o rosto até a esfera luminosa que o observou como o grande olho de um cíclope, e o negror da noite não lhe permitiu distinguir sequer os contornos da torre, coisa que o fez pensar que a esfera fosse uma grande lua cheia, suavemente flutuando sobre o horizonte.

As avenidas estavam solitárias, sem ônibus noturnos ou caminhões de lixo, e essa calma anormal o deixou intranquilo, apesar da alta madrugada. Logo essa calma foi rompida subitamente pela aparição de um negro automóvel da polícia, que, longe, fazendo girar no capô uma luz intermitente, pelo lado da praia, berrou uma sirena.

Apressou o passo, cada vez mais inquieto, e teve de se esmagar contra o vão de uma porta quando um outro automóvel negro surgiu, a uns duzentos metros, parou à beira da calçada e apagou as luzes.

Gacel aguardou paciente, mas se diria que seus ocupantes tinham decidido escolher aquele ponto, a estratégica confluência de duas ruas, para montar guarda, talvez, por toda a noite. Depois de pensar alguns minutos, decidiu seguir até o mais próximo dos becos, procurando rodear o obstáculo e sair, mais tarde, às suas costas.

Depressa compreendeu que, ao se ver obrigado a abandonar o caminho que com tanto esforço memorizara, estava perdido. Todas as ruas lhe pareciam iguais e, na quase penumbra de tristes lampiões, não descobriu rastro algum de cada um daqueles minúsculos detalhes em que, durante o dia, se fixara.

Começou a se angustiar porque, quanto mais avançava, mais perdido se sentia, e não havia ali vento com que se defrontar nem estrelas que lhe pudessem marcar o rumo.

Um carro policial passou, de novo, revolucionando a noite com sua sirena, e ele se atirou debaixo de um banco para, depois, sentar nele e se concentrar em uma vã tentativa de ordenar seus pensamentos e se capacitar a determinar para que lado daquela gigantesca, pestilenta e monstruosa cidade estava o palácio presidencial, e para que lado ficavam a *casba* e os lugares que lhe eram, até certo ponto, familiares.

Por último, compreendeu também que tinha perdido a partida, e seria mais prudente empreender a volta, para tentar de novo no dia seguinte.

Tentou essa volta, mas tão complexo era o problema da ida como o da volta, e ele continuou perdido por um bom tempo, até que chegou a seus ouvidos o retumbar das ondas do mar. Então alcançou o largo passeio marítimo e saiu, finalmente, diante do Ministério do Interior.

Respirou tranquilo. Dali sabia chegar a seu esconderijo. Mas, quando apressou o passo, e estava a ponto de penetrar na sinuosa ruazinha que subia até o bairro nativo, os faróis de um carro, estacionado junto à calçada, se acenderam, deslumbrando-o, e uma voz autoritária gritou:

– Ei, você...! Venha aqui!

Seu primeiro impulso foi sair correndo, rua acima, mas se conteve e se aproximou da porta do carro, procurando fugir do cone de luz que feria seus olhos.

Três homens fardados o observavam, severos, da penumbra interior.

– Que faz na rua a estas horas? – perguntou o homem que o chamara e estava ao lado do motorista. – Não sabe do toque de recolher?

– Toque do quê? – repetiu, aturdido.

– Toque de recolher, idiota. Deram no rádio e na televisão. Está vindo de onde?

Gacel apontou, vagamente, para um lugar atrás de si.

– Do porto...

– E para onde vai?

Fez um gesto, com o queixo, para a rua:

– Para casa.

– Muito bem... Vamos ver a documentação.

– Não tenho.

O homem sentado no banco traseiro abriu a porta e saiu, levando uma curta metralhadora, aparentemente sem vontade de usá-la. Aproximou-se do *targuí* com ar displicente.

– Vamos ver... Que história é essa de não ter documentação? Todo mundo tem documentação.

Era um homem forte, de grande bigode e altura, tranquilidade de quem se sente seguro de si mesmo. Inesperadamente, porém, se dobrou em dois e berrou de dor, com a violenta coronhada que Gacel acertara em sua barriga. Instantaneamente o *targuí* atirou os tapetes sobre o para-brisas do carro e saiu correndo, dobrando a primeira esquina e se internando em um beco.

Segundos depois, uma sirene rompeu a noite, assustando todos os que por ali viviam, e quando o fugitivo já se encontrava na metade da rua, um dos policiais apareceu na esquina e, sem apontar, disparou uma curta rajada. O impacto das balas lançou Gacel para diante, de bruços contra os largos degraus do beco, mas ele se ergueu, rápido como um gato, atirou e atingiu o policial em pleno peito, derrubando-o de costas.

Carregou sua arma, protegeu-se em uma esquina e esperou, respirando cansado, sem sentir dor nenhuma, embora a bala o tivesse atravessado e a frente de sua camisa começasse a se tingir de sangue.

Uma cabeça apareceu na esquina, atiraram sem apontar e as balas se perderam na noite, ou ricochetearam contra os edifícios, fazendo voar os vidros de algumas janelas.

Protegido pelo muro, começou a subir lentamente o que lhe faltava para acabar a escadaria, e um único disparo bastou-lhe para fazer seus perseguidores compreenderem que estavam enfrentando um atirador privilegiado e não era nada prudente correrem o risco de perder a cabeça.

Quando, poucos segundos depois, o *targuí* desapareceu nas trevas e no labirinto de becos da *casba,* os dois policiais que ainda se mantinham em pé se consultaram, com o olhar, dirigiram-se até o companheiro ferido, levantaram-no e o depositaram no banco traseiro do carro. E mergulharam na noite, rumo a um hospital.

Os dois sabiam que era preciso todo um exército para localizar um fugitivo no tenebroso e intrincado mundinho do bairro nativo.

A negra Khaltoum acertara uma vez mais em suas predições, e ele ia morrer ali, em um sujo canto dos restos de um templo *rumi,* no coração de uma cidade superpovoada, ouvindo o quebra-mar, o mais distante que pudesse imaginar da aberta solidão de um deserto por cujas silenciosas planícies corria livremente o vento.

Tentou cobrir a ferida em seus dois orifícios de entrada e saída, vendou firmemente o peito com a ajuda do turbante, e se cobriu com a manta, tremendo de frio e febre, encostado a uma parede para mergulhar em um inquieto cochilo, sem outra companhia que a dor, as recordações e o *gri-gri* da morte.

Não valia, então, o recurso de se converter em pedra ou tentar que o sangue se espessasse a ponto de impedir que continuasse empapando o sujo turbante. Também não dependia de sua força de vontade ou sua fortaleza de espírito, uma vez que sua vontade fora dobrada sob o impulso de uma pesada bala, e seu espírito não era mais o mesmo desde que perdera toda esperança de recuperar a família.

"...Vejam como as lutas e as guerras a nada conduzem, porque os mortos de um lado com os mortos do outro se pagam..."

Sempre os ensinamentos do velho Suílem; sempre a volta à mesma história, porque a realidade era que podiam mudar os séculos e, inclusive, as paisagens, mas os homens continuavam sendo os mesmos, e se convertiam afinal nos únicos protagonistas da mesma tragédia mil vezes repetida, por mais que variassem o tempo e o espaço.

Uma guerra começou porque um camelo esmagou a ovelha de outra tribo. Outra guerra como essa começou porque alguém não respeitou uma antiga tradição. Podia tratar-se do confronto entre duas famílias de forças equilibradas, ou, como no seu caso, de um homem contra um exército. O resultado era o mesmo: o *gri-gri* da morte se apoderava de uma nova vítima e a ia empurrando, lentamente, ao abismo.

E ali estava agora, à beira desse abismo, resignado à queda, embora triste, porque aquele que descobrisse amanhã seu cadáver pensaria que a bala lhe penetrara pelas costas, quando ele, Gacel Sayah, sempre soubera olhar de frente o inimigo.

Perguntou-se, então, se com suas ações merecia o paraíso prometido, ou, pelo contrário, seria condenado a vagar eternamente pelas "terras vazias". Sentiu uma profunda pena de sua alma, que talvez acabasse por se reunir às dos participantes da "Grande Caravana".

Depois, sonhou com ela, e viu os camelos mumificados e os esqueletos embrulhados em farrapos de fazenda reiniciarem a marcha pela silenciosa planície, para atravessarem, mais tarde, a estação e penetrarem na cidade adormecida. Sacudiu a cabeça, batendo-a na parede, porque teve a certeza de que eles vinham atrás dele, e logo entrariam na grande nave vazia do templo, para ali acampar, pacientemente, à espera de que se decidisse a acompanhá-los.

Mas não queria voltar com eles ao deserto; não queria vagar pelos séculos dos séculos através da "terra vazia" de Tikdabra, e silenciosamente sussurrou para eles, porque não tinha forças para gritar que fossem embora sem ele.

Finalmente, dormiu durante três longos dias.

Ao acordar, a manta ainda estava empapada de suor e sangue, mas este já deixara de correr, e a venda se transformara em uma dura crosta, grudada em sua pele. Tentou se mexer, mas a dor foi tão insuportável que teve de permanecer muitas horas completamente estático, antes de se atrever a iniciar o gesto de tocar na ferida. Mais tarde conseguiu se arrastar penosamente até o cantil, bebeu até saciar a sede, e dormiu de novo.

Quanto tempo permaneceu entre a vida e a morte, lúcido ou inconsciente, entre o sonho e a realidade, ninguém, e menos ele, saberia dizê-lo. Dias, talvez semanas; quando afinal despertou e sentiu que respirava plenamente sem sentir dor, e que tudo se mostrava como em verdade era, teve a impressão de que a metade de sua vida transcorrera entre aquelas quatro paredes, e já fazia anos ou séculos que tinha chegado àquela cidade.

A fome o fez comer nozes, tâmaras e amêndoas, e a sede, os últimos goles de água. Levantou-se trabalhosamente e, apoiando-se na parede, conseguiu dar alguns passos, embora tenha ficado tonto e precisado se recostar outra vez. Procurou à sua volta, chamou em voz alta, e teve a certeza de que o *gri-gri* da morte não dormia mais junto a seu leito.

"Talvez a negra Khaltoum tenha se enganado", disse a si mesmo, feliz com a descoberta. "Talvez em seus sonhos ela me tenha visto ferido e derrotado, mas não conseguiu imaginar que eu fosse capaz de vencer a morte."

Na noite seguinte, ele alcançou, um pouco caminhando, um pouco se arrastando, a fonte próxima, onde se lavou com extrema dificuldade, e conseguiu desprender as vendas que, agora, pareciam ter formado um único corpo com sua pele.

Quatro dias mais tarde, qualquer pessoa que tivesse ousado entrar no interior da velha igreja calcinada teria se horrorizado ante a presença de um alto fantasma esquelético e vacilante, que arrastava os pés pela nave vazia, vencendo a fadiga e os vômitos, empenhado, com uma força de vontade sobre-humana, em conseguir recuperar o equilíbrio e voltar à vida.

Gacel Sayah sabia que cada um daqueles passos o afastava um pouco mais da morte e o aproximava um pouco mais do deserto que amava.

Deixou passar mais uma semana recuperando forças, até que não teve mais nada para comer e compreendeu que chegara o momento de abandonar para sempre aquele refúgio.

Lavou sua roupa na fonte, tomou um banho quase completo, aproveitando-se das trevas e da solidão do local, e na manhã seguinte, quando o sol já estava alto, guardou na bolsa de couro o pesado revólver que pertencera ao capitão Kaleb-el-Fasi, e, abandonando, cheio de pena, a espada, o fuzil e suas já destroçadas *gandurahs,* iniciou devagar, o caminho do regresso.

Parou na *casba,* onde comeu até se fartar, bebeu um chá fervendo, forte e doce, que fez circular com força o sangue em suas veias, e comprou uma camisa nova, de um azul elétrico que o fez se sentir feliz por uns momentos.

Já restabelecido, reiniciou o caminho para se deter, brevemente, na escadaria em que tinha sido ferido e constatar as marcas que as balas deixaram nas velhas paredes.

Saiu de novo na larga avenida, surpreendeu-se com a multidão que se amontoava nas duas calçadas e, quando quis atravessar a rua em direção à estação, um policial fardado o impediu:

– Não pode atravessar agora – disse. – Espere.

– Por quê?

– O presidente vai passar.

Não precisava vê-lo para adivinhar que o *gri-gri* da morte o acompanhava uma vez mais. De onde tinha saído, ou onde se ocultara durante aquele tempo, não podia sabê-lo, mas ali estava, agarrado a sua camisa nova, rindo interiormente, porque, por um momento, pudera abrigar a estúpida esperança de ser livre.

Tinha esquecido o presidente. Tinha esquecido seu juramento de matá-lo se não lhe devolvesse a família, mas agora, quando o edifício da estação já aparecia diante de seus olhos e cem metros o separavam dele e do regresso a seu deserto e seu mundo, o destino parecia querer zombar de suas boas intenções, o *gri-gri* da morte oferecia-lhe uma trágica brincadeira, e o homem que era a origem e o fim de todos os seus males e desgraças atravessava-se em seu caminho.

Insh'Alah...!

Se essa era sua vontade, devia cumprir sua promessa e matá-lo; ele o mataria, porque Gacel Sayah, por mais que fosse nobre e *imohag* do bendito povo do Kel-Talgimus, nada podia fazer contra a vontade do Céu. Se este havia disposto que naquele dia, àquela hora, seu inimigo se interporia uma vez mais entre ele e a vida que escolhera devia ser porque o Altíssimo decidira que esse inimigo precisava ser destruído, e era ele, Gacel Sayah, o instrumento escolhido para aniquilá-lo.

Insh'Alah...

Dois motociclistas passaram fazendo soar suas sirenes, e quase instantaneamente, na parte alta da avenida, as pessoas começaram a gritar e a aplaudir.

Alheio a tudo quanto não fosse sua missão, o *targuí* pôs a mão na bolsa de couro e procurou a coronha do revólver.

Novos motociclistas, formados em pelotão, apareceram na curva próxima, distanciados dez metros de um grande carro preto, todo fechado, e que escondia quase por completo outro grande carro, mas descoberto, em cujo assento traseiro um homem saudava, levantando os braços, as pessoas que se amontoavam nas calçadas.

Os policiais continham essa multidão, que gritava e aplaudia, e das janelas dos edifícios mulheres e crianças atiravam flores e papel colorido sobre a fila de motocicletas e carros.

Apertou com força a arma e esperou. O relógio da estação marcou duas horas, e era como se estivesse convidando-o, mais uma vez, a esquecer tudo. O som metálico desse relógio se perdeu entre o uivar das sirenas, os gritos e os aplausos.

O *targuí* sentiu vontade de chorar, seus olhos ficaram embaçados, amaldiçoou em voz alta o *gri-gri* da morte, e o policial que abria os braços, à frente dele, virou-se para olhá-lo, espantado por uma frase que não tinha compreendido bem.

O pelotão de motociclistas passou, silenciando tudo com o estrondo de suas máquinas. Quase imediatamente chegou o grande carro preto, e no mesmo instante Gacel atirava ao chão a grande bolsa de couro, afastava com um brusco empurrão o policial e saltava, para se colocar a três metros do carro descoberto, na mão o revólver engatilhado, pronto para disparar.

O homem que retribuía aos vivas e às aclamações, com os braços levantados, descobriu-o e o terror se desenhou no seu rosto. Adiantou as mãos, abrindo-as para se proteger, enquanto deixava escapar um grito de terror.

Gacel atirou três vezes, sentiu que a segunda bala atravessara o coração dele, olhou seu rosto para comprovar, pela expressão, que o matara, e foi como se um raio divino o fulminasse, paralisando-o de assombro.

Soou uma rajada de metralhadora, e Gacel Sayah, *inmouchar* mais conhecido como *o Caçador*, caiu de costas, morto, o corpo destroçado e o espanto pintado no rosto.

O carro acelerou bruscamente e as sirenas uivaram, abrindo passagem a caminho de um hospital, em uma inútil tentativa para salvar a vida do presidente Abdul-el-Kebir, no glorioso dia de sua triunfal volta ao poder.

Coleção **L&PM** POCKET

1075.**Amor nos tempos de fúria** – Lawrence Ferlinghetti
1076.**A aventura do pudim de Natal** – Agatha Christie
1078.**Amores que matam** – Patricia Faur
1079.**Histórias de pescador** – Mauricio de Sousa
1080.**Pedaços de um caderno manchado de vinho** – Bukowski
1081.**A ferro e fogo: tempo de solidão (vol.1)** – Josué Guimarães
1082.**A ferro e fogo: tempo de guerra (vol.2)** – Josué Guimarães
1084(17).**Desembarcando o Alzheimer** – Dr. Fernando Lucchese e Dra. Ana Hartmann
1085.**A maldição do espelho** – Agatha Christie
1086.**Uma breve história da filosofia** – Nigel Warburton
1088.**Heróis da História** – Will Durant
1089.**Concerto campestre** – L. A. de Assis Brasil
1090.**Morte nas nuvens** – Agatha Christie
1092.**Aventura em Bagdá** – Agatha Christie
1093.**O cavalo amarelo** – Agatha Christie
1094.**O método de interpretação dos sonhos** – Freud
1095.**Sonetos de amor e desamor** – Vários
1096.**120 tirinhas do Dilbert** – Scott Adams
1097.**200 fábulas de Esopo**
1098.**O curioso caso de Benjamin Button** – F. Scott Fitzgerald
1099.**Piadas para sempre: uma antologia para morrer de rir** – Visconde da Casa Verde
1100.**Hamlet (Mangá)** – Shakespeare
1101.**A arte da guerra (Mangá)** – Sun Tzu
1104.**As melhores histórias da Bíblia (vol.1)** – A. S. Franchini e Carmen Seganfredo
1105.**As melhores histórias da Bíblia (vol.2)** – A. S. Franchini e Carmen Seganfredo
1106.**Psicologia das massas e análise do eu** – Freud
1107.**Guerra Civil Espanhola** – Helen Graham
1108.**A autoestrada do sul e outras histórias** – Julio Cortázar
1109.**O mistério dos sete relógios** – Agatha Christie
1110.**Peanuts: Ninguém gosta de mim... (amor)** – Charles Schulz
1111.**Cadê o bolo?** – Mauricio de Sousa
1112.**O filósofo ignorante** – Voltaire
1113.**Totem e tabu** – Freud
1114.**Filosofia pré-socrática** – Catherine Osborne
1115.**Desejo de status** – Alain de Botton
1118.**Passageiro para Frankfurt** – Agatha Christie
1120.**Kill All Enemies** – Melvin Burgess
1121.**A morte da sra. McGinty** – Agatha Christie
1122.**Revolução Russa** – S. A. Smith
1123.**Até você, Capitu?** – Dalton Trevisan
1124.**O grande Gatsby (Mangá)** – F. S. Fitzgerald
1125.**Assim falou Zaratustra (Mangá)** – Nietzsche
1126. **Peanuts: É para isso que servem os amigos (amizade)** – Charles Schulz
1127(27).**Nietzsche** – Dorian Astor
1128.**Bidu: Hora do banho** – Mauricio de Sousa
1129.**O melhor do Macanudo Taurino** – Santiago
1130.**Radicci 30 anos** – Iotti
1131.**Show de sabores** – J.A. Pinheiro Machado
1132.**O prazer das palavras** – vol. 3 – Cláudio Moreno
1133.**Morte na praia** – Agatha Christie
1134.**O fardo** – Agatha Christie
1135.**Manifesto do Partido Comunista (Mangá)** – Marx & Engels
1136.**A metamorfose (Mangá)** – Franz Kafka
1137.**Por que você não se casou... ainda** – Tracy McMillan
1138.**Textos autobiográficos** – Bukowski
1139.**A importância de ser prudente** – Oscar Wilde
1140.**Sobre a vontade na natureza** – Arthur Schopenhauer
1141.**Dilbert (8)** – Scott Adams
1142.**Entre dois amores** – Agatha Christie
1143.**Cipreste triste** – Agatha Christie
1144.**Alguém viu uma assombração?** – Mauricio de Sousa
1145.**Mandela** – Elleke Boehmer
1146.**Retrato do artista quando jovem** – James Joyce
1147.**Zadig ou o destino** – Voltaire
1148.**O contrato social (Mangá)** – J.-J. Rousseau
1149.**Garfield fenomenal** – Jim Davis
1150.**A queda da América** – Allen Ginsberg
1151.**Música na noite & outros ensaios** – Aldous Huxley
1152.**Poesias inéditas & Poemas dramáticos** – Fernando Pessoa
1153.**Peanuts: Felicidade é...** – Charles M. Schulz
1154.**Mate-me por favor** – Legs McNeil e Gillian McCain
1155.**Assassinato no Expresso Oriente** – Agatha Christie
1156.**Um punhado de centeio** – Agatha Christie
1157.**A interpretação dos sonhos (Mangá)** – Freud
1158.**Peanuts: Você não entende o sentido da vida** – Charles M. Schulz
1159.**A dinastia Rothschild** – Herbert R. Lottman
1160.**A Mansão Hollow** – Agatha Christie
1161.**Nas montanhas da loucura** – H.P. Lovecraft
1162(28).**Napoleão Bonaparte** – Pascale Fautrier
1163.**Um corpo na biblioteca** – Agatha Christie
1164.**Inovação** – Mark Dodgson e David Gann
1165.**O que toda mulher deve saber sobre os homens: a afetividade masculina** – Walter Riso
1166.**O amor está no ar** – Mauricio de Sousa
1167.**Testemunha de acusação & outras histórias** – Agatha Christie
1168.**Etiqueta de bolso** – Celia Ribeiro
1169.**Poesia reunida (volume 3)** – Affonso Romano de Sant'Anna
1170.**Emma** – Jane Austen
1171.**Que seja em segredo** – Ana Miranda

1172.**Garfield sem apetite** – Jim Davis
1173.**Garfield: Foi mal...** – Jim Davis
1174.**Os irmãos Karamázov (Mangá)** – Dostoiévski
1175.**O Pequeno Príncipe** – Antoine de Saint-Exupéry
1176.**Peanuts: Ninguém mais tem o espírito aventureiro** – Charles M. Schulz
1177.**Assim falou Zaratustra** – Nietzsche
1178.**Morte no Nilo** – Agatha Christie
1179.**Ê, soneca boa** – Mauricio de Sousa
1180.**Garfield a todo o vapor** – Jim Davis
1181.**Em busca do tempo perdido (Mangá)** – Proust
1182.**Cai o pano: o último caso de Poirot** – Agatha Christie
1183.**Livro para colorir e relaxar** – Livro 1
1184.**Para colorir sem parar**
1185.**Os elefantes não esquecem** – Agatha Christie
1186.**Teoria da relatividade** – Albert Einstein
1187.**Compêndio da psicanálise** – Freud
1188.**Visões de Gerard** – Jack Kerouac
1189.**Fim de verão** – Mohiro Kitoh
1190.**Procurando diversão** – Mauricio de Sousa
1191.**E não sobrou nenhum e outras peças** – Agatha Christie
1192.**Ansiedade** – Daniel Freeman & Jason Freeman
1193.**Garfield: pausa para o almoço** – Jim Davis
1194.**Contos do dia e da noite** – Guy de Maupassant
1195.**O melhor de Hagar 7** – Dik Browne
1196(29).**Lou Andreas-Salomé** – Dorian Astor
1197(30).**Pasolini** – René de Ceccatty
1198.**O caso do Hotel Bertram** – Agatha Christie
1199.**Crônicas de motel** – Sam Shepard
1200.**Pequena filosofia da paz interior** – Catherine Rambert
1201.**Os sertões** – Euclides da Cunha
1202.**Treze à mesa** – Agatha Christie
1203.**Bíblia** – John Riches
1204.**Anjos** – David Albert Jones
1205.**As tirinhas do Guri de Uruguaiana 1** – Jair Kobe
1206.**Entre aspas (vol.1)** – Fernando Eichenberg
1207.**Escrita** – Andrew Robinson
1208.**O spleen de Paris: pequenos poemas em prosa** – Charles Baudelaire
1209.**Satíricon** – Petrônio
1210.**O avarento** – Molière
1211.**Queimando na água, afogando-se na chama** – Bukowski
1212.**Miscelânea septuagenária: contos e poemas** – Bukowski
1213.**Que filosofar é aprender a morrer e outros ensaios** – Montaigne
1214.**Da amizade e outros ensaios** – Montaigne
1215.**O medo à espreita e outras histórias** – H.P. Lovecraft
1216.**A obra de arte na era de sua reprodutibilidade técnica** – Walter Benjamin
1217.**Sobre a liberdade** – John Stuart Mill
1218.**O segredo de Chimneys** – Agatha Christie
1219.**Morte na rua Hickory** – Agatha Christie
1220.**Ulisses (Mangá)** – James Joyce
1221.**Ateísmo** – Julian Baggini
1222.**Os melhores contos de Katherine Mansfield** – Katherine Mansfied
1223(31).**Martin Luther King** – Alain Foix
1224.**Millôr Definitivo: uma antologia de *A Bíblia do Caos*** – Millôr Fernandes
1225.**O Clube das Terças-Feiras e outras histórias** – Agatha Christie
1226.**Por que sou tão sábio** – Nietzsche
1227.**Sobre a mentira** – Platão
1228.**Sobre a leitura *seguido do* Depoimento de Céleste Albaret** – Proust
1229.**O homem do terno marrom** – Agatha Christie
1230(32).**Jimi Hendrix** – Franck Médioni
1231.**Amor e amizade e outras histórias** – Jane Austen
1232.**Lady Susan, Os Watson e Sanditon** – Jane Austen
1233.**Uma breve história da ciência** – William Bynum
1234.**Macunaíma: o herói sem nenhum caráter** – Mário de Andrade
1235.**A máquina do tempo** – H.G. Wells
1236.**O homem invisível** – H.G. Wells
1237.**Os 36 estratagemas: manual secreto da arte da guerra** – Anônimo
1238.**A mina de ouro e outras histórias** – Agatha Christie
1239.**Pic** – Jack Kerouac
1240.**O habitante da escuridão e outros contos** – H.P. Lovecraft
1241.**O chamado de Cthulhu e outros contos** – H.P. Lovecraft
1242.**O melhor de Meu reino por um cavalo!** – Edição de Ivan Pinheiro Machado
1243.**A guerra dos mundos** – H.G. Wells
1244.**O caso da criada perfeita e outras histórias** – Agatha Christie
1245.**Morte por afogamento e outras histórias** – Agatha Christie
1246.**Assassinato no Comitê Central** – Manuel Vázquez Montalbán
1247.**O papai é pop** – Marcos Piangers
1248.**O papai é pop 2** – Marcos Piangers
1249.**A mamãe é rock** – Ana Cardoso
1250.**Paris boêmia** – Dan Franck
1251.**Paris libertária** – Dan Franck
1252.**Paris ocupada** – Dan Franck
1253.**Uma anedota infame** – Dostoiévski
1254.**O último dia de um condenado** – Victor Hugo
1255.**Nem só de caviar vive o homem** – J.M. Simmel
1256.**Amanhã é outro dia** – J.M. Simmel
1257.**Mulherzinhas** – Louisa May Alcott
1258.**Reforma Protestante** – Peter Marshall
1259.**História econômica global** – Robert C. Allen

1260(33).**Che Guevara** – Alain Foix
1261.**Câncer** – Nicholas James
1262.**Akhenaton** – Agatha Christie
1263.**Aforismos para a sabedoria de vida** – Arthur Schopenhauer
1264.**Uma história do mundo** – David Coimbra
1265.**Ame e não sofra** – Walter Riso
1266.**Desapegue-se!** – Walter Riso
1267.**Os Sousa: Uma famíla do barulho** – Mauricio de Sousa
1268.**Nico Demo: O rei da travessura** – Mauricio de Sousa
1269.**Testemunha de acusação e outras peças** – Agatha Christie
1270(34).**Dostoiévski** – Virgil Tanase
1271.**O melhor de Hagar 8** – Dik Browne
1272.**O melhor de Hagar 9** – Dik Browne
1273.**O melhor de Hagar 10** – Dik e Chris Browne
1274.**Considerações sobre o governo representativo** – John Stuart Mill
1275.**O homem Moisés e a religião monoteísta** – Freud
1276.**Inibição, sintoma e medo** – Freud
1277.**Além do princípio de prazer** – Freud
1278.**O direito de dizer não!** – Walter Riso
1279.**A arte de ser flexível** – Walter Riso
1280.**Casados e descasados** – August Strindberg
1281.**Da Terra à Lua** – Júlio Verne
1282.**Minhas galerias e meus pintores** – Kahnweiler
1283.**A arte do romance** – Virginia Woolf
1284.**Teatro completo v. 1: As aves da noite** ***seguido de*** **O visitante** – Hilda Hilst
1285.**Teatro completo v. 2: O verdugo** ***seguido de*** **A morte do patriarca** – Hilda Hilst
1286.**Teatro completo v. 3: O rato no muro** ***seguido de*** **Auto da barca de Camiri** – Hilda Hilst
1287.**Teatro completo v. 4: A empresa** ***seguido de*** **O novo sistema** – Hilda Hilst
1289.**Fora de mim** – Martha Medeiros
1290.**Divã** – Martha Medeiros
1291.**Sobre a genealogia da moral: um escrito polêmico** – Nietzsche
1292.**A consciência de Zeno** – Italo Svevo
1293.**Células-tronco** – Jonathan Slack
1294.**O fim do ciúme e outros contos** – Proust
1295.**A jangada** – Júlio Verne
1296.**A ilha do dr. Moreau** – H.G. Wells
1297.**Ninho de fidalgos** – Ivan Turguêniev
1298.**Jane Eyre** – Charlotte Brontë
1299.**Sobre gatos** – Bukowski
1300.**Sobre o amor** – Bukowski
1301.**Escrever para não enlouquecer** – Bukowski
1302.**222 receitas** – J. A. Pinheiro Machado
1303.**Reinações de Narizinho** – Monteiro Lobato
1304.**O Saci** – Monteiro Lobato
1305.**Memórias da Emília** – Monteiro Lobato
1306.**O Picapau Amarelo** – Monteiro Lobato
1307.**A reforma da Natureza** – Monteiro Lobato
1308.**Fábulas** ***seguido de*** **Histórias diversas** – Monteiro Lobato
1309.**Aventuras de Hans Staden** – Monteiro Lobato
1310.**Peter Pan** – Monteiro Lobato
1311.**Dom Quixote das crianças** – Monteiro Lobato
1312.**O Minotauro** – Monteiro Lobato
1313.**Um quarto só seu** – Virginia Woolf
1314.**Sonetos** – Shakespeare
1315(35).**Thoreau** – Marie Berthoumieu e Laura El Makki
1316.**Teoria da arte** – Cynthia Freeland
1317.**A arte da prudência** – Baltasar Gracián
1318.**O louco** ***seguido de*** **Areia e espuma** – Khalil Gibran
1319.**O profeta** ***seguido de*** **O jardim do profeta** – Khalil Gibran
1320.**Jesus, o Filho do Homem** – Khalil Gibran
1321.**A luta** – Norman Mailer
1322.**Sobre o sofrimento do mundo e outros ensaios** – Schopenhauer
1323.**Epidemiologia** – Rodolfo Sacacci
1324.**Japão moderno** – Christopher Goto-Jones
1325.**A arte da meditação** – Matthieu Ricard
1326.**O adversário secreto** – Agatha Christie
1327.**Pollyanna** – Eleanor H. Porter
1328.**Espelhos** – Eduardo Galeano
1329.**A Vênus das peles** – Sacher-Masoch
1330.**O 18 de brumário de Luís Bonaparte** – Karl Marx
1331.**Um jogo para os vivos** – Patricia Highsmith
1332.**A tristeza pode esperar** – J.J. Camargo
1333.**Vinte poemas de amor e uma canção desesperada** – Pablo Neruda
1334.**Judaísmo** – Norman Solomon
1335.**Esquizofrenia** – Christopher Frith & Eve Johnstone
1336.**Seis personagens em busca de um autor** – Luigi Pirandello
1337.**A Fazenda dos Animais** – George Orwell
1338.**1984** – George Orwell
1339.**Ubu Rei** – Alfred Jarry
1340.**Sobre bêbados e bebidas** – Bukowski
1341.**Tempestade para os vivos e para os mortos** – Bukowski
1342.**Complicado** – Natsume Ono
1343.**Sobre o livre-arbítrio** – Schopenhauer
1344.**Uma breve história da literatura** – John Sutherland
1345.**Você fica tão sozinho às vezes que até faz sentido** – Bukowski
1346.**Um apartamento em Paris** – Guillaume Musso
1347.**Receitas fáceis e saborosas** – José Antonio Pinheiro Machado
1348.**Por que engordamos** – Gary Taubes
1349.**A fabulosa história do hospital** – Jean-Noël Fabiani
1350.**Voo noturno** *seguido de* **Terra dos homens** – Antoine de Saint-Exupéry
1351.**Doutor Sax** – Jack Kerouac
1352.**O livro do Tao e da virtude** – Lao-Tsé
1353.**Pista negra** – Antonio Manzini
1354.**A chave de vidro** – Dashiell Hammett
1355.**Martin Eden** – Jack London

lepmeditores

www.lpm.com.br
o site que conta tudo

Impresso na Gráfica BMF
2023